原色 小倉百人一首

鈴木日出男
山口慎一
依田　泰
共著

文英堂

●表紙解説

表裏とも、絵入り百人一首の最古といわれる道勝法親王《どうしょうほっしんのう》筆の歌かるた（芦屋・滴翠美術館蔵）による。なお、本文で使用しているかるたで、特に説明を付さなかったものも同様である。

はじめに

『百人一首』は、どれもこれもみな珠玉の名歌ばかりです。王朝時代に詠まれたこれらの歌々は、みごとに彫琢《ちょうたく》された言葉によって、人の心のありようを鋭く微細に表現しています。歌の内容の多くは、四季折々の変化してやまない自然の景観や、微妙に揺れ動く恋の気持ちを詠んだものですが、そこには日本人の美意識が端的に表されていると言ってよいでしょう。

『百人一首』を読むことは、いわば日本の文化遺産に接するようなものです。どうか、声に出して読みあげてください。繰り返し読みすすめていくうちに、その一首一首がどんなにすばらしい言葉づかいであるかも、わかってくるはずです。

これらの歌々の言葉づかいは、今日の私たちにとってけっして平易なものではありません。しかし、この伝統文化が培《つちか》ってきた言葉には、古人のすぐれた心がこめられています。一首一首を繰り返し読みすすめることを通して、和歌のだいじな言葉になじんで、古人の心にふれたいものです。そうした『百人一首』の学習が、古典文学の豊かな表現の森に分け入るための入門にもなるのです。

「小倉百人一首」解説

百人一首とは、百人の歌人について、それぞれ一首ずつを撰《えら》んで、合計百首で構成する秀歌集のことです。いわゆる『小倉百人一首』は、藤原定家《ふじわらのさだいえ》（一一六二～一二四一）という鎌倉時代の大歌人が、古来の秀歌を撰び集めたものです。ふつう百人一首といえば、これをさしています。

『百人一首』の成立

この『小倉百人一首』の成立について、すこし詳しくみておきましょう。藤原定家の日記である『明月記《めいげつき》』（漢文）の、文暦二（一二三五）年五月二十七日の条に、こんな内容のことが書かれています。

為家《ためいえ》（定家の子息）の岳父《がくふ》にあたる宇都宮頼綱《うつのみやよりつな》（もともと関東の豪族《ごうぞく》）の希望から、京都郊外の嵯峨《さが》の地にある頼綱の山荘の「障子《しょうじ》」（今日の襖《ふすま》などにあたる）に貼《は》るための色紙として、「古来の人の歌各一首、天智《てんじ》天皇より以来、家隆《いえたか》・雅経《まさつね》に及ぶ」歌々を撰んでしたためた。

洛外《らくがい》の嵯峨といえば、小倉山《おぐらやま》・嵐山《あらしやま》・大堰《おおい》（井）川などで知られる景勝の地で、古くからここに多くの貴族たちも遊んできました。その地に山荘をもうけた宇都宮頼綱のために、定家が百首の秀歌を撰んでしたためたというのですが、当時の貴族たちの邸《やしき》では、このように室内装飾のために、襖や屏風《びょうぶ》などに和歌をしたためた色紙を貼ることが、よく行われていたのです。

ところが、今日の研究では、定家がもともと撰んだ百首と、現在伝えられている『小倉百人一首』の間には、多少、撰歌《せんか》の相違のあることがわかってきました。具体的にいうと、定家の撰んだもともとの百首には、後鳥羽院《ごとばいん》の「人も惜し」の歌(99)、順徳院《じゅんとくいん》の「ももしきや」の歌(100)が入っていません。そのかわりに他の作者の歌が含まれているのです。このことを、どう考えればよいのでしょうか。

もとより藤原定家の時代には、承久《じょうきゅう》の乱で遠島に配流《はいる》になった後鳥羽・順徳の両院の歌を撰ぶことは、時の政治的な情況を考えると、やはり遠慮しなければならないことだったようです。しかし後に、子息の為家あたりの代になって、あらためて両院の歌を加えるなど、多少の補訂がほどこされて、今日の『小倉百人一首』の形になったもの、とみられるのです。

藤原定家（冷泉家時雨亭文庫蔵）

歌人たちの時代

『百人一首』の百人の歌人たちは、おおむね十世紀はじめの『古今集』の時代から十三世紀初頭の『新古今集』の時代にいたる間の、傑出した王朝歌人たちです。

『古今集』は醍醐《だいご》天皇が紀貫之《きのつらゆき》らに編集を命じて成立した歌集ですが、そのように天皇の命によって編《あ》まれる撰集のことを勅《ちょく》撰《せん》集と呼んでいます。その最初の勅撰集である『古今集』の後も、その編集はほぼ五十年ごとに、『後撰《ごせん》集』『拾遺《しゅうい》集』『後拾《ごしゅう》遺《い》集』『金葉《きんよう》集』『詞花《しか》集』『千載《せんざい》集』『新古今集』と編まれ、この『古今集』から『新古今集』までを、八代《はちだい》集と総称しています。その後も勅撰集編集の伝統は続きますが、八代集こそが王朝和歌の最も充実した時期の作品として重視されるのです。

この『百人一首』のなかには、天智《てんじ》天皇・持統《じとう》天皇・柿本《かきのもとの》人麻呂《ひとまろ》など、『古今集』の時代をさかのぼる古代の歌人の作も含まれています。しかし、その歌々は歌詞に多少の変化を生じながら、八代集などにも再録され、王朝和歌としての資格を備えているといえるでしょう。『百人一首』は、そうした歌をも含めて、各時期の典型的な作風を示す歌々を、時代順に配しています。そうした構成によって、これはおのずと王朝和歌の歴史をも展望させてくれるのです。

四季の自然と恋の心

『百人一首』として集められた百首の内容は、八代集がそうであるように、四季折々の自然を詠んだ歌と、男と女の恋を詠んだ歌が中心になっています。

人間の生活環境としての自然は、たえず変化しています。朝から昼へ、春から夏へ、一年目から二年目へと移り変わっていくのですが、王朝の歌人たちは、そうした自然の変化に敏感に反応しながら、その折々の自然の景を詠んでいるのです。したがって、歌として描かれた風景は、風景そのものというよりも、それを受けとめた作者の心のかたちとでもいうべきものです。心象風景といってもよいでしょう。

また、恋の歌は、人を恋しく思う心の微妙な動きをとらえて詠んだものです。恋の心があれこれと揺れ動くのは当然でしょう。恋の歌はとりわけ、そうした心の動きをとらえているのです。その点では、変化してやまない四季の自然を詠んだ歌とも共通しています。

四季折々の歌であれ、恋の心の動きの歌であれ、ここに集められた百首は、王朝和歌の珠玉の名歌ぞろいです。その鋭いまでに彫琢《ちょうたく》された言葉が、人間の心の微妙に揺れ動く深部をも照らし出しているのです。そして、これらの歌々が、日本人の発想や美意識を豊かに培《つちか》ってきたといっても、過言にはならないでしょう。

もくじ

▼はじめに ― 一

▼「小倉百人一首」解説 ― 二

ページ

1 秋の田の　仮庵の庵の　苫をあらみ　わが衣手は　露にぬれつつ ……… 天智天皇 ― 九
2 春すぎて　夏来にけらし　白妙の　衣ほすてふ　天の香具山 ……… 持統天皇 ― 一〇
3 あしびきの　山鳥の尾の　しだり尾の　ながながし夜を　ひとりかも寝む ……… 柿本人麻呂 ― 一一
4 田子の浦に　うち出でてみれば　白妙の　富士の高嶺に　雪は降りつつ ……… 山部赤人 ― 一二
5 奥山に　紅葉踏みわけ　鳴く鹿の　声きく時ぞ　秋は悲しき ……… 猿丸大夫 ― 一四
6 かささぎの　渡せる橋に　おく霜の　白きをみれば　夜ぞふけにける ……… 中納言家持 ― 一五
7 天の原　ふりさけ見れば　春日なる　三笠の山に　出でし月かも ……… 安倍仲麿 ― 一六
8 わが庵は　都のたつみ　しかぞすむ　世をうぢ山と　人はいふなり ……… 喜撰法師 ― 一七
9 花の色は　うつりにけりな　いたづらに　わが身世にふる　ながめせしまに ……… 小野小町 ― 一八
10 これやこの　行くも帰るも　別れては　知るも知らぬも　逢坂の関 ……… 蟬　丸 ― 二〇
11 わたの原　八十島かけて　漕ぎ出でぬと　人には告げよ　海人の釣舟 ……… 参議　篁 ― 二一
12 天つ風　雲の通ひ路　吹き閉ぢよ　をとめの姿　しばしとどめむ ……… 僧正遍照 ― 二二
13 筑波嶺の　峰より落つる　男女川　恋ぞつもりて　淵となりぬる ……… 陽成院 ― 二四
14 陸奥の　しのぶもぢずり　誰ゆゑに　乱れそめにし　われならなくに ……… 河原左大臣 ― 二五
15 君がため　春の野に出でて　若菜つむ　わが衣手に　雪は降りつつ ……… 光孝天皇 ― 二六
16 たち別れ　いなばの山の　峰に生ふる　まつとし聞かば　今帰り来む ……… 中納言行平 ― 二七
17 ちはやぶる　神代も聞かず　竜田川　からくれなゐに　水くくるとは ……… 在原業平朝臣 ― 二八
18 住の江の　岸による波　よるさへや　夢の通ひ路　人めよくらむ ……… 藤原敏行朝臣 ― 二九
19 難波潟　みじかき芦の　ふしの間も　逢はでこの世を　過ぐしてよとや ……… 伊　勢 ― 三〇
20 わびぬれば　今はた同じ　難波なる　みをつくしても　逢はむとぞ思ふ ……… 元良親王 ― 三二
21 今来むと　言ひしばかりに　長月の　有明の月を　待ち出でつるかな ……… 素性法師 ― 三三
22 吹くからに　秋の草木の　しをるれば　むべ山風を　嵐といふらむ ……… 文屋康秀 ― 三四

23 月みれば　ちぢにものこそ　悲しけれ　わが身一つの　秋にはあらねど……大江千里　三五
24 このたびは　ぬさもとりあへず　手向山　紅葉の錦　神のまにまに……菅　家　三六
25 名にしおはば　逢坂山の　さねかづら　人にしられで　くるよしもがな……三条右大臣　三七
26 小倉山　峰のもみぢ葉　心あらば　今ひとたびの　みゆき待たなむ……貞信公　三八
27 みかの原　わきて流るる　泉川　いつ見きとてか　恋しかるらむ……中納言兼輔　四〇
28 山里は　冬ぞさびしさ　まさりける　人目も草も　かれぬと思へば……源宗于朝臣　四一
29 心あてに　折らばや折らむ　初霜の　置きまどはせる　白菊の花……凡河内躬恒　四二
30 有明の　つれなく見えし　別れより　あかつきばかり　憂きものはなし……壬生忠岑　四三
31 朝ぼらけ　有明の月と　みるまでに　吉野の里に　ふれる白雪……坂上是則　四四
32 山川に　風のかけたる　しがらみは　流れもあへぬ　紅葉なりけり……春道列樹　四六
33 ひさかたの　光のどけき　春の日に　静心なく　花の散るらむ……紀　友則　四七
34 誰をかも　知る人にせむ　高砂の　松も昔の　友ならなくに……藤原興風　四八
35 人はいさ　心も知らず　ふるさとは　花ぞ昔の　香ににほひける……紀　貫之　四九
36 夏の夜は　まだ宵ながら　明けぬるを　雲のいづこに　月やどるらむ……清原深養父　五〇
37 白露に　風の吹きしく　秋の野は　つらぬきとめぬ　玉ぞ散りける……文屋朝康　五一
38 忘らるる　身をば思はず　誓ひてし　人の命の　惜しくもあるかな……右　近　五二
39 浅茅生の　小野の篠原　しのぶれど　あまりてなどか　人の恋しき……参議　等　五三
40 しのぶれど　色に出でにけり　わが恋は　ものや思ふと　人の問ふまで……平　兼盛　五四
41 恋すてふ　わが名はまだき　立ちにけり　人知れずこそ　思ひそめしか……壬生忠見　五五
42 契りきな　かたみに袖を　しぼりつつ　末の松山　波越さじとは……清原元輔　五六
43 逢ひ見ての　のちの心に　くらぶれば　昔はものを　思はざりけり……権中納言敦忠　五七
44 逢ふことの　絶えてしなくは　なかなかに　人をも身をも　恨みざらまし……中納言朝忠　五八
45 あはれとも　いふべき人は　思ほえで　身のいたづらに　なりぬべきかな……謙徳公　五九
46 由良のとを　渡る舟人　かぢをたえ　行くへも知らぬ　恋の道かな……曾禰好忠　六〇

47 八重葎　しげれる宿の　さびしきに　人こそ見えね　秋は来にけり……恵慶法師　六二
48 風をいたみ　岩うつ波の　おのれのみ　くだけてものを　思ふころかな……源　重之　六三
49 みかきもり　衛士のたく火の　夜は燃え　昼は消えつつ　ものをこそ思へ……大中臣能宣　六四
50 君がため　惜しからざりし　命さへ　長くもがなと　思ひけるかな……藤原義孝　六五
51 かくとだに　えやはいぶきの　さしも草　さしも知らじな　燃ゆる思ひを……藤原実方朝臣　六六
52 明けぬれば　暮るるものとは　知りながら　なほうらめしき　朝ぼらけかな…藤原道信朝臣　六七
53 嘆きつつ　ひとり寝る夜の　明くる間は　いかに久しき　ものとかは知る……右大将道綱母　六八
54 忘れじの　行く末までは　かたければ　今日を限りの　命ともがな……儀同三司母　六九
55 滝の音は　絶えて久しく　なりぬれど　名こそ流れて　なほ聞こえけれ……大納言公任　七〇
56 あらざらむ　この世のほかの　思ひ出に　今ひとたびの　逢ふこともがな……和泉式部　七一
57 めぐりあひて　見しやそれとも　わかぬ間に　雲がくれにし　夜半の月かな……紫　式部　七二
58 有馬山　猪名の笹原　風吹けば　いでそよ人を　忘れやはする……大弐三位　七四
59 やすらはで　寝なましものを　さ夜ふけて　かたぶくまでの　月を見しかな……赤染衛門　七五
60 大江山　いく野の道の　遠ければ　まだふみもみず　天の橋立……小式部内侍　七六
61 いにしへの　奈良の都の　八重桜　けふ九重に　にほひぬるかな……伊勢大輔　七八
62 夜をこめて　鳥のそらねは　はかるとも　よに逢坂の　関はゆるさじ……清少納言　八〇
63 今はただ　思ひ絶えなむ　とばかりを　人づてならで　言ふよしもがな……左京大夫道雅　八一
64 朝ぼらけ　宇治の川霧　たえだえに　あらはれわたる　瀬々の網代木……権中納言定頼　八二
65 恨みわび　ほさぬ袖だに　あるものを　恋に朽ちなむ　名こそ惜しけれ……相　模　八四
66 もろともに　あはれと思へ　山桜　花よりほかに　知る人もなし……前大僧正行尊　八五
67 春の夜の　夢ばかりなる　手枕に　かひなく立たむ　名こそ惜しけれ……周防内侍　八六
68 心にも　あらでうき世に　ながらへば　恋しかるべき　夜半の月かな……三　条　院　八七
69 嵐吹く　三室の山の　もみぢ葉は　竜田の川の　錦なりけり……能因法師　八八
70 さびしさに　宿を立ち出でて　ながむれば　いづこも同じ　秋の夕暮れ……良暹法師　九〇

71 夕されば　門田の稲葉　おとづれて　芦のまろやに　秋風ぞ吹く……………大納言経信　九一
72 音に聞く　高師の浜の　あだ波は　かけじや袖の　ぬれもこそすれ………祐子内親王家紀伊　九二
73 高砂の　尾の上の桜　咲きにけり　外山の霞　立たずもあらなむ…………権中納言匡房　九三
74 憂かりける　人を初瀬の　山おろしよ　はげしかれとは　祈らぬものを…………源俊頼朝臣　九四
75 契りおきし　させもが露を　命にて　あはれ今年の　秋もいぬめり……………藤原基俊　九六
76 わたの原　漕ぎ出でて見れば　ひさかたの　雲居にまがふ　沖つ白波…法性寺入道前関白太政大臣　九七
77 瀬をはやみ　岩にせかるる　滝川の　われても末に　あはむとぞ思ふ……………崇　徳　院　九八
78 淡路島　かよふ千鳥の　鳴く声に　いく夜寝覚めぬ　須磨の関守………………源　兼昌　九九
79 秋風に　たなびく雲の　絶え間より　もれ出づる月の　影のさやけさ…………左京大夫顕輔　一〇〇
80 長からむ　心も知らず　黒髪の　乱れて今朝は　ものをこそ思へ…………待賢門院堀河　一〇一
81 ほととぎす　鳴きつる方を　ながむれば　ただ有明の　月ぞ残れる…………後徳大寺左大臣　一〇二
82 思ひわび　さても命は　あるものを　憂きにたへぬは　涙なりけり……………道因法師　一〇三
83 世の中よ　道こそなけれ　思ひ入る　山の奥にも　鹿ぞ鳴くなる…………皇太后宮大夫俊成　一〇四
84 ながらへば　またこのごろや　しのばれむ　憂しとみし世ぞ　今は恋しき……藤原清輔朝臣　一〇六
85 夜もすがら　もの思ふころは　明けやらで　閨のひまさへ　つれなかりけり…………俊恵法師　一〇七
86 嘆けとて　月やはものを　思はする　かこち顔なる　わが涙かな……………西行法師　一〇八
87 村雨の　露もまだひぬ　真木の葉に　霧立ちのぼる　秋の夕暮れ……………寂蓮法師　一一〇
88 難波江の　芦のかりねの　ひとよゆゑ　みをつくしてや　恋ひわたるべき……皇嘉門院別当　一一二
89 玉の緒よ　絶えなば絶えね　ながらへば　忍ぶることの　よわりもぞする…………式子内親王　一一三
90 見せばやな　雄島のあまの　袖だにも　ぬれにぞぬれし　色はかはらず…………殷富門院大輔　一一四
91 きりぎりす　鳴くや霜夜の　さむしろに　衣かたしき　ひとりかも寝む…後京極摂政前太政大臣　一一六
92 わが袖は　潮干に見えぬ　沖の石の　人こそ知らね　かわく間もなし……………二条院讃岐　一一七
93 世の中は　常にもがもな　渚こぐ　あまの小舟の　綱手かなしも……………鎌倉右大臣　一一八
94 み吉野の　山の秋風　さ夜ふけて　ふるさと寒く　衣うつなり……………参議雅経　一二〇

95 おほけなく うき世の民に おほふかな わがたつ杣に 墨染の袖 ………… 前大僧正慈円 ―― 一二二
96 花さそふ 嵐の庭の 雪ならで ふりゆくものは わが身なりけり ………… 入道前太政大臣 ―― 一二三
97 来ぬ人を まつほの浦の 夕なぎに 焼くや藻塩の 身もこがれつつ ………… 権中納言定家 ―― 一二四
98 風そよぐ ならの小川の 夕暮れは みそぎぞ夏の しるしなりける ………… 従二位家隆 ―― 一二五
99 人も惜し 人も恨めし あぢきなく 世を思ふゆゑに もの思ふ身は ………… 後鳥羽院 ―― 一二六
100 ももしきや 古き軒端の しのぶにも なほあまりある 昔なりけり ………… 順徳院 ―― 一二八

▼かるた遊び・競技 ―― 一二九
▼和歌の表現技法 ―― 一三〇
百人一首の序詞・掛詞の一覧表（一三二）
おもな歌枕（一三四）
▼和歌の語法 ―― 一三五
▼歌さくいん ―― 一三七
▼作者さくいん ―― 一四一
▼重要語句・事項さくいん ―― 一四三

特色と使用法

- 本文で（↓35）のように示した数字はすべて歌番号である。
- 音読する際の便をはかって、歌の歴史的かなづかいの部分には、左側に現代かなづかいによる表記を示した。
- 「歌意」は歌の表現に忠実であるように心がけた。
- 「所載歌集」及び本文に示した歌番号は、すべて『新編国歌大観』による。
- 「鑑賞」は平明を第一とし、見出しに歌の主題を示した。
- 各首ごとに品詞分解表を付した。
- 「語句・語法」では重要な語句・語法について解説した。
- 「表現」では句切れや修辞を示して解釈の一助とした。

品詞分解表の記号

［用言および助動詞の表示例］
▽動・ハ四・未然＝動詞・ハ行四段活用・未然形　▽形・シク・連用＝形容詞・シク活用・連用形　▽形動・ナリ・終止＝形容動詞・ナリ活用・終止形　▽助動・完了・連体＝完了の助動詞・連体形

［その他の品詞］
▽名＝名詞　▽固名＝固有名詞　▽代＝代名詞　▽副＝副詞　▽連体＝連体詞　▽感＝感動詞　▽格助＝格助詞　▽接助＝接続助詞　▽副助＝副助詞　▽係助＝係助詞　▽間助＝間投助詞　▽終助＝終助詞

1

秋《あき》の田《た》の　仮庵《かりほ》(オ)の庵《いほ》(イオ)の　苫《とま》をあらみ
わが衣手《ころもで》は　露《つゆ》にぬれつつ

天《てん》智《じ》天《てん》皇《のう》

歌意 秋の田のほとりにある仮小屋の、その屋根を葺《ふ》いた苫《とま》の編み目が粗《あら》いので、私の衣の袖《そで》は露《つゆ》に濡《ぬ》れていくばかりである。

［所載歌集：『後撰集』秋中〔三〇二〕］

秋	の	田	の	仮庵	の	庵	の	苫	を	あら	み
名	格助	名	格助	名	格助	名	格助	名	間助	形(語幹)	〈接尾〉
わ	が	衣手	は	露	に	ぬれ	つつ				
代	格助	名	係助	名	格助	動・ラ下二・連用	接助				

作者 六二六〜六七一　舒明《じょめい》天皇の皇子（中大兄皇子《なかのおおえの》）。藤原鎌足《ふじわらのかまたり》らと蘇我氏を倒し、大化改新《たいかのかいしん》を実現。近江《おうみ》（滋賀《しが》県）に都を開く。

語句・語法 ●**仮庵の庵**　「かりほ」は「仮庵《かりいほ》」がつづまったもの。農作業のための粗末な仮小屋。「仮庵《かりほ》の庵」という言い方は、同じ語を重ねて語調を整える用法。●**苫をあらみ**　「苫《とま》」は菅《すげ》や萱《かや》で編んだ菰《こも》。平安後期から、寂しさやわびしさを思わせる語としてよく用いられた。「……(を)＋形容詞の語幹＋み」は原因・理由を表す語法。「……が……なので」と訳す。●**衣手**　衣の袖《そで》の意の歌語《かご》（和歌にだけ用いられる語）。●**ぬれつつ**　「つつ」は反復・継続の意の接続助詞で、ここでは、袖がしだいに濡《ぬ》れていく経過と、そのことへの感慨を表す。万葉歌は「露そ置きにける」と「ける」で終わって、今初めて気がついたという感動を詠んでいる。

鑑賞　暮れていく晩秋の静寂な田園風景

屋根にした苫《とま》のすきまから落ちてくる冷たい露に、しだいに衣の袖《そで》が濡《ぬ》れていく。収穫期の農作業にいそしむ田園の風景を詠んだ歌である。しかし、農作業のつらさという実感は薄く、晩秋のわびしい静寂さを美ととらえた歌である。藤原定家《ふじわらのさだいえ》は、言外に静寂な余情をもっているとして、この歌を「幽玄体《ゆうげんたい》」の例としてあげている。

これはもともと『万葉集』の作者不明歌であり、「秋田刈《か》る仮庵《かりほ》を作り我《わ》が居《を》れば衣手寒く露そ置きにける」（巻十・二一七六）とある。口伝えで伝わるうち、農作業の実感から離れ、歌詞も王朝人好みの言葉づかいとなり、さらに作者も天智天皇とされるようになったらしい。『後撰集《ごせんしゅう》』にも天智天皇の作として載る。天智天皇は平安時代の歴代天皇の祖として尊敬されており、それに、農民の労苦を理解できる理想的な天皇という姿が重ねあわされたものか。

2

**春《はる》すぎて　夏来《なつき》にけらし　白妙《しろたへ》（タエ）の
衣《ころも》ほすてふ（チョウ）　天《あま》の香具山《かぐやま》**

持統天皇《じとうてんのう》

歌意　春が過ぎて夏が来てしまっているらしい。夏になると真っ白な衣を干すという天の香具山なのだから。

［所載歌集：『新古今集』夏（一七五）］

春	すぎ	て	夏	来	に	け(る)	らし
名	動・ガ上二・連用	接助	名	動・カ変・連用	助動・完了・連用	助動・過去・連体	助動・推量・終止

白妙	の	衣	ほす	てふ	天の香具山
名	格助	名	動・サ四・終止	連語	固名

枕詞（白妙の）

作者　六四五〜七〇二　天智《てんじ》天皇(↓1)の皇女。天武《てんむ》天皇の皇后《こうごう》。

語句・語法　●**夏来にけらし**　「けらし」は「けるらし」がつづまった形。「らし」は、確実な根拠にもとづいて客観的に推定する。ここでは「白妙の衣ほすてふ天の香具山」が推定の根拠にあたる。　●**白妙の**　「衣」にかかる**枕詞《まくらことば》**。「白妙」はコウゾ類の樹皮の繊維で織った純白の布。ここも純白のイメージがある。　●**衣ほすてふ**　「てふ」は「といふ」のつづまった形。夏に衣を干す習慣があるという天の香具山と続く。　●**天の香具山**　奈良県橿《かし》原《はら》市の山。大和三山《やまとさんざん》(香具山・畝傍《うねび》山・耳成《みみなし》山)の一つ。天上から降りてきたという神話的な伝説から、「天の」を冠する。持統天皇のいた藤原京から見て、天の香具山は東南の少し離れたところに位置している。藤原京から天の香具山を遠望しているのである。

表現　二句切れ・枕詞・体言止め

鑑賞　白と緑も目に鮮やかな初夏の到来

『万葉集』には「春過ぎて夏来たるらし白妙の衣ほしたり天《あめ》の香具山」(巻一・二八)とある。

百人一首では四句目が「てふ」となっている。万葉歌が「干している」とあるのに対し、これは伝聞の語法であるが、それによって、天の香具山に関《かか》わる伝承や風俗なども取りこむような趣《おもむき》になっている。今日ではわからなくなってしまったが、夏になると香具山には衣が干されたらしい。ここに描かれる香具山は、眼前に山の緑と布の白さの鮮やかな配色を際立てているが、それとともにこの山が天上から降りてきたという神話的な想像力も働いていよう。

『新古今集』では、この歌を巻三・夏歌の巻頭に置いている。夏到来の歌として強く意識していたのであろう。

3

あしびきの　山鳥《やまどり》の尾《を》（オ）の　しだり尾《を》（オ）の　ながながし夜《よ》を　ひとりかも寝《ね》む（ン）

柿本人麻呂《かきのもとのひとまろ》

歌意　山鳥の尾の、その垂れ下がった尾が長々しいように、秋の長々しい夜をひとりで寝ることになるのだろうか。

［所載歌集：『拾遺集』恋三（七七八）］

名	格助	名	格助	名	格助	名	格助	
あしびき	の	山鳥	の	尾	の	しだり尾	の	
枕詞								
形・シク・終止	名	格助	名	係助	係助	動・ナ下二・未然	助動・推量・連体	
ながながし	夜	を	ひとり	か	も	寝	む	
				係り結び				

作者　七世紀後半から八世紀初頭にかけての人。下級官人だったらしいが詳細は不明。万葉時代最大の歌人。

語句・語法　●**あしびきの**　「山」にかかる枕詞《まくらことば》。『万葉集』では「あしひきの」だが、中世以降は濁音化する。●**山鳥**　キジ科の鳥。昼は雌雄《しゆう》一緒にいるが、夜は谷を隔てて別々に寝るとされ、ひとり寝の悲哀を表す歌の言葉となった。●**しだり尾の**　「しだり尾」は長く垂れ下がっている尾。尾が長いのは雄《おす》で、ここは、男がひとり寝の悲哀をかみしめている趣《おもむき》。初句からここまでが序詞《じょことば》。●**ながながし**　序詞と本旨《ほんし》のつなぎの部分。上からは山鳥の尾の長い意で続き、下へは秋の夜が長いという意で続く。終止形を連体形のように用いて「夜」に続けたと解する。●**ひとりかも寝む**　自分に問いかける言い方。ひとり寝のやるせなさという恋の孤独を象徴する表現。「か」は疑問の係助詞。「む」は推量の助動詞の連体形で、「か」の結び。

表現　枕詞・序詞

鑑賞　秋の夜長をひとり寝る恋のわびしさ

恋しい人に逢《あ》えぬまま、秋の夜長をひとり孤独に過ごさねばならぬ悲しみを詠んだ歌である。

この歌の勘《かん》どころの一つは、山鳥の尾の長々しさから秋の夜の長々しさに転ずる、言葉のおもしろさにある。また山鳥は、昼は雌雄《しゆう》が一緒にいるが、夜になると別々に離れて谷を隔てながら寝る習性がある、と考えられていた。したがって、歌では、離れている夫婦や恋人がたがいに慕いあうというような連想の働くことが多かった。ここでの序《じょ》詞《ことば》「あしびきの山鳥の尾のしだり尾の」は、「の」の繰り返しのなめらかなリズムの中で、尾の長さを時間の長さにするりと移行させるとともに、そうした山鳥の習性を、山鳥ならぬ人間の恋の感傷につなげる働きを果たしている。

この歌は『万葉集』では作者不明の歌であるが、平安時代になると人麻呂の代表作とみられるようになった。

山鳥

田子《たご》の浦《うら》に　うち出《い》でてみれば　白妙《しろたへ》(タエ)の　富士《ふじ》の高嶺《たかね》に　雪《ゆき》は降《ふ》りつつ

山部赤人《やまべのあかひと》

歌意 田子の浦に出てみると、真っ白な富士の高嶺《たかね》にしきりに雪が降っていることだよ。

［所載歌集：『新古今集』冬（六七五）］

田子の浦	に	うち出で	て	みれ	ば
固名	格助	動・ダ下二・連用（接頭）	接助	動・マ上一・已然	接助

白妙	の	富士	の	高嶺	に	雪	は	降り	つつ
名	格助	固名	格助	名	格助	名	係助	動・ラ四・連用	接助

（白妙の＝枕詞）

作者 八世紀半ばごろの人。『万葉集』第三期の代表的歌人。

語句・語法 ●**田子の浦に** 「田子の浦」は駿河《するが》国（静岡県）の海岸。ただし、現在と同じ場所かは疑わしい。「に」は作者の立っている場所を示す。●**うち出でてみれば** 「うち」は動詞につく接頭語で、語調を整える。接続助詞「ば」は、已然形から続くと確定条件を表す。ここでは、「……と」と訳す。海辺に出たことによって急に視界が広がったのである。●**白妙の** 枕詞《まくらことば》。純白のイメージ（→2）。●**雪は降りつつ** 「つつ」は反復・継続の意の接続助詞。ここでは時間の経過がこめられ、雪があとからあとから降ってくることを表す。富士の高嶺に雪が降っている様子が田子の浦から見えるわけもないが、枕詞「白妙の」と合わせて、幻想的な雰囲気が加味されている。

表現 枕詞

鑑賞　風景の中心を占める富士の山頂

この歌は、眼前に田子《たご》の浦《うら》など適度な空間を置いて、遠くに真っ白な富士の高嶺《たかね》を配置した構図になっている。近景が具体的には描写されないのに対して、遠景の富士の姿が最も鮮明に映像化されている。遠くの山頂の白さがくっきりと描かれ、それを中心に広大な空間が広がっている趣《おもむき》である。いわば言葉で描いた一幅《いっぷく》の風景画ともいえよう。空間の安定した構図が構えられている。叙景歌《じょけいか》と呼ばれる歌の典型である。

『万葉集』には、「田子《たご》の浦《うら》ゆうち出でてみれば真白《ましろ》にぞ富士の高嶺《たかね》に雪は降りける」（巻三・三二一）とある。「白妙の」に比べて「真白にぞ」は実感的であり、助動詞の「ける」も眼前に広がる富士の雄姿に今初めて気がついた感動を表現している。対して、百人一首の歌の方は観念的で、その富士の姿は幻想的でさえあろう。

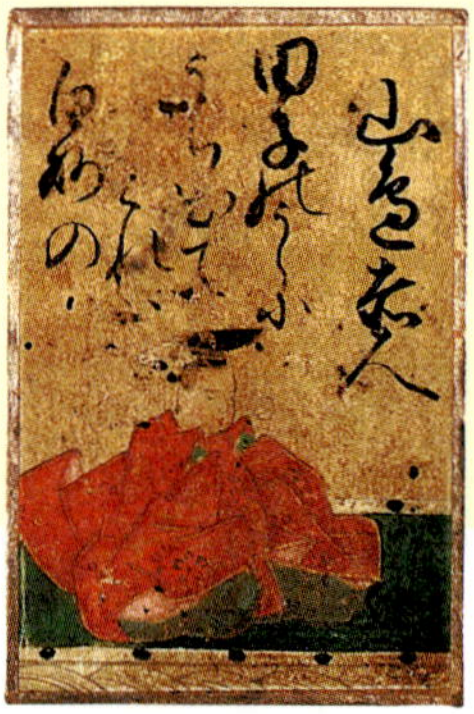

富士の山▼　平安時代の和歌や物語にも富士山はしばしば描かれた。都の人々にははるかに遠い東国の山だが、夏も雪の降る山とか、煙のたなびく山とかを連想した。当時は活火山として、幾度となく噴火したことが記録されている。

5

奥山《おくやま》に　紅葉《もみぢ》（モミジ）踏《ふ》みわけ　鳴《な》く鹿《しか》の　声《こゑ》（コエ）きく時《とき》ぞ　秋《あき》は悲《かな》しき

猿《さる》丸《まる》大《だ》夫《ゆう》

歌意　人里離れた奥山で、散り敷いた紅葉を踏み分けて鳴いている鹿の声を聞く時こそ、いよいよ秋は悲しいものと感じられる。

［所載歌集：『古今集』秋上（二一五）］

奥山	に	紅葉	踏みわけ	鳴く	鹿	の
名	格助	名	動・カ下二・連用	動・カ四・連体	名	格助

声	きく	時	ぞ	秋	は	悲しき
名	動・カ四・連体	名	係助	名	係助	形・シク・連体

係り結び（ぞ―悲しき）

作者　八世紀から九世紀ごろの人物か。伝説的歌人。

語句・語法　●**奥山**　人里離れた奥深い山。●**紅葉踏みわけ**　主語は鹿。紅葉が散って一面に敷いているところを雄鹿《おじか》が踏み分けていく。晩秋である。古来、主語が鹿か人か解釈が分かれてきたが、ここでは鹿とする。鹿の声という聴覚的な契機から、紅葉を鹿が踏み分けていく姿を想像しているのである。●**鳴く鹿の**　秋に雄鹿は雌鹿《めじか》を求めて鳴くとされ、そこに遠く離れた妻や恋人を恋慕する心情を重ねることが多かった。ここもその情感を言いこめる。●**声きく時ぞ**　係助詞「ぞ」は強意。文末を形容詞の連体形「悲しき」で結ぶ。秋を悲しく感じる時はほかにもいろいろあるけれど、鹿の鳴き声を聞くその時がとりわけ。●**秋は**　係助詞「は」は、他と区別してとりたてていうのに用いる。ほかの季節はともかく、秋は。

鑑賞　鹿の鳴き声に悲しみのきわまる秋

雄鹿《おじか》が雌鹿《めじか》を求めて鳴く趣《おもむき》は、『万葉集』のころからよく歌に詠まれた。その鹿の鳴き声を聞く時を、秋の最も深い悲しみの時だとしたところに、この歌の特徴がある。紅葉は晩秋を彩《いろど》る華麗な景物であるが、ここでは滅びの前の際立った華麗さが、秋の悲哀のきわまった風景としてとらえられている。

『古今集』の詞書《ことばがき》には「是貞《これさだ》の親王《みこ》の家の歌合《うたあはせ》の歌」とある。この歌合は九世紀末に催されているから、当時すでに秋は悲哀の季節として思われていたことになる。このような季節感は、秋を喜ぶべき収穫の時節とする農耕生活からは容易に生まれてはこない。いわば田園の生活から離れた都会的精神によっているとみられる。秋を生命が衰え滅びる時節ととらえ、それに自らの人生の時間を重ね、人間存在のはかなさを意識する時、「秋は悲し」の季節感覚が生まれてくるのであろう。

6

かささぎの　渡《わた》せる橋《はし》に　おく霜《しも》の　白《しろ》きをみれば　夜《よ》ぞふけにける

中納言家持《ちゅうなごんやかもち》

鑑賞　冴《さ》えわたる冬の夜空に描く幻想

冬の夜ふけのきびしい寒さを、宮中の御階《みはし》（階段）におりた霜の白さによってとらえた歌である。

「かささぎの渡せる橋」を、文字どおり天の川にかかる橋として、夜空に星々が冴《さ》え冴《ざ》えと輝く情景を詠んだとする解釈もあるが、ここは通説に従って、宮中の御階を天上界の橋に見立てたものとしておく。見立てはもともと漢詩特有の技法であり、ある事柄を別の事柄になぞらえることで、新しい視点から事実をとらえなおす表現技法である。平安時代になって積極的に和歌に用いられるようになる。ここでは、宮中の御階を天の川にかかるかささぎの橋に見立てている。地上の御階に霜のおりた風景が、中国的な七夕《たなばた》伝説をも取りこんで、冴えわたった星空と結びつき、幻想的な厳冬の夜ふけの世界を描き出している。

紫宸殿《ししんでん》の階

歌意　かささぎが翼《つばさ》をつらねて渡したという橋——宮中の御階《みはし》におりている霜が白いのを見ると、もう夜もふけてしまったのだった。

［所載歌集：『新古今集』冬（六二〇）］

かささぎ	名
の	格助
渡せ	動・サ四・命令
る	助動・存続・連体
橋	名
に	格助
おく	動・カ四・連体
霜	名
の	格助
白き	形・ク・連体
を	格助
みれ	動・マ上一・已然
ば	接助
夜	名
ぞ	係助
ふけ	動・カ下二・連用
に	助動・完了・連用
ける	助動・詠嘆・連体

係り結び（ぞ―ける）

作者　七一八？〜七八五　大伴家持《おおとものやかもち》。旅人《たびと》の子。『万葉集』第四期の代表的歌人で、その編纂《へんさん》にも関係。

語句・語法　●**かささぎの渡せる橋**　「かささぎ」はカラス科の鳥。肩から胸腹にかけて白く、尾は黒くて長い。中国の七夕伝説では、翼をつらねて橋となり、天の川にかかって織女《しょくじょ》を牽牛《けんぎゅう》のもとへ渡すとされた。ここでは宮中の階をそれに**見立てる**。宮中を天上界になぞらえることは多く、「橋《はし》」と「階《はし》」が同音であるところからも、この見立てができた。●**おく霜の白きをみれば**　霜がおりるのは深夜から未明にかけて。その白さが冬のきびしい寒さを感じさせる。●**夜ぞふけにける**　霜の白さを見て、夜がふけたことに気がついたというのである。「けり」には、今初めて気がついたという感動がこもる。

表現　見立て

かささぎ

7

天《あま》の原《はら》　ふりさけ見《み》れば　春日《かすが》なる
三笠《みかさ》の山《やま》に　出《い》でし月《つき》かも

安倍仲麿《あべのなかまろ》

歌意　大空をふり仰《あお》いではるか遠くを眺《なが》めると、今見ている月は、かつて奈良の春日《かすが》にある三笠《みかさ》山の上に出ていた月と同じ月なのだなあ。

［所載歌集：『古今集』羇旅《きりょ》（四〇六）］

天の原	ふりさけ見れ	ば	春日	なる
名	動・マ上一・已然（接頭）	接助	固名	助動・存在・連体

三笠の山	に	出で	し	月	かも
固名	格助	動・ダ下二・連用	助動・過去・連体	名	終助

作者　六九八〜七七〇　正しくは阿倍仲麿。遣唐《けんとう》留学生として渡唐。帰国できないまま唐土で没。李白《りはく》・王維《おうい》らとも親交があった。

語句・語法　●**天の原**　大空。「原」は大きく広がっている様子を表す。　●**ふりさけ見れば**　「ふりさけ見る」は、遠くを眺めやる意。その已然形に、接続助詞「ば」がついて、確定条件。　●**春日なる**　「春日」は現在の奈良公園から春日神社のあたり。この「なり」は、……にある、と存在を表す。遣唐使の出発に際しては、春日神社に旅の無事を祈ったとされ、『続日本紀《しょくにほんぎ》』には、仲麿の一行と思われる遣唐使たちが祈願したという叙述も見える。　●**三笠の山**　春日神社後方の、若草《わかくさ》山と高円《たかまど》山との間にある山。　●**出でし月かも**　「し」は、過去の助動詞「き」の連体形。直接は、かつて見た三笠の山の月をさす。そのうえで、今ふり仰いでいる月も重ねられていよう。「かも」は奈良時代によく用いられた詠嘆の終助詞。

鑑賞　帰国を前に胸にこみあげてくる望郷の思い

『古今集』には、中国での長年の留学生活を終えて帰国する、その惜別の折に月が美しくのぼったのを見て詠んだとある。送別の宴に集まってくれた中国の友人たちを前に、漢詩ではなく和歌を詠みあげているのも、異国の友との別れがたい思いにもまさって、故郷への思いがあらためてこみあげてくるということであろうか。

今仰ぎ見ているこの月はかつて奈良で見たあの月と同じであったと、感動を新たにしている。今大空に照り輝く月を眺めていると、過去と現在、日本と中国という違いを越えて万感が胸にこみあげてくる。歳月の流れやわが人生への感慨もひとしおである。遣唐留学生として十七歳で入唐してからすでに三十年の歳月が流れていた。いよいよ帰国という時にこみあげてくる望郷の思いは、同時にこれまでの自分の人生を顧みさせてもいいよう。

8

わが庵《いほ》(イオ)は　都《みやこ》のたつみ　しかぞすむ
世《よ》をうぢ(ジ)山《やま》と　人《ひと》はいふ(ウ)なり

喜《き》撰《せん》法《ほう》師《し》

鑑賞　宇治《うじ》での隠棲《いんせい》生活ののどかな心

世間の人は宇治《うじ》山というと「憂《う》し」と掛けて、私が世の中を憂しと思ってここに隠棲《いんせい》していると思っているが、自分としては何の屈託《くったく》もなく心のどかに住み暮らしているのだというのである。人は人、自分は自分という考え方が、「わが庵は……すむ」「世を……人はいふなり」という対比した言いまわしに主張されている。世捨て人にありがちな人生の暗いかげりはなく、自由で洒脱《しゃだつ》な明るさがある。

宇治は、早くから世間の俗塵《ぞくじん》を離れた清遊の地とされ、貴族の別荘も多かった。十世紀後半以降、浄土教が流行すると、それとともに西方浄土を想像するに格好の地と思われるようになった。『源氏物語』では宇治十帖《じゅうじょう》の舞台となり、また藤原頼《ふじわらのより》通《みち》は、父道長《みちなが》の別荘を寺に改めて平《びょう》等院鳳凰堂《どういんほうおうどう》を建立している。

宇治川

歌意　私の庵《いおり》は都の東南にあって、このように心のどかに暮らしている。だのに、私がこの世をつらいと思って逃れ住んでいる宇治《うじ》山だと、世間の人は言っているようだ。

［所載歌集：『古今集』雑下　（九八三）］

わ	が	庵	は	都	の	たつみ	しか	ぞ	すむ
代	格助	名	係助	名	格助	名	副	係助	動・マ四・連体

係り結び（ぞ―すむ）

世	を	うぢ山	と	人	は	いふ	なり
名	格助	固名	格助	名	係助	動・ハ四・終止	助動・伝聞・終止

作者　九世紀後半の人。六歌仙の一人。宇治山の僧という以外、経歴未詳。

語句・語法　●**わが庵は**　一首は、「わが庵は……しかぞすむ」「世を……人はいふなり」という二段構成になっている。●**たつみ**　東南。十二支の方位で、辰《たつ》と巳《み》の中間の方角である。●**しかぞすむ**　「しか」は、このように、の意の副詞。具体的な内容は、後の「世を憂」に対して、のどかな気持ちで、ぐらい。「しか」に「鹿」を掛けるとする解釈もある。●**世をうぢ山と**　「う」は「宇(治)」と「憂(し)」の**掛詞《かけことば》**。「憂し」は、つらい・情けない、の意。宇治山は、京都府宇治市の東にあり、現在は喜撰《きせん》山と呼ばれている。●**人はいふなり**　「人」は世間一般の人。係助詞「は」に、自分はそう思わないのに、という気持ちをこめる。「なり」は伝聞の意の助動詞。

表現　三句切れ・掛詞

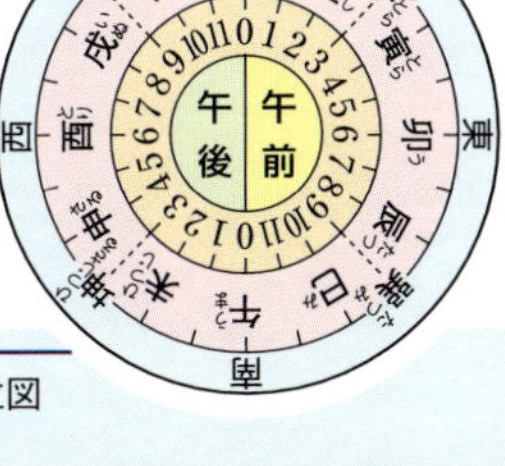

方位図

花《はな》の色《いろ》は　うつりにけりな　いたづ《(ズ)》らに
わが身世《みよ》にふる　ながめせしまに
小《お》野《のの》小《こ》町《まち》

［所載歌集：『古今集』春下（一一三）］

歌意　桜の花はむなしく色あせてしまった。春の長雨が降っていた間に。――私の容姿もすっかり衰えてしまった。生きていることのもの思いをしていた間に。

小町伝説　小野小町《おののこまち》にまつわる伝説が、各地に広がり、さまざまな内容を伝えているが、美人薄命という点では共通している。それというのも、この「花の色は……」の歌が、その伝説の根幹になっているからであろう。

花	名
の	格助
色	名
は	係助
うつり	動・ラ四・連用
に	助動・完了・連用
けり	助動・過去・終止
な	終助
いたづらに	形動・ナリ・連用
わ	代
が	格助
身	名
世	名
に	格助
ふる	動・ラ四・連体
ながめせ	動・サ変・未然
し	助動・過去・連体
ま	名
に	格助

鑑賞　色あせる桜に寄せる人生の衰えへの哀感

「降《ふ》る」と「経《ふ》る」、「長雨《ながめ》」と「眺《なが》め」の二組の掛詞《かけことば》が、「降る長雨」と「経る眺め」という自然と人事とを重ねた二重の文脈を作っている。散る前に長雨のためにすでに色あせてしまった桜と、ぼんやりもの思いにふけっている間に盛りを過ぎてしまったわが身とが重ねられているのである。

古来桜の花は、そのはかない美しさが深い愛着の情をもって賞美されてきた。ここでは、ただでさえ開花期間の短い桜の花が、長雨のために散る前に色あせてしまったというのである。そのような桜の花に、自分自身を重ねていることになる。すなわち、女盛りの美しさを人前で十分に発揮することもなく、むなしく老いさらばえていく自分自身の人生が、深い哀惜の気持ちをもって見つめられているのである。

作者　九世紀後半の人。六歌仙唯一の女流歌人。絶世の美人といわれ、各地に小町伝説を残す。しかし、その経歴は未詳。

語句・語法　●**花の色**　「花」は桜。女の容姿も暗示している。●**うつりにけりな**　「花の色」とあるので、「うつる」は、色あせて衰える意。「けりな」の「な」は、感動を表す終助詞。長雨のため散る前に花の色があせてしまい、盛りの美しさを見せないまま終わってしまったというのである。●**いたづらに**　むだに・むなしく、の意。「ふる」にかかる。「うつりにけりな」にかかるとする解釈もある。●**ふる**　「経る」と「降る」の**掛詞《かけことば》**。「経」は、年を経る・暮らしていく、の意。●**ながめせしまに**　「眺め（もの思い）」と「長雨」の**掛詞**。「……経る眺め……」の人事と「……降る長雨……」の自然との二重の文脈を作る。意味上、上に続く。**倒置法**。

表現　二句切れ・掛詞・倒置法

小野小町
（佐竹本三十六歌仙絵）

10

これやこの　行く《ゆ》も帰る《かへ》（カエ）も　別れ《わか》ては
知る《し》も知ら《し》ぬも　逢坂《あふさか》（オウ）の関《せき》

蟬《せみ》丸《まる》

歌意　これがあの、これから旅立つ人も帰る人も、知っている人も知らない人も、別れてはまた逢《あ》うという、逢坂《おうさか》の関なのですよ。

［所載歌集：『後撰集』雑一（一〇八九）］

これ	や	こ	の	行く	も	帰る	も	別れ	て	は
代	間助	代	格助	動・カ四・連体	係助	動・ラ四・連体	係助	動・ラ下二・連用	接助	係助

知る	も	知ら	ぬ	も	逢坂の関
動・ラ四・連体	係助	動・ラ四・未然	助動・打消・連体	係助	固名

鑑賞　会うは別れのはじめを思わせる逢坂の関

「これやこの……逢坂の関」という名所旧跡を紹介する言葉づかいを基本に、そこに、「行く」「帰る」、「知る」「知らぬ」、「別れる」「逢ふ」の三組の対立する語を配置し、しかもそのすべてを「逢坂の関」に収束させた表現になっている。知っている人も知らない人も、逢っては別れ、別れてはまた逢うという逢坂の関は、まさに人生縮図のようだというのであろうか。歌の背後に潜むそうした人生への認識が、ただの戯《ざ》れ歌になるのを、すんでのところでおしとどめている。

中世の歌人たちはこの歌を、会うは別れのはじめだとする「会者《えしゃ》定離《じょうり》」の理《ことわり》を詠んだものとして理解したらしい。会っては別れ、別れてはまた会うことを繰り返すのが人生のならいだ、という仏教的な感慨を、この歌から読みとったのであろう。

作者　九世紀後半の人か。盲目《もうもく》の琵琶《びわ》の名手であったという伝説がある。

語句・語法　●**これやこの**　これが噂《うわさ》に聞いているあの……、という言い方。「や」は詠嘆の間投助詞。この句は直接には「逢坂の関」に続き、その間に、「行くも帰るも……知るも知らぬも」という逢坂の関の説明部分が入りこんでいる構造になっている。●**行くも帰るも**　「行く」「帰る」はともに連体形で、下に「人」を補う。行く人も帰る人も。●**別れては**　「ては」は、動作・作用を意味する語についてその反復を表す。別れては逢い、逢っては別れることが繰り返されるというのである。●**知るも知らぬも**　上の「行くも帰るも」と同じ語法。●**逢坂の関**　山城《やましろ》国（京都府）と近江《おうみ》国（滋賀県）の境の関所。ここを越えると東国とされた。関所じたいは早く廃止されたが、歌枕《うたまくら》として詠まれ続けた。「逢ふ」との掛詞《かけことば》として詠まれることが多い。体言止め。

表現　掛詞・体言止め

わたの原《はら》　八十島《やそしま》かけて　漕《こ》ぎ出《い》でぬと　人《ひと》には告《つ》げよ　海人《あま》の釣舟《つりぶね》

参《さん》議《ぎ》篁《たかむら》

歌意 広い海原をたくさんの島々を目ざして漕《こ》ぎ出してしまったと、都にいる人に伝えておくれ。漁師の釣舟よ。

[所載歌集：『古今集』羇旅《きりょ》(四〇七)]

わたの原	八十島	かけ	て	漕ぎ出で	ぬ	と
名	名	動・カ下二・連用	接助	動・ダ下二・連用	助動・完了・終止	格助

人	に	は	告げよ	海人	の	釣舟
名	格助	係助	動・ガ下二・命令	名	格助	名

作者 八〇二〜八五二　小野篁《おののたかむら》。当時の第一級の学者で、漢詩文にもすぐれる。

語句・語法 ●**わたの原** 広い大海原。●**八十島かけて** 「八十」は、たくさんの意。この「かく」は、目がける・目ざす、の意。●**漕ぎ出でぬと** 「ぬ」は、完了の助動詞。まさに今漕ぎ出した、という気持ちである。「と」は引用の格助詞で、「わたの原……漕ぎ出でぬ」までが、自分が伝えようとする言葉。●**人には告げよ海人の釣舟** 「人」は直接には「京なる人」(→鑑賞)をさすのだろうが、肉親や知人を含めて自分を知っている人すべてをさすともみられる。「告げよ」は、釣舟を**擬人化**して呼びかけた言い方。「海人《あま》」や「釣舟」によって描写される風景じたい、和歌では旅のわびしさを象徴している場合が少なくない。

表現 四句切れ・擬人法

鑑賞 流離に旅立つ身の悲しみと孤独と不安と

参議《さんぎ》篁《たかむら》とは小野篁《おののの》のこと。篁は遣唐使の副使として選ばれたが、渡唐に二度失敗した後、三度目は破損した船に乗せられることを嫌って一行に加わらなかった。このことが嵯峨《さが》上皇の怒りをかい、隠岐《おき》の島へ流されることになる。承和《じょうわ》五(八三八)年のことである。

『古今集』の詞書《ことばがき》によれば「隠岐の国に流されける時に、舟に乗りて出で立つとて、京なる人のもとにつかはしける」とある。隠岐へは、摂津《せっつ》国の難波《なにわ》(大阪府大阪市)から瀬戸内海を通る船旅になるが、これはその船旅を思って詠んだ歌である。「人には告げよ海人《あま》の釣舟」という釣舟への呼びかけは、呼びかける者の孤独な心を際立たせている。茫洋《ぼうよう》とした大海原に点々と浮かぶ島々、その中に点景として浮かぶ釣舟の風景が、流離の悲しみと不安を印象づけていよう。

天《あま》つ風《かぜ》　雲《くも》の通《かよ》ひ(イ)路《ぢ》(ジ)　吹《ふ》き閉《と》ぢ(ジ)よ
を(オ)とめの姿《すがた》　しばしとどめむ(ン)

僧正遍照《そうじょうへんじょう》

［所載歌集：『古今集』雑上（八七二）］

歌意　空吹く風よ、雲の通い路を閉ざしておくれ。天女の舞い姿をしばらくこの地上にとどめておこう。

舞姫▼　華《はな》やかに装われた舞姫の姿に接することは、当時の貴顕《きけん》たちの楽しみの一つであったらしい。しかし舞姫やその家の人々にとっては、いかにも緊張の強いられる晴儀であった。『紫式部日記』にも、それが詳しく記されている。

（『年中行事絵巻』）

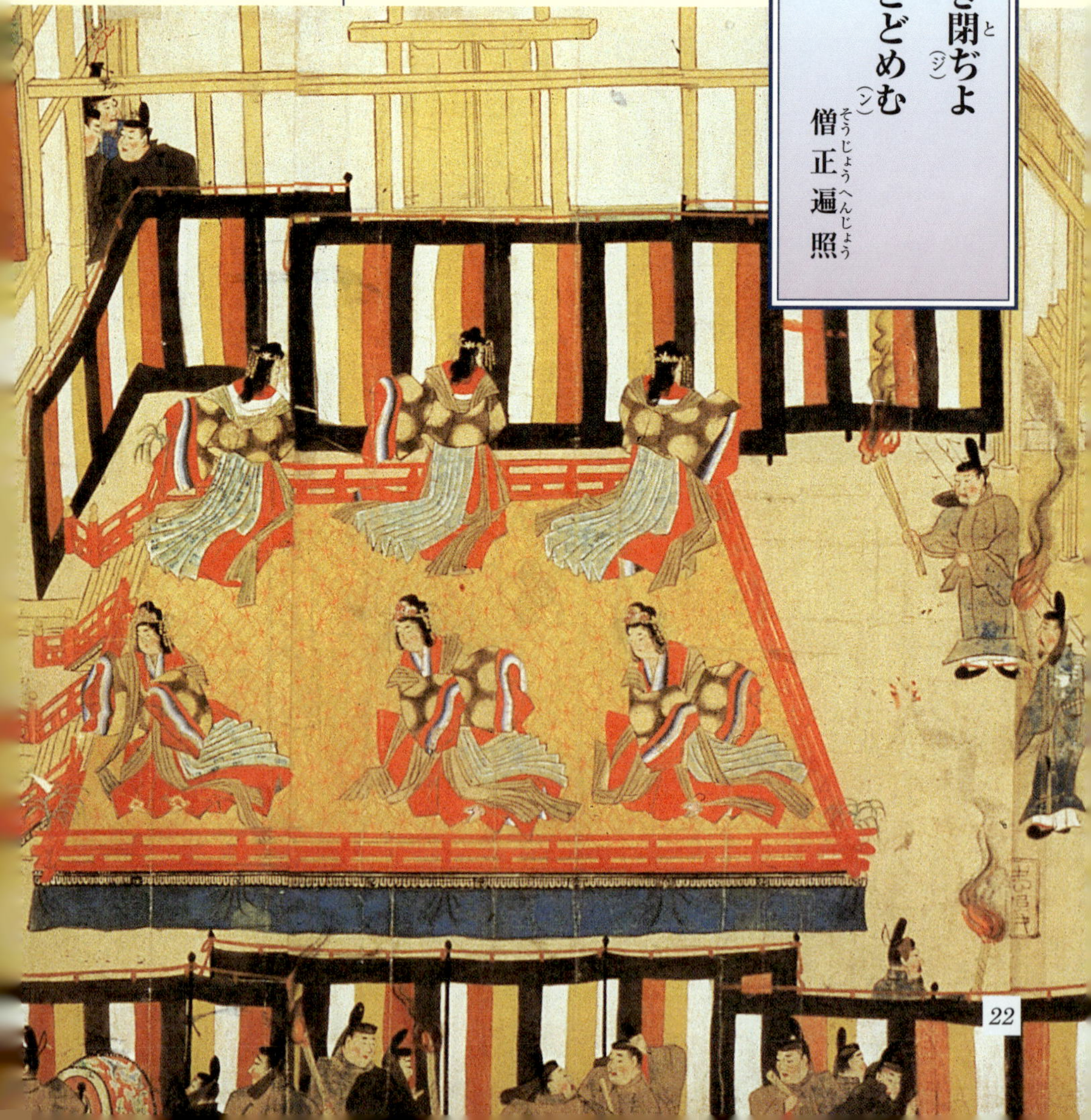

天つ風雲の通ひ路吹き閉ぢよをとめの姿しばしとどめむ

（天つ＝名・格助／風＝名／雲＝名／の＝格助／通ひ路＝名／吹き閉ぢよ＝動・ダ上二・命令／をとめ＝名／の＝格助／姿＝名／しばし＝副／とどめ＝動・マ下二・未然／む＝助動・意志・終止）

鑑賞　天女と見まがうばかりの五節の舞姫の美しさ

『古今集』に「五節《ごせち》の舞姫を見て詠める」とある。五節の舞姫たちを、天上から降りてきた天女に見立てて詠んでいる。

五節の舞は、毎年十一月の新嘗祭《にいなめさい》に、宮中で行われた少女たちの舞のこと。公卿《くぎょう》や国司《こくし》の家の未婚の娘が四・五人選ばれて舞姫となった。それぞれの家々では競って華美をきわめるので、その姿はたいへん美しいものであった。

また、五節の舞には、天武《てんむ》天皇が吉野へ行幸した際、天女が天上から降りてきて舞ったという伝説もあり、当時はそれが五節の舞の起源とされていた。この歌もその伝説をふまえて詠まれていよう。

見立ての技法によって、宮中と天上界とが重なり、この世のものとは思われない華麗な世界が広がっているのである。「しばしとどめむ」には、それを少しでも長く見ていたいという気持ちもこもっている。

作者　八一六〜八九〇　俗名良岑宗貞《よしみねのむねさだ》。仁明天皇の崩御《ほうぎょ》を機に出家。高僧として活躍。六歌仙の一人。

語句・語法　●**天つ風**　天の風よ、と呼びかけた表現。「吹き閉ぢよ」に続く。「つ」は、「の」と同じ働きをする古い格助詞。●**雲の通ひ路**　雲の中にあって、天上と地上とを結んでいる通路のこと。天女たちがそこを通って、天上と地上を往来すると考えられていた。●**吹き閉ぢよ**　風が雲を吹き飛ばして「雲の通ひ路」を閉ざしてしまえば、天女が天上に帰るのを妨げられるというのである。●**をとめの姿**　この「をとめ」は、「天《あま》つ乙女《をとめ》」の意で、天女をさす。五節の舞姫を天女に見立てた表現。●**しばしとどめむ**　天女が地上に降りてもすぐに天上に帰ってしまうところから、それをしばらくとどめておきたいというのである。実際は、五節の舞姫が舞を終えて帰ってしまうのを惜しむ気持ち。

表現　三句切れ・見立て

僧正遍照（佐竹本三十六歌仙絵）

筑波嶺《つくばね》の　峰《みね》より落《お》つる　男女川《みなのがは》(ガワ)

恋《こひ》(コイ)ぞつもりて　淵《ふち》となりぬる

陽《よう》成《ぜい》院《いん》

歌意　筑波《つくば》の峰から激しく流れ落ちてくる男女川《みなのがわ》がしだいに水量を増やして深い淵《ふち》となるように、私の恋心も積もり積もって淵のように深くなってしまった。

［所載歌集：『後撰集』恋三（七七六）］

固名	格助	名	格助	動・タ上二・連体	固名
筑波嶺	の	峰	より	落つる	男女川

名	係助	動・ラ四・連用	接助	名	格助	動・ラ四・連用	助動・完了・連体
恋	ぞ	つもり	て	淵	と	なり	ぬる

係り結び

作者　八六八～九四九　清和《せいわ》天皇の皇子。病のため十七歳で譲位。

語句・語法　●**筑波嶺の**　「筑波《つくば》」は、常陸《ひたち》国（茨城県）の筑波山。山頂が男体山と女体山《にょたい》の二つに分かれている。『万葉集』以来よく和歌に詠まれた。古代には歌垣《うたがき》（春と秋に男女が集まって神を祭る行事）の行われた場所としてよく知られていた。●**峰より落つる**　山頂から発した水の流れが急流となってたぎり落ちている様子。「嶺」と「峰」を重ねることで、山の高さを強調。●**男女川**　男体山と女体山の二つの峰から流れ出るのでこう呼んだ。ここまでが序詞《じょことば》。●**恋ぞつもりて**　恋情がしだいに積もり積もって、の意。心情を表す文脈を作って、下の句に続く。●**淵となりぬる**　「淵《ふち》」は流れがよどんで深くなったところ。川の流れが深い淵となっている風景と、恋心が積もり積もって深くたまっている心情との、二重の文脈を作る。

表現　序詞

鑑賞　時がたつにつれて深淵のように深まる孤独な恋情

『後撰《ごせん》集』の詞書《ことばがき》に「釣殿《つりどの》の皇女《みこ》につかはしける」とある。「釣殿の皇女」は、光孝《こうこう》天皇の皇女、綏子《すいし》内親王のことで、後に陽成院の后《きさき》となった人。

この歌では、「男女川《みなのがわ》、淵《ふち》となりぬる」「恋ぞつもりて、淵となりぬる」という二重の文脈が重ねられている。山頂を発した細い流れがしだいに水量を増し、急流となってたぎり落ち、今は深い淵となってよどんでいるように、はじめはほのかなものであった恋心も、時がたつにつれて、やがて積もり積もって今では淵のように深くたまってしまったというのである。これは、しだいに深く沈みこんでいく孤独な恋情でもある。恋する者の心がどのようにふくらんでいくかを、川の流れの成長する景に託しながら、印象的に言い表している。

筑波山

陸奥《みちのく》の　しのぶもぢ《(ジ)》ずり　誰《たれ》ゆゑ《(エ)》に
乱《みだ》れそめにし　われならなくに

河原左大臣《かわらのさだいじん》

歌意　陸奥《みちのく》のしのぶもじずりの乱れ模様のように、ほかの誰《だれ》のせいで乱れはじめてしまったのか、私のせいではないのに……。ほかならぬあなたのせいなのですよ。

［所載歌集：『古今集』恋四（七二四）］

陸奥	の	しのぶもぢずり	誰	ゆゑ	に
固名	格助	名	代名	名	格助

乱れそめ	に	し	われ	なら	なく	に
動・マ下二・連用	助動・完了・連用	助動・過去・連体	代	助動・断定・未然	助動・打消・未然（ク語法）	接助

鑑賞　恋してはならぬ恋に屈折し乱れる心

「陸奥《みちのく》のしのぶもぢずり」の乱れ模様に、恋に動揺する心を託した歌である。都から遠く離れた土地から産出される素朴な乱れ模様が、「しのぶ（忍ぶ）」の語のひびきと結びついて、初々《ういうい》しい忍ぶ恋を想像させる。「忍ぶ恋」は、この時代の恋歌の重要な類型の一つであり、恋してはならない高貴な人や人妻への恋を詠んだものが多い。

ここでは、「誰ゆゐに……」「われならなくに」という屈折したものの言いが、今まで経験したことのなかった、恋の心の乱れにとまどう男の心のありようを表している。

この歌は『伊勢《いせ》物語』の初段にも引かれている。元服直後の若い男が古都奈良の春日《かすが》の里で、偶然にも美しい姉妹をかいま見た時の心の動揺を語る歌となっているのである。

もじずり石

作者　八二二～八九五　源融《みなもとのとおる》。嵯峨《さが》天皇の皇子。自邸河原院《かわらのいん》に奥州塩釜を模した庭を造るなど、風雅を好んだ。

語句・語法　●**陸奥**　東北地方の東半分。●**しのぶもぢずり**　「もぢずり」は、現在の福島県信夫《しのぶ》地方から産出された、乱れ模様の摺《す》り衣《ごろも》。摺り衣は、忍草《しのぶぐさ》の茎《くき》や葉の汁を摺《す》りつけて染めた衣のこと。「しのぶずり」とも。「しのぶもぢずり」といわれるのは、産地が信夫だからとも、摺りつけるのが忍草だからとも。ここまでが**序詞《じょことば》**。「乱れそめにし」に続く。●**誰ゆゑに**　誰のせいで……したのか。もともと「誰ゆゑにか」とあるべきところ。●**乱れそめにし**　恋心のために乱れはじめてしまった。「そめ」は「初《そ》め」。「染め」をもひびかせる。「乱れ」「染め」は「もぢずり」の**縁語**。「し」は、上の「誰ゆゑに（か）」を受けて、連体形で結ぶ。●**われならなくに**　私のせいではないのに。ほかならぬあなたのせいで、の真意をこめる。「……なくに」は、……ではないのに、の意の古い語法。意味上、上に続く。**倒置法**。

表現　四句切れ・序詞・縁語・倒置法

君《きみ》がため　春《はる》の野《の》に出《い》でて　若菜《わかな》つむ　わが衣手《ころもで》に　雪《ゆき》は降《ふ》りつつ

光孝天皇《こうこうてんのう》

歌意　あなたのために、春の野に出かけていって、若菜を摘んでいる私の袖《そで》に、雪が次から次へと降りかかってくるのだ。

［所載歌集：『古今集』春上（二一）］

君	が	ため	春	の	野	に	出で	て	若菜	つむ
名	格助	名	名	格助	名	格助	動・ダ下二・連用	接助	名	動・マ四・連体

わ	が	衣手	に	雪	は	降り	つつ
代	格助	名	格助	名	係助	動・ラ四・連用	接助

作者　八三〇～八八七　仁明《にんみょう》天皇の第三皇子。陽成《ようぜい》天皇（→13）の後をうけて、即位。

語句・語法　●**君がため**　この「君」は、若菜を贈った相手。●**若菜つむ**　「若菜」は、春になって萌《も》え出た食用・薬用の草の総称。セリ・ナズナ・ツクシの類。古くから、新春にそれを食すると、邪気《じゃき》を払い病気を除くと考えられていた。『古事記《こじき》』に新春に若菜を摘んでその年の豊《ほう》饒《じょう》を予祝するというのが見える。宮中でも「若菜の節会《せちえ》」として、新年の一月七日に七種の若菜を食して長寿を祈った。●**わが衣手に**　「衣手」は、袖《そで》の歌語。●**雪は降りつつ**　「つつ」は反復・継続の意の接続助詞。

鑑賞　若菜を贈り相手の幸いを願うやさしい心づかい

『古今集』の詞書《ことばがき》に「仁和《にんな》の帝《みかど》、皇子《みこ》におましましける時に、人に若菜たまひける御歌」とある。まだ即位する前の天皇が、誰《だれ》かに若菜を贈った時、それに添えた歌である。大切に思う相手の幸いを祈るべく若菜を贈ったのであろう。

贈った相手が恋人かどうかはもちろん、男女どちらであるかさえわからない。しかし、どちらにしても親しい関係であったことには違いない。若菜を贈る行為は相手の長寿を願うやさしい心から生まれたものであり、「君がため」などからもそうした心づかいを読みとることができよう。

また、若菜の緑と雪の白が対照的である点にも注意したい。若菜・雪はそれぞれ春と冬の景物であり、ここでは二つの季節が交錯《こうさく》するかのようである。早春の色鮮やかな光景を取りこんでいる。

春の七草

16

たち別《わか》れ　いなばの山《やま》の　峰《みね》に生《お》ふ（ウ）る
まつとし聞《き》かば　今帰《いまかへ》（カエ）り来《こ》む（ン）

中納言行平《ちゅうなごんゆきひら》

鑑賞　地方への赴任を前に別れを惜しむ心

作者が因幡《いなば》国の地方官として赴任するのに際して、都の人々と別れを惜しんだ歌である。

人々との別れを意味する「たち別れいなば」の言葉を、赴任の地である因幡国の「稲羽《いなば》山」に掛けながら、その山に「生《お》ふる松」と続け、さらにその「松」に「待つ」を掛けるところから、再び人々との人間関係の内容に戻ってくる。表現上、複雑な構成による歌である。作者は、「稲羽の山の峰に生ふる松」と、赴任の地である因幡国の風景を想像してみるが、「待つとし聞かば今帰り来む」として、やはり都の人々との離れがたい思いが切実となってくるというのである。掛詞《かけことば》の技法を表現の主軸として、都や都人への断ちがたい思いが強調されている。

歌意　別れて因幡《いなば》国へ去ったとしても、因幡の稲羽《いなば》山の峰に生えている松ではないが、あなたが待っていると聞いたならば、すぐに帰ってこよう。

［所載歌集：『古今集』離別（三六五）］

(接頭) たち別れ	いなば	の	山	の	峰	に	生ふる
動・ラ下二・連用	固名	格助	名	格助	名	格助	動・ハ上二・連体

まつ	と	し	聞か	ば	今	帰り来	む
動・タ四・終止	格助	副助	動・カ四・未然	接助	副	動・カ変・未然	助動・意志・終止

作者　八一八～八九三　在原行平《ありわらのゆきひら》。平城《へいぜい》天皇の皇子阿保《あぼ》親王の子。業平（→17）の異母兄。文徳《もんとく》天皇時代に須磨《すま》に配流。

語句・語法　●**たち別れ**　「たち」は接頭語。赴任のために都の人々と別れるのである。作者は斉衡《さいこう》二（八五五）年因幡《いなば》国（鳥取県）の守となる。●**いなばの山**　因幡の国庁近くにある稲羽《いなば》山。「往《い》なば」と掛詞《かけことば》。●**生ふる**　上二段動詞「生ふ」の連体形。生《は》える、の意。●**まつとし聞かば**　「まつ」は、上の文脈からは「松」、下の文脈へは「待つ」で続く掛詞。「し」は、強意の副助詞。「聞かば」は、仮定条件を表す。●**今帰り来む**　「今」は、すぐに、の意。任期があるからすぐ帰ってくることはまず不可能である。それを承知で「帰る」「来《く》」という同じような意味の語を重ねて、都への断ちがたい思いを強調している。「む」は、意志の助動詞。

表現　掛詞

17

ちはやぶる　神代《かみよ》も聞《き》かず　竜田川《たつたがは》（ガワ）
からくれなゐ（イ）に　水《みづ》（ミズ）くくるとは

在原業平朝臣《ありわらのなりひらあそん》

歌意　不思議なことの多い神代《かみよ》でも聞いたことがない。竜田《たつた》川が唐紅色に水をくくり染めにしているとは。

［所載歌集：『古今集』秋下（二九四）］

ちはやぶる（枕詞） 神代（名） も（係助） 聞か（動・カ四・未然） ず（助動・打消・終止） 竜田川（固名）
からくれなゐ（名） に（格助） 水（名） くくる（動・ラ四・終止） と（格助） は（係助）

作者　平城《へいぜい》天皇の皇子（阿保《あぼ》親王）の子。行平《ゆきひら》（↓16）の異母弟。六歌仙の一人。在五中将《ざいごちゅうじょう》・在中将とも呼ばれる。『伊勢《いせ》物語』の主人公「昔男」にも擬せられる。

語句・語法　●**ちはやぶる**　「神」にかかる**枕詞《まくらことば》**。●**神代も聞かず**　「神代」は、神々の時代。不思議なことが数多く起こった神々の時代にも聞いたことがない、とする。●**竜田川**　奈良県生駒《いこま》郡斑鳩《いかるが》町竜田にある竜田山のほとりを流れる川。紅葉で名高い。●**からくれなゐ**　鮮やかな紅色。唐国《からのくに》から渡来したところから、「唐《から》」が接頭語のような形で美称として用いられた。●**水くくるとは**　主語は竜田川で、**擬人法**。「くくる」は、くくり染め（絞《しぼ》り染め）にすること。紅葉が流れている様子を、竜田川が唐紅《からくれない》色にくくり染めにした、と**見立てる**。「とは」は、意味上、「聞かず」に続く。**倒置法**である。なお、紅葉が水の中をくぐると解する説もある。

表現　二句切れ・枕詞・擬人法・見立て・倒置法

鑑賞　竜田川の紅葉の華麗な美しさ

『古今集』の詞書《ことばがき》には「二条の后《きさき》の春宮《とうぐう》の御息所《みやすどころ》と申しける時に、御屏風《びゃうぶ》に竜田川に紅葉《もみぢ》流れたる絵を描《かた》けりけるを題《か》にて詠める」とある。屏風歌《びょうぶうた》である。

屏風歌とは、大和絵《やまとえ》の屏風に和歌をつけたもの。九世紀の末ごろからはじまり、十世紀には盛んに詠まれるようになった。

この歌では、竜田川の川面を流れる紅葉を、唐紅《からくれない》色のくくり染めに見立てている。そのように、くくり染めにしたのは竜田川であるとして、ここには擬人法が用いられている。

いかにも奇抜《きばつ》な発想によっているが、それだけに読者は、実際はどうなのか、と思わずにはいられなくなる。また「ちはやぶる神代も聞かず」というもの言いも大げさである。われわれは、竜田山を背景に、竜田川の川面を流れる紅葉の鮮やかな紅色を、どれほど華麗かと想像せずにはいられない。

18

住《すみ》の江《え》の　岸《きし》による波《なみ》　よるさへや(エ)　夢《ゆめ》の通《かよ》ひ路《ぢ》(イ)(ジ)　人《ひと》めよくらむ(ン)

藤原敏行朝臣《ふじわらのとしゆきあそん》

歌意 住《すみ》の江《え》の岸に寄る波のよるではないが、夜でも夢の通い路を通って逢《あ》えないのは、あの人が夢の中でも人目を避けているからであろうか。

[所載歌集：『古今集』恋二（五五九）]

住の江	の	岸	に	よる	波	よる	さへ	や
固名	格助	名	格助	動・ラ四・連体	名	名	副助	係助
夢	の	通ひ路	人め	よく	らむ			
名	格助	名	名	動・カ下二・終止	助動・推量・連体			

（「や」と「らむ」：係り結び）

作者 ?～九〇七? 和歌のほかに書にもすぐれる。

語句・語法 ●**住の江** 大阪市住吉《すみよし》区の一帯の海岸。松の名所。「松」に「待つ」を掛けて詠まれることが多く、ここでも「待つ恋」を連想させる。●**岸による波** 初句からここまでが、「よる」の同音反復による**序詞**《じょことば》で、「よる」にかかる。●**よるさへや** 「さへ」は添加の副助詞で、昼間はもちろん、夜までも、の意。●**夢の通ひ路** 「通ひ路」は、男が女のもとに通ってくる道。ここでは夢のこと。相手が自分のことを思って自分の夢に出ると思われている。昼間なら人目を気にすることもあろうが、夢なので人目をはばかる必要もないのに、という気持ち。●**人めよくらむ** 「人め」は、他人の見る目。「よく」は、避ける意。「らむ」は現在推量。ここでは、夢でも恋人に逢《あ》えないという事実について、相手が夢の中でも人目を避けているからだろうか、と推量する。視界内の推量を表す。

表現 序詞

鑑賞　夢の中でさえ恋人に逢《あ》えないつらさ

昼はもちろん、夢の中でも恋する相手が逢《あ》いに来てくれない。その逢えないことを嘆いた歌である。逢いに来るはずの人とは男である。したがってこの歌は、男である作者が、女の立場に立って詠んだ歌ということになる。『古今集』の詞書《ことばがき》には「寛平《くわんぴやう》の御時《おほんとき》の后《きさい》の宮《みや》の歌合《うたあはせ》の歌」とあり、題詠的な歌である。

「よる」の同音の反復は、夜の闇の中で繰り返し寄せる波の音を想像させるとともに、夢にさえ訪れてくれない相手への、いとしさとも恨みともいえない恋心の微妙な揺れを表している。

「人目よくらむ」の主語を女とする解釈もあるが、この時代の習慣に合わない。なぜなら、歩き通うのは男でなければならないからである。ここでもそうした考えにしたがって理解しておく。

難波潟《なにはがた》（ナニワ）　みじかき芦《あし》の　ふしの間《ま》も
逢《あ》は（ワ）でこの世《よ》を　過《す》ぐしてよとや

伊《い》勢《せ》

［所載歌集：『新古今集』恋一（一〇四九）］

歌意　難波潟《なにわがた》の芦《あし》の、その短い節《ふし》と節の間のような、ほんのわずかな間も逢《あ》わないまま、私にこの世を終えてしまえと、あなたは言うのでしょうか。

水辺の芦▼　古くから、水辺に生える芦が歌に多く詠まれてきた。その芦の細やかな姿、あるいはそれが水面に映るさまの美しさが印象的なのであろう。とりわけ「難波潟」の芦は、多くの歌に詠まれてきた。

難波潟	みじかき	芦	の	ふし	の	間	も	逢は	で	この	世	を	過ぐし	てよ	と	や
固名	形・ク・連体	名	格助	名	格助	名	係助	動・ハ四・未然	接助	代	格助	名	格助	動・サ四・連用	助動・完了・命令	格助	係助

係り結び（結びは省略）

鑑賞 わずかの逢瀬《おうせ》も許されない恋への絶望感

芦《あし》の節《ふし》と節の間が短いことを、時間の短さに転換する序詞《じょことば》によって、ほんのわずかの時間の逢瀬《おうせ》もかなうことのない、恋の痛ましい現実を浮かびあがらせている。「芦《あし》・節《ふし》・節《よ》」の縁語を軸にした言葉相互のひびきあいも効果的である。下の句の「過ぐしてよとや」は、相手を強くなじるような言葉でもあるが、それとともに相手への激しい思慕の情も言いこめられている。

「世」は、男女の仲をさす場合が多いが、ここではそれにとどまらず、実ることのない恋をしてしまった自分自身の人生が、いかにも痛ましいものとして見つめられている。芦の生え茂る名所とされる難波潟の風景が、作者の孤独な心のありようを象徴してもいよう。

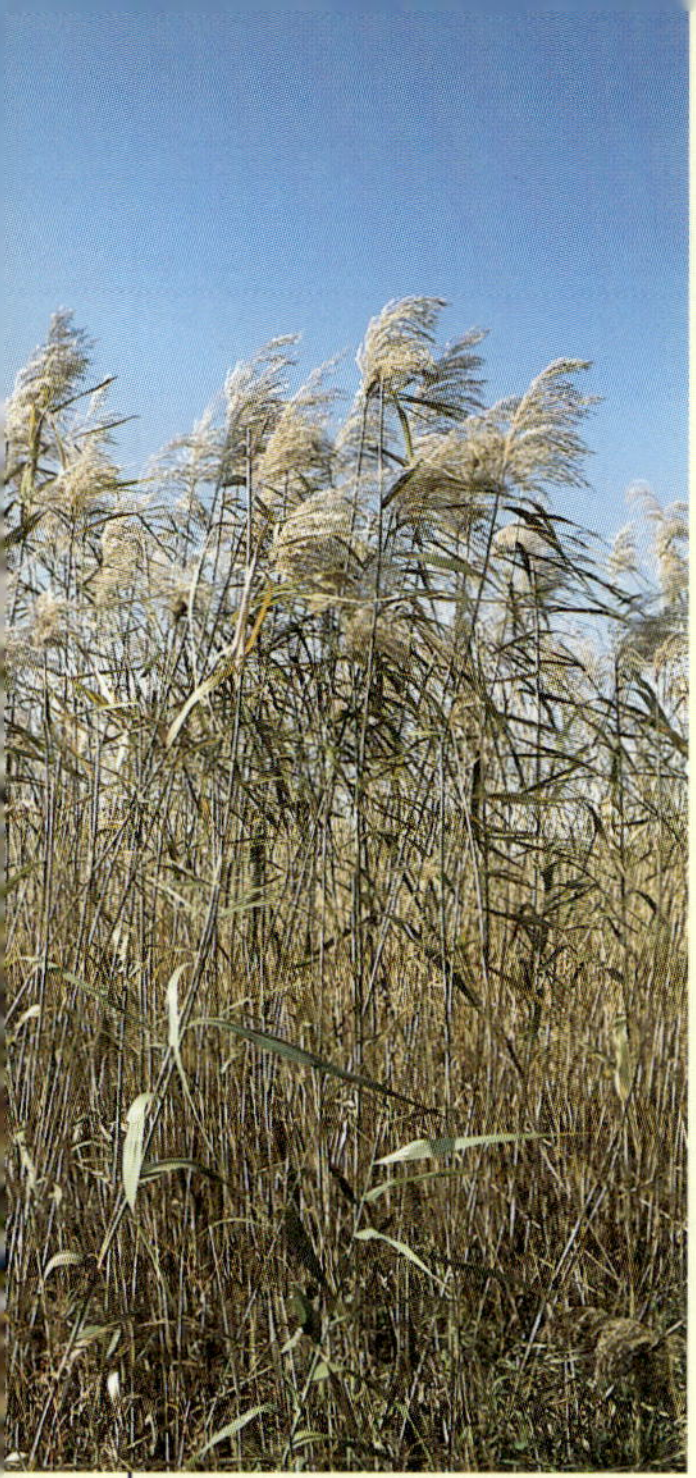

冬枯れの芦

作者 八七七?〜九三八?

伊勢守藤原継蔭《つぐかげ》の娘。宇多《うだ》天皇の中宮温子《おんし》に仕える。紀貫之《きのつらゆき》(→35)と並び称せられることもあった、古今集時代の代表的女流歌人。家集に『伊勢集』。

語句・語法 ●**難波潟** 現在の大阪湾の一部。低湿地の入江になっていて、芦が生い茂っていた。「難波」は、現在の大阪市やその周辺の古称。「潟」は、潮が引いた時に干潟になる遠浅の海岸。●**みじかき芦の** 「芦」はイネ科の多年草。水辺に自生し、高さは二〜四メートルになるが、節と節の間は短い。初句からここまでが序詞《じょことば》。●**ふしの間も** 上からは短い節と節の間と続き、下へはほんのわずかな時間もと続いて、二重の文脈を作る。掛詞《かけことば》。●**逢はでこの世を** 「世」は、男女の仲、人生、世間など、さまざまな意に用いられる。ここでは、男女の仲から人生の意へと広がっている。節と節の間を意味する「節《よ》」がひびいて、「節《ふし》」とともに「芦《あし》」の縁語となっている。●**過ぐしてよとや** 「てよ」は完了の助動詞「つ」の命令形。「と」は引用の格助詞。あの人は私にこのまま人生を過ごしてしまえと言うのか、の意。

表現 序詞・掛詞・縁語

20

わびぬれば　今《いま》はた同《おな》じ　難波《なには》(ナニワ)なる
みをつくしても　逢《あ》はむ(ワ)(ン)とぞ思《おも》ふ(ウ)

元《もと》良《よし》親《しん》王《のう》

歌意 どうしてよいか行きづまってしまったのだから、今となってはもう同じことだ。難波《なにわ》にある澪標《みおつくし》ではないが、身をつくしても逢おうと思う。

［所載歌集：『後撰集』恋五（九六〇）］

わび	ぬれ	ば	今	はた	同じ	難波	なる
動・バ上二・連用	助動・完了・已然	接助	名	副	形・シク・終止	固名	助動・存在・連体

み	を	つくし	て	も	逢は	む	と	ぞ	思ふ
名	格助	動・サ四・連用	接助	係助	動・ハ四・未然	助動・意志・終止	格助	係助	動・ハ四・連体

（ぞ…思ふ：係り結び）

鑑賞　わが身を滅ぼしてもと思う激しい恋の情

『後撰集《ごせんしゅう》』の詞書《ことばがき》に「事出《い》できて後に、京極御息所《きゃうごくみやすんどころ》につかはしける」とある。京極御息所は宇多《うだ》天皇の女御《にょうご》で、その寵愛《ちょうあい》も厚かった。一方、元良《もとよし》親王は陽成《ようぜい》天皇（→13）の皇子で、風流好みの多感な人物として名高く、逸話も多い。その二人の不義の恋の噂《うわさ》が世間にもれてしまった時の、元良親王の歌である。

不義の発覚に思い悩むが、どう考えても同じことなら、と窮した気持ちをふるいたたせ、わが身の破滅と引きかえに逢瀬《おうせ》を遂げようとする。「身を尽くす」は、いわば社会的生命を失うぐらいの気持ちで、こうなったからには自らの恋情に殉《じゅん》じようという気持ちである。身の破滅の予感によって、恋する心はむしろ強められている。

作者 八九〇〜九四三　陽成《ようぜい》天皇（→13）の第一皇子。風流好色の皇子として名高い。

語句・語法 ●**わびぬれば** 「わび」は、上二段動詞「わぶ」の連用形で、物事が行きづまって悩み苦しむ気持ち。詞書《ことばがき》によれば、京極御息所との不義の恋が露見して進退きわまっていることをさす。●**今はた同じ** 「今」は、ことが露見した今となっては、の意。「はた」は、また、の意の副詞。今の自分のありようは、「身を尽くす」のと同じだとする。●**難波なる** 「難波」（→19）。「なり」は存在を表す助動詞。●**みをつくしても** 「澪標《みをつくし》」と「身を尽くし」の**掛詞**《かけことば》。「澪標」は、船の航行の目印に立てられた杭《くい》のことで、難波潟を印象づける名高い光景。「身を尽くす」は、ここでは、身を破滅させる意。●**逢はむとぞ思ふ** 「む」は、意志の助動詞。「思ふ」は、係助詞「ぞ」の結びで連体形。

表現 二句切れ・掛詞

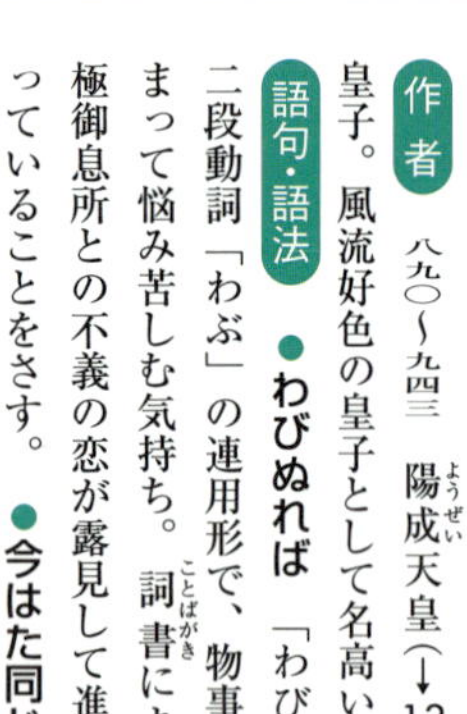

澪標

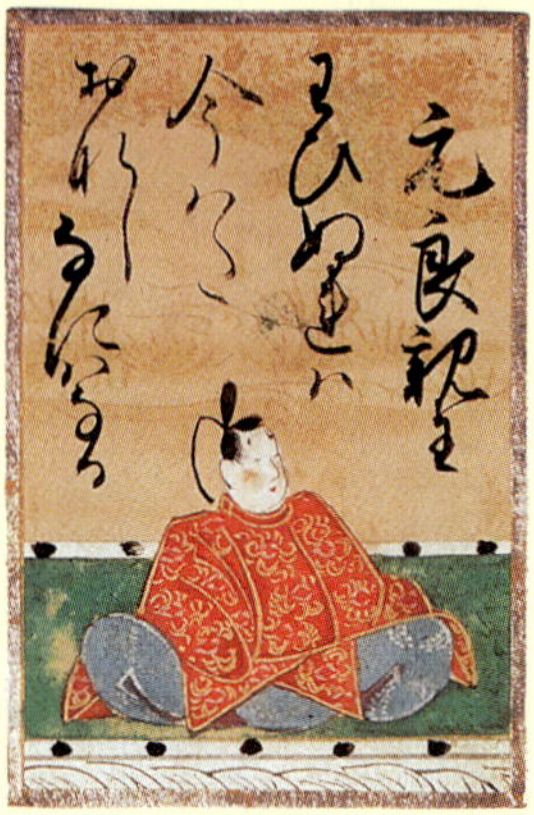

今《いま》来《こ》む《（ン）》と　言《い》ひ《（イ）》しばかりに　長月《ながつき》の　有明《ありあけ》の月《つき》を　待《ま》ち出《い》でつるかな

素《そ》性《せい》法《ほう》師《し》

歌意 今すぐに来ようとあの人が言ってきたばっかりに、九月の夜長を待ち続けているうちに有明の月が出てきてしまったことだ。

［所載歌集：『古今集』恋四（六九一）］

今	副
来	動・カ変・未然
む	助動・意志・終止
と	格助
言ひ	動・ハ四・連用
し	助動・過去・連体
ばかり	副助
に	格助
長月	名
の	格助
有明	名
の	格助
月	名
を	格助
待ち出で	動・ダ下二・連用
つる	助動・完了・連体
かな	終助

作者 九世紀後半から十世紀初頭のころの人。俗名良岑玄利《よしみねのはるとし》。遍照（↓12）の子。

語句・語法 ●**今来むと** 「今」は、すぐに、の意。「来む」は、待つ側である女の立場からの言い方。「む」は、意志の意の助動詞。●**言ひしばかりに** 「し」は、過去の助動詞「き」の連体形。ここでは、男がすぐに行くと言ってきたことをいう。「ばかり」は限定の副助詞。●**長月** 陰暦《いんれき》の九月。九月は晩秋で、夜は特に長い。●**有明の月** 十六日以降の、夜明け方になっても空に残っている月。●**待ち出でつるかな** 「待ち」の主語は自分、「出で」の主語は月。男の来訪を待っているうちに月が出てしまったという関係を凝縮していった表現。

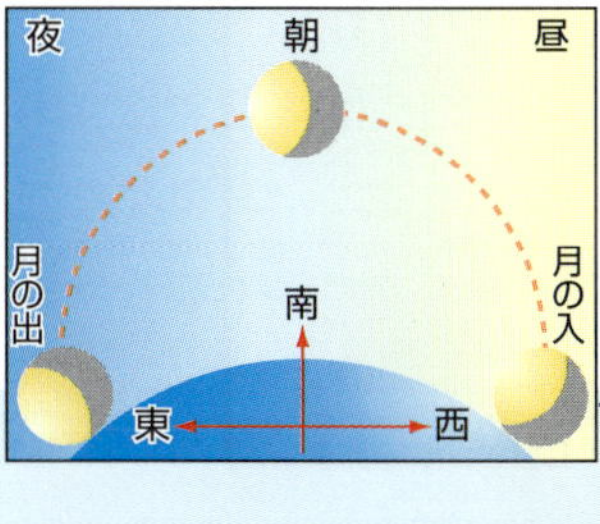

有明の月

鑑賞 来ない男のために夜通し待ち続けた恨み

作者は男であるが、女の立場に立って詠んだ歌。代詠《だいえい》（他人にかわって歌や詩を作ること）の一種である。相手の男が「今来む」と言ってきたので、女は、折からの秋の夜長なのに、今か今かと待ち続けて、明け方になって有明の月が出てしまったというのである。有明の月が出る時分は、ふつうは男が帰っていく時間帯である。

「長月の有明の月を待ち出でつるかな」とは言っても、男の来訪を待ち続けていたのであり、結果として月を待つことになってしまったのである。夏の短か夜に対して、秋は夜が長い。長い夜が明けはじめて、しらじらと空に残る月の姿は、裏切られ待ちくたびれた女の心と重なっていよう。

吹《ふ》くからに　秋《あき》の草木《くさき》の　しを（オ）るれば
むべ山風《やまかぜ》を　嵐《あらし》といふ（ウ）らむ（ン）

文《ふん》屋《やの》康《やす》秀《ひで》

鑑賞　草木を荒らす秋の山風

「山風」という漢字二字を、一つに合わせると「嵐」という一字になる、とする漢字遊びにもとづいた歌である。『古今集』の詞書《ことばがき》に「是《これ》貞《さだ》の親王《みこ》の家の歌合の歌」とある。機知を重んじた詠みぶりが、歌合の歌にふさわしいのであろう。このような文字遊びを詠んだ歌には、他に「雪降れば木毎《きごと》に花ぞ咲きにけるいづれを梅とわきて折らまし」（『古今集』冬・三三七）という歌もある。これは、「木」と「毎」を合体すると、「梅」の一字になるという機知である。

機知のおもしろさは、それによって読み手の注意力が喚起されるということもある。「山風」「嵐」という言葉が続き、また掛詞《かけことば》で「荒し」が連想されていくうちに、荒々しい山風に吹かれて草木がしおれていく情景が想い起こされてくる。秋は、荒々しくも、ものみな枯れ衰える時節である。

歌意　吹くやいなや、秋の草木がしおれるので、なるほど山風を嵐というのであろう。

〔所載歌集：『古今集』秋下（二四九）〕

動・カ四・連体	接助	名	格助	名	格助	動・ラ下二・已然	接助
吹く	からに	秋	の	草木	の	しをるれ	ば
副	名	格助	名	格助	動・ハ四・終止	助動・推量・終止	
むべ	山風	を	嵐	と	いふ	らむ	

作者　九世紀半ばの人。六歌仙の一人。文屋朝康《ふんやのあさやす》（↓37）の父。経歴未詳。

語句・語法　●**吹くからに**　「からに」は複合の接続助詞で、……するとすぐに、の意。●**しをるれば**　「しをる」は、草木が色あせて、ぐったりする様子。その已然形についているから、「ば」は、原因・理由を表す確定条件。●**むべ**　なるほど、の意の副詞。ここでは「らむ」と呼応。上の句で示された根拠をふまえて、だから山風を嵐というのだろうと、理由を推量し、納得する気持ち。●**山風**　山から吹き下ろす風。これが吹くと秋の風景が一変して冬になるという気持ち。●**嵐といふらむ**　「嵐」は「荒し」との掛詞《かけことば》で、秋の草木を荒らし枯れさせるので「嵐」というとする。「山」「風」の二文字を合わせると「嵐」になるとする漢字遊びも試みられている。「らむ」は視界内の原因推量。

表現　掛詞

23

月《つき》みれば　ちぢにものこそ　悲《かな》しけれ　わが身《み》一《ひと》つの　秋《あき》にはあらねど

大《おお》江《えの》千《ち》里《さと》

鑑賞　月を眺めて感じられる秋の悲哀

秋を悲哀の季節としてとらえる感覚は、平安時代初頭から一般化した。この歌も月を眺めてはもの思いにふける孤独な姿が印象的である。また、「ちぢ（千々）」「一つ」という言葉の照応は、漢詩に特有な対句の技法を和歌の表現として応用したもの。歌合などで表現の目新しさを競うのには格好の趣向であったのだろう。『古今集』の詞書《ことばがき》に「是貞《これさだ》の親王《みこ》の家の歌合に詠める」とある。

作者大江千里は文章《もんじょう》博士《はかせ》で、すぐれた漢詩人でもあった。漢詩句を題にして和歌を詠んだ『句題和歌《くだいわか》』の編者としても知られる。この歌も白楽天《はくらくてん》『白氏文集《はくしもんじゅう》』の中の「燕子楼《えんしろう》」という詩の「燕子楼《えんしろう》中《ちゅう》霜月《そうげつ》の夜《よる》　秋来《きた》って只《ただ》一人の為《ため》に長し」によっているとされる。それを、いかにも和歌らしい表現として詠んだ歌だともいえよう。

歌意　月を見ると、あれこれと際限なく物事が悲しく思われるなあ。私一人だけの秋ではないけれども。

［所載歌集：『古今集』秋上（一九三）］

月	名
みれ	動・マ上一・已然
ば	接助
ちぢに	形動・ナリ・連用
もの	名
こそ	係助
悲しけれ	形・シク・已然
わ	代
が	格助
身	名
一つ	名
の	格助
秋	名
に	助動・断定・連用
は	係助
あら	補動・ラ変・未然
ね	助動・打消・已然
ど	接助

（こそ…悲しけれ：係り結び）

作者　九世紀後半から十世紀初頭にかけての人。大江音人《おおえのおとんど》の子。在原行平（→16）・業平《なりひら》（→17）の甥《おい》。文章《もんじょう》博士《はかせ》。家集に『句題和歌』。

語句・語法　●**月みれば**　月を見ると。「みれば」は確定条件を表す。●**ちぢにものこそ悲しけれ**　「ちぢに」は、「千々に」で、さまざまに・際限なくの意。後半の「一つ」と照応。「もの」は、自分を取りまいているさまざまな物事。形容詞「悲しけれ」は、係助詞「こそ」の結びで、已然形。●**わが身一つの**　私一人だけの。「ちぢに」と照応させるために、「一人」ではなく、「一つ」とした。●**秋にはあらねど**　「秋」を悲しい気分でとらえはじめたのは、平安時代初頭、漢詩文の影響を受けてからのことであった。なお文脈上、上の句と下の句とは**倒置**の関係。

表現　三句切れ・倒置法

このたびは　ぬさもとりあへ(エ)ず　手向山《たむけやま》
紅葉《もみぢ》(モミジ)の錦《にしき》　神《かみ》のまにまに

菅《かん》家《け》

歌意　この度の旅は、幣《ぬさ》を捧《ささ》げることもできない。さしあたって手向の山の紅葉の錦を幣として捧げるので、神のお心のままにお受けとりください。

［所載歌集：『古今集』羇旅《きりょ》（四二〇）］

こ	の	たび	は	ぬさ	も	とりあへ	ず	手向山
代	格助	名	係助	名	係助	動・ハ下二・未然	助動・打消・終止	名

紅葉	の	錦	神	の	まにまに
名	格助	名	名	格助	副

鑑賞　手向の山の錦さながらの紅葉の美しさ

『古今集』の詞書《ことばがき》には「朱雀院《すざくゐん》の奈良におはしましける時に、手向山《たむけやま》にて詠みける」とある。朱雀院は宇多《うだ》上皇のこと。帝位にあったころ、作者の菅原道真《すがわらのみちざね》を重用した。退位後は、道真らを伴って、大和《やまと》（奈良）地方への大旅行を行《おこな》った。宮滝《みやたき》（奈良県吉野の地名）御幸《ごこう》と呼ばれるこの旅には歌人たちも随行し、多くの歌が残された。この道真の歌もその折の一首である。

神に捧げる幣《ぬさ》としては、持参した錦の切れ端よりも、手向の山の紅葉の錦のほうがふさわしいというのである。これは間接的に、手向の山の紅葉を、錦織の華麗な美しさとして浮かび上がらせる趣向である。幣・錦・紅葉を、知的で華麗な連想でつないだ一首である。

作者　八四五〜九〇三　菅原道真《すがわらのみちざね》。当代屈指の漢詩人。文章《もんじょう》博士《はかせ》。右大臣となるが、大宰府《だざいふ》に左遷《させん》され、そのまま没。漢詩集『菅家《かんけ》文草《ぶんそう》』『菅家後集《かんけこうしゅう》』。

語句・語法　●**このたびは**　「たび」は「度」に「旅」をひびかせる。　●**ぬさ**　木綿や錦の切れ端で作られた、神への捧げ物。旅行の際には、これを道々の道祖神《どうそしん》に捧げて、旅の無事を祈った。　●**とりあへず**　この「とる」は、捧げる意。「……あふ＋打消」は、完全に……しきれない、の意。紅葉のあまりの美しさに、持参した幣の錦などは捧げられない、とする。紅葉を錦に見立てながら、その美しさを強調した。行幸が急で、幣の用意ができなかったので、と解す説もある。　●**手向山**　神に「手向け（供えること）」をする山、の意。固有名詞ではない。　●**紅葉の錦**　紅葉の美しさを着物の錦織に見立てた表現。　●**神のまにまに**　神の思うままに、の意。

表現　二句切れ・見立て

25

名《な》にしおは(ワ)ば　逢坂山《あふさかやま》(オウ)の　さねかづ(ズ)ら　人《ひと》にしられで　くるよしもがな

三条右大臣《さんじょうのうだいじん》

歌意　逢《あ》って寝るという名をもっているならば、その逢坂《おうさか》山のさねかずらは、たぐれば来るように、誰《だれ》にも知られずにあなたを連れ出すてだてがほしいよ。

［所載歌集：『後撰集』恋三（七〇〇）］

名	に	し	おは	ば	逢坂山	の	さねかづら
名	格助	副助	動・ハ四・未然	接助	固名	格助	名

人	に	しら	れ	で	くる	よし	もがな
名	格助	動・ラ四・未然	助動・受身・未然	接助	動・カ変・連体	名	終助

作者　八七三～九三二　藤原定方《ふじわらのさだかた》。三条右大臣の呼び名は、京都三条に邸宅があったことによる。和歌・管弦にすぐれる。

語句・語法　●**名にしおはば**　「名におふ」は、……という名をもつ、の意。「し」は強意の副助詞。四段動詞「おふ」の未然形に、接続助詞「ば」がついて、仮定条件を表す。名をもっているならば。　●**逢坂山**　山城国《やましろ》(京都府)と近江国《おうみ》(滋賀県)の国境にある山（→10）。「逢ふ」との掛詞《かけことば》。　●**さねかづら**　モクレン科のつる草。「さ寝（共寝）」との掛詞。「逢ふ」とは縁語になっている。　●**人にしられで**　「人」は、他人。「で」は打消の接続助詞。誰《だれ》か他の人に知られないで。　●**くるよしもがな**　「くる」は、「繰《く》る」に「来る」を掛ける掛詞。「繰る」は、相手をこちらへたぐり寄せる意で、「さねかづら」の縁語。「来る」は、女が来訪する意ともとれるが、ここでは、男が女を訪ねて逢う意。「よし」は、方法・てだての意。「もがな」は、願望の終助詞。

表現　掛詞・縁語

鑑賞　さねかずらをたぐり寄せるように忍んで逢いたい恋

『後撰《ごせん》集』の詞書《ことばがき》に「女につかはしける」とある。「人にしられで」とあるので、人目を忍ぶ恋だったのだろう。

さねかずらのつるをたぐるように、あなたをひそかに連れ出すてだてがほしい、というのである。「名にしおはば」とさねかずらに呼びかけても、返事が返ってくるわけもなく、また相手をたぐり寄せたいというのもかなり無理のある思いつきである。忍ぶ恋のいかんともしがたい絶望的な情熱が言いこめられている。相手をたぐり寄せることはできないにしても、せめて私のこの恋の重苦しさだけでもわかってほしい、という切実な願望から出た表現の歌である。

さねかずら

小倉山《をぐらやま》（オ）　峰《みね》のもみぢ（ジ）葉《ば》　心《こころ》あらば
今《いま》ひとたびの　みゆき待《ま》たなむ（ン）

貞《てい》信《しん》公《こう》

［所載歌集：『拾遺集』雑秋（一一二八）］

歌意　小倉山の峰の紅葉よ、もしもおまえに人間と同じ心があるのならば、もう一度の行幸《みゆき》があるまで、散らずに待っていてほしい。

小倉山の紅葉▼　京都郊外の嵯峨《さが》は、早くも平安時代のはじめごろから、貴族たちの行楽の地として開かれていた。小倉山は、嵐山や大堰《おおい》（井）川とともに、嵯峨野のだいじな景観の一つとなっている。今日でも紅葉の名勝地として名高い。

小倉山 峰 の もみぢ葉 心 あら ば 今 ひとたび の みゆき 待た なむ

固名 名 格助 名 名 動・ラ変・未然 接助 副 名 格助 名 動・タ四・未然 終助

鑑賞 行幸を勧めたくなるほどすばらしい小倉山の紅葉

『拾遺集《しゅうい》』の詞書《ことばがき》に「亭子院《ていじのゐん》大堰川《おほゐがは》に御幸《みゆき》ありて、行幸《みゆき》もありぬべき所なりと仰《おほ》せたまふに、ことのよし奏せむと申して」とある。亭子院（宇多《うだ》上皇）が大堰川に御幸した時に、紅葉の美しさに感動して、この紅葉を醍醐《だいご》天皇にもお見せしたいと言ったのを、貞信公《ていしんこう》がその気持ちを歌に託して天皇に奏上した、というのである。貞信公は藤原《ふじわらの》忠平《ただひら》のことで、小一条太政大臣とも呼ばれた人物。藤原氏全盛の礎《いしずえ》を築いた権勢家である。

擬人化した紅葉に呼びかけるかたちで、間接的に行幸を勧める歌になっている。小倉山が紅葉の名所として名高いだけに、行幸が望まれるほどの紅葉の美しさとはどんなものかと、読む者の想像をあれこれとかきたてるであろう。

御幸の図（春日権現験記絵《かすがごんげんげんきえ》）

作者 八八〇～九四九 藤原忠平。関白藤原基経《もとつね》の四男。藤原氏全盛の基を築いた。貞信公は諡号《しごう》(おくりな)。

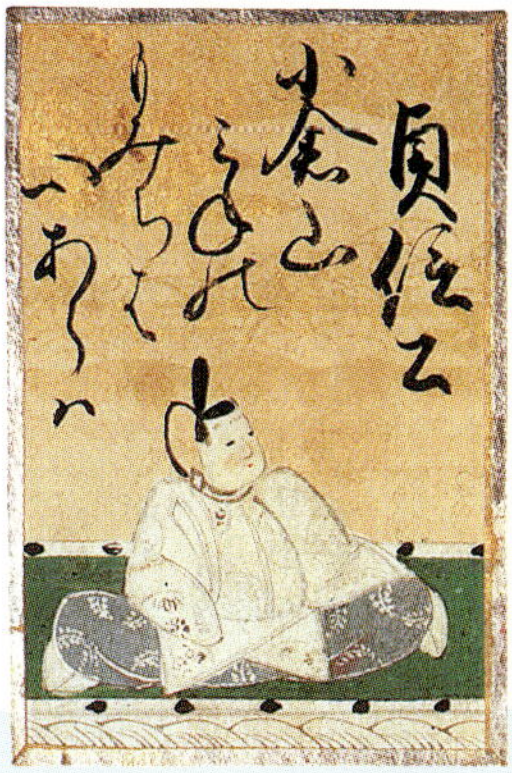

語句・語法 ●**小倉山** 京都市右京区嵯峨《さが》にある山。大堰《おおい》川をはさんで、嵐山に対している。紅葉の名所。 ●**峰のもみぢ葉** 峰の紅葉に呼びかけた言葉。 ●**心あらば** 「心」は、人間の心。物事の情趣や道理を理解し、わきまえる心である。紅葉を**擬人化**した表現。「あらば」は、ラ変動詞「あり」の未然形に、接続助詞「ば」がついて、仮定条件を表す。 ●**今ひとたびの** せめてもう一度……、と切実に願う気持ち。 ●**みゆき待たなむ** 「みゆき」は、漢字表記の「行幸」「御幸」で意味が分かれ、「行幸」を天皇のおでましに、「御幸」を法皇・上皇・女院のそれに用いる。詞《ことば》書《がき》によれば、亭子院が御幸したのを受けて、醍醐天皇に行幸を勧めたことになる。したがって、この歌の「みゆき」は、天皇の「行幸」の意。「なむ」は、誂《あつら》え(他者への願望)の終助詞で、……してほしい、の意。未然形に接続する。

表現 擬人法

みかの原《はら》　わきて流《なが》るる　泉川《いづみがは》（イズミガワ）
いつ見《み》きとてか　恋《こひ》（コイ）しかるらむ（ン）
中納言兼輔《ちゅうなごんかねすけ》

歌意 みかの原を二分するように、湧《わ》き出てくるように流れる泉川ではないが、いったいいつ逢《あ》ったというので、こうも恋しいのだろう。

［所載歌集：『新古今集』恋一（九九六）］

固名	動・カ四・連用	接助	動・ラ下二・連体	固名
みかの原	わき	て	流るる	泉川

代	動・マ上一・連用	助動・過去・終止	格助	係助	形・シク・連体	助動・推量・連体
いつ	見	き	とて	か	恋しかる	らむ

係り結び（か―らむ）

鑑賞　尽きることなく湧《わ》き出てくる恋の憧《あこが》れ

上三句の序詞《じょことば》は、みかの原を分けて流れる泉川の景観を述べるが、それが下の句に転ずると、恋の憧《あこが》れが尽きることなく、あふれ出てくる心の風景となっている。「湧《わ》く」「泉」の縁語も効果的である。序詞を用いた典型的な恋歌といえよう。『新古今集』では恋の初期の段階の歌を集めた「恋一」に採られていることから、藤原定家《ふじわらのさだいえ》の時代は、はじまったばかりの恋の歌と理解していたらしい。

現在推量の助動詞「らむ」は、ここでは、現在起こっている事実に対して、その原因・理由を推量する意（視界内推量）。まず相手を恋しく思うという事実があって、その理由について、いったいいつ逢ったからかと、疑問の気持ちをもって推量している。恋の憧れがあふれ出てきてしまうのを自分ながらいぶかっているのである。

木津《きづ》川（泉川）

作者　八七七～九三三　藤原兼輔《ふじわらのかねすけ》。紫式部（→57）の曾祖父《そうそふ》。十世紀歌壇の中心的存在。

語句・語法　●**みかの原**　山城国《やましろ》（京都府）相楽《そうらく》郡加茂《かも》町を流れる木津川の北側の一帯。聖武天皇の時代、一時都（恭仁京《くにきょう》）が営まれた。●**わきて流るる**　「わき」は四段動詞「分く」の連用形。その「分き」に「湧《わ》き」を**掛け**、さらにその「湧き」が、次の「泉川」の「泉」の**縁語**。●**泉川**　現在の木津川。初句からここまでが**序詞《じょことば》**。「泉」「いつ」の同音反復の序詞で、「いつ見きとてか」へ続く。●**いつ見きとてか**　いつ逢ったことがあるといってか、の意。古来、まだ一度も逢ったことのない恋なのか、逢瀬《おうせ》を遂げた後に逢えないでいる恋なのか、解釈が分かれてきた。現在では前者が有力。

表現　掛詞・序詞・縁語

28

山里《やまざと》は　冬《ふゆ》ぞさびしさ　まさりける
人目《ひとめ》も草《くさ》も　かれぬと思《おも》へ（エ）ば

源《みなもとの》宗于《むねゆき》朝臣《あそん》

歌意　山里は、冬がとくに寂しさがまさるものだった。人も訪ねてこなくなり、草も枯れてしまうと思うので。

［所載歌集：『古今集』冬（三一五）］

山里	は	冬	ぞ	さびしさ	まさり	ける
名	係助	名	係助	名	動・ラ四・連用	助動・詠嘆・連体

（「ぞ」―「ける」：係り結び）

人目	も	草	も	かれ	ぬ	と	思へ	ば
名	係助	名	係助	動・ラ下二・連用	助動・完了・終止	格助	動・ハ四・已然	接助

作者　?〜九三九　光孝《こうこう》天皇（↓15）の孫。官位が進まず不遇であった。

語句・語法　●**山里は**　係助詞「は」は、他と区別する意。ここでは、都に対して山里は、という言い方。●**冬ぞさびしさ**　「ぞ」は、強意の係助詞。ほかの季節もさびしいものだが、とりわけ冬が、という気持ち。「さびし」は、心細く孤独だ・荒れすさんで寒々としている、の意。悲嘆とか苦悩の気持ちはない。●**まさりける**　前の句の係助詞「ぞ」を受けて、詠嘆の助動詞「けり」の連体形「ける」で結ぶ。●**人目も草も**　この「人目」は、人。ここは人も草もで、生命あるものすべてが、の気持ち。●**かれぬと思へば**　「離《か》る」と「枯《か》る」の**掛詞《かけことば》**。「離る」は、人が訪問しなくなる意。「ぬ」は、完了の助動詞。「思へば」は、確定条件で、この下二句が上三句の理由にあたる。**倒置法**で、上の句の「山里は」に続く。

表現　三句切れ・掛詞・倒置法

鑑賞　孤独な寂しさをいっそう感じさせる冬の山里

訪問してくれる人もいなくなるし、草も枯れ果ててしまうと思うと、ほかの季節はともかく、冬はいっそう寂しさの増す季節であったと今気がついた、というのである。都ではない山里では、冬ともなるとその寂しさはいっそうきわまるのである。「離《か》る」と「枯《か》る」の掛詞《かけことば》が、人事と自然の二重の文脈を作っている。訪ね来る人もなく、草も枯れ果ててしまうという冬の光景が、生命とふれあうことのできなくなったことを実感させ、心細く思う孤独な心のありようを浮き彫りにしている。

『古今集』の詞書《ことばがき》に「冬の歌とて詠める」とあるが、まさに冬がやって来たことを体感しての歌であるといえよう。

心《こころ》あてに　折《を》(オ)らばや折《を》(オ)らむ　初霜《はつしも》の
置《お》きまどは(ワ)せる　白菊《しらぎく》の花《はな》

凡河内《おおしこうちの》躬恒《みつね》

歌意 あて推量で、もし折るならば折ってみようか。初霜を置いて見分けもつかないように紛らわしくしている白菊の花を。

［所載歌集：『古今集』秋下（二七七）］

名	格助	動・ラ四・未然	接助	係助	動・ラ四・未然	助動・意志・連体	名	格助
心あて	に	折ら	ば	や	折ら	む	初霜	の
動・サ四・命令	助動・存続・連体	名	格助	名				
置きまどはせ	る	白菊	の	花				

（や……む　係り結び）

鑑賞　初霜に紛れるほど純白な白菊の美しさ

『古今集』の詞書《ことばがき》に「白菊の花を詠める」とある。倒置法を用いて下の句の「白菊」に焦点がしぼられるように構成されている。歌の中心は、初霜の純白に紛れてしまうほどの白菊の花の白さにある。

初霜は、晩秋から初冬にかけての景物。そのおりるのは寒さのきびしい早暁である。霜の白さは冷ややかで清潔な印象を与えるが、ここでは、それが白菊の白さに紛れていると表現している。その表現を通して、白さがいっそう清潔で気品のあるものとして描かれている。この白菊の白さは、高潔なるものの美をも言い表している。「心あてに折らばや」の困惑する気持ちをいう表現も、霜の白さか花の白さかわからないというのだから、白さを強調する言葉になっている。

作者 九世紀後半から十世紀初頭にかけての人。淡路権掾《あわじごんのじょう》などを歴任した下級官人。『古今集』の撰者の一人。

語句・語法 ●**心あてに**　あて推量に。「……折らむ」にかかる。●**折らばや折らむ**　「折らば」は、四段動詞「折る」の未然形に、接続助詞「ば」がついた形で、仮定条件を表す。もしも折るというのなら折ってみようか、の意。「や」は、疑問の意の係助詞。「む」は、意志の助動詞で、上の「や」を受けて連体形。●**初霜**　その年に初めておりた霜。晩秋から初冬にかけての時期にあたる。●**置きまどはせる**　この「まどはす」は、まぎらわしくする意。白菊の上に白い霜がおりて、それが白菊だと見分けにくくしてしまっているとする。白菊を「心あてに」しか折れない理由になっている。●**白菊の花**　倒置されて「折らばや……」に続く。

表現　二句切れ・倒置法

有明《ありあけ》の　つれなく見《み》えし　別《わか》れより　あかつきばかり　憂《う》きものはなし

壬《み》生《ぶの》忠《ただ》岑《みね》

歌意 有明の月がそっけなく見えた、そのそっけなく思われた別れから、暁ほどわが身の運命をいとわしく思うときはない。

［所載歌集：『古今集』恋三（六二五）］

有明	の	つれなく	見え	し	別れ	より
名	格助	形・ク・連用	動・ヤ下二・連用	助動・過去・連体	名	格助

あかつき	ばかり	憂き	もの	は	なし
名	副助	形・ク・連体	名	係助	形・ク・終止

作者 九世紀末から十世紀前半にかけての人。『古今集』の撰者の一人。壬生忠見《みぶのただみ》（↓41）の父。

語句・語法 ●**有明** 有明の月のこと（↓21）。●**つれなく見えし** 「つれなし」は、冷淡だ・無情だ、の意。こちらの働きかけに対して反応がなく満たされない感じを表す。平気だ・変わりがない、の意もある。この「つれなく」は、月の無情さをいうのか、別れの無情さをいうのか、二説あるが、ここでは、月も別れもともに無情だったと重ねて考えておく。「し」は、過去の助動詞「き」の連体形。過去の体験を回想する。●**別れより** この「より」は、時間の起点を示す。「……し別れより……」という文脈で、過去のある時点から現在に至るまでの時間の経過を表す。●**あかつきばかり** 「あかつき」は、夜明け前のまだ暗いうち。「ばかり……なし」は、……ほど……はない・……は最も……だ、の意。●**憂きものはなし** 「憂し」は、つらい、の意。つらい運命に生かされているという感じで用いられることが多い。

鑑賞 有明の月とともに思い起こされる恋のつれなさ

下旬の月である有明の月は、夜明け近くの月である。その夜明けの月のかかった空の下を、男が女に別れて帰って行く。それを有明の別れと呼んで、逢瀬《おうせ》の後の余情のこめられた言葉としてよく用いた。この歌もおそらく、男が女に逢ってきた後の気持ちを詠んだ歌であろう。

ここでは、暁の空にしらじらと無情に浮かぶ有明の月の姿が、冷淡な態度で別れた相手の姿でもある、ととらえられている。また、「……し別れより……」という文脈は、その時のつれない思いが、過去の一時の出来事というだけでなく、現在までも続いていることを言っている。過去のつれない別離があったがゆえに、現在までの重苦しく憂鬱《ゆううつ》な日々があるというのである。過去の恋の別れを通して、自分自身の人生を運命的に顧みているのである。

朝《あさ》ぼらけ　有明《ありあけ》の月《つき》と　みるまでに
吉野《よしの》の里《さと》に　ふれる白雪《しらゆき》

坂上是則《さかのうえのこれのり》

［所載歌集：『古今集』冬（三三二）］

歌意　夜がほのかに明るくなって、有明の月かと思うくらいに、吉野の里に白々と降っている白雪であることよ。

吉野山▼　平安時代の人々には、「吉野山」といえば、「雪」か「桜」の名所として意識されていた。もっとも、「桜」の連想の方が、「雪」の連想よりも、やや遅れてできあがった。山岳信仰の修行の地としても知られるこの吉野は、一般の人々にとっては訪れることもない遠隔の地であった。

朝ぼらけ	有明	の	月	と	みる	まで	に	吉野	の	里	に	ふれ	る	白雪
名	名	格助	名	格助	動・マ上一・連体	副助	格助	固名	格助	名	格助	動・ラ四・命令	助動・存続・連体	名

鑑賞 薄明かりの中に降り積もる雪の白さ

『古今集』の詞書《ことばがき》に「大和《やまと》の国にまかれりける時に、雪の降りけるを見て詠める」とある。夜が明けてきて、ほのかに明るくなってきた時分、積もった雪明かりに周囲の様子がほの白く浮かび上がってくる。それがあたかも有明の月の光と見まがうばかりだというのである。夜明け前の薄明の中で、にわかに照らし出される雪の白さが鮮明に印象づけられている。

月の光をその白さにおいて雪や霜に見立てる発想は、漢詩の影響によるとみられる。同類の見立てや比喩《ひゆ》の歌が、『古今集』時代にはよく詠まれるようになる。この歌はその発想によりながら、逆に、雪を月光の白さによって強調していることになる。雪の名所として知られた吉野を閑寂とした人里の風景として描いている。

桜の吉野

作者 九世紀末から十世紀前半にかけての人。古今集時代の代表的歌人。

語句・語法 ●**朝ぼらけ** 夜が明けてきて、ほのかに明るくなってくる時分。●**有明の月** 夜明けの空にまだ残って、しらじらと光っている月。(→21・30) ●**みるまでに** この「みる」は、思う・判断する、の意。「まで」は程度の極端さを示す副助詞。雪の白さが強調されている。なお、「有明の月」と見まがうばかりだというのだから、実際には空に月は残っていない。●**吉野の里** 「吉野」は、大和国《やまと》(奈良県)吉野郡一帯の地。『万葉集』以来、歌にも多く詠まれてきた。平安時代は都から遠い山里として、冬は雪、春は桜の名所とされた。●**ふれる白雪** 「る」は、存続の助動詞「り」の連体形。現在も雪が降り続いている。**体言止め**。

表現 体言止め

山川《やまがは》（ガワ）に　風《かぜ》のかけたる　しがらみは
流《なが》れもあへ（エ）ぬ　紅葉《もみぢ》（モミジ）なりけり

春《はる》道《みちの》列《つら》樹《き》

歌意　谷川に風がかけたしがらみとは、実は流れることもできないでいる紅葉なのだったよ。

［所載歌集：『古今集』秋下（三〇三）］

山川	に	風	の	かけ	たる	しがらみ	は
名	格助	名	格助	動・カ下二・連用	助動・存続・連体	名	係助

流れ	も	あへ	ぬ	紅葉	なり	けり
動・ラ下二・連用	係助	動・ハ下二・未然	助動・打消・連体	名	助動・断定・連用	助動・詠嘆・終止

鑑賞　谷川の流れの中に散りたまる紅葉の美しさ

『古今集』の詞書《ことばがき》に「志賀《しが》の山越えにて詠める」とある。「志賀の山越え」とは、京都から山を越えて大津に至る道筋で、都の人々が志賀寺（崇福寺《すうふくじ》）参りなどのためにしばしば利用していたらしい。

一首全体が、擬人法や見立ての技法によって構成されている。そうした表現が、実際のところはどうなのか、という注意力を喚起させてくれる。

谷川を渡る風が紅葉を散り落とす。しかし、その風は嵐のような強い風ではない。あたかも木々の葉が自然に落ちてくるのを待っていたかのような風情《ふぜい》である。そして散り落ちた紅葉が、川の流れに流されながら、ところどころにとどまってもいる。紅葉に彩《いろど》られた山中に、やがて秋も過ぎてゆこうとする谷川の情景が、鮮やかに浮かび上がってくる。

作者　?〜九二〇　経歴などは未詳。

語句・語法　●**山川**　山の中の川。谷川。「ヤマガワ」と読む。「ヤマカワ」と読むと、山と川、の意になる。　●**風のかけたるしがらみは**　「しがらみ」は「柵」と書く。流れをせきとめるために、川の中に杭《くい》を打って竹などを横に編んだり結びつけたりしたもの。風がそのしがらみをかけ渡したとする。擬人法である。　●**流れもあへぬ**　「……あふ＋打消」で、完全に……しきれない、の意（→24）。ここでは、流れようとしても流れきれずにいるということ。　●**紅葉なりけり**　風がかけ渡して流れをせきとめていたしがらみは、実際は流れきれずにいた紅葉であったとする。見立て。助動詞「けり」は、今気づいたという感動を表す。

表現　擬人法・見立て

しがらみ

33

ひさかたの　光《ひかり》のどけき　春《はる》の日《ひ》に
静心《しづごころ》(シズ)なく　花《はな》の散《ち》るらむ(ン)

紀《きの》友《とも》則《のり》

鑑賞 爛漫《らんまん》のうちにも散り急ぐ桜の花のはかなさ

『古今集』の詞書《ことばがき》に「桜の花の散るを詠める」とある。やわらかな日ざしが爛漫《らんまん》の春を印象づけながら、その中で桜の花だけが落ち着いた心もなく散り急いでいると詠んでいる。上三句で春爛漫《らんまん》の静かで穏やかな世界が示されているのに対し、下二句の「静心なく花の散るらむ」では、「花」を擬人化し、花の散るのを花自身の意志とみて、その心を推量している。春ののどやかな世界と、その中に秘《ひ》められたあわただしさとが対照的にとらえられている。

この歌では、桜の花がはかなく散るという事実を通して、自然のはかりしれない力のようなものまでが感じとられている。爛漫の春を味わいながら、自然の不可知さ、不可思議さに思わず触れてしまったような印象である。

歌意 日の光がのどかにさしている春の日に、落ちついた心がないので桜の花が散っているのであろう。

［所載歌集：『古今集』春下（八四）］

ひさかたの	光	のどけき	春	の	日	に
枕詞	名	形・ク・連体	名	格助	名	格助

静心	なく	花	の	散る	らむ
名	形・ク・連用	名	格助	動・ラ四・終止	助動・推量・連体

作者 ?～九〇五?　紀貫之《きのつらゆき》(→35)の従兄弟《いとこ》。『古今集』の撰者の一人であるが、完成前に没す。

語句・語法 ●**ひさかたの**　天・空・日・月などにかかる**枕詞《まくらことば》**。ここでは「(日の)光」にかかる。●**光のどけき**　この「のどけし」は、日の光が穏やか、の意であるが、のんびりと、ぐらいの気持ちもこもる。●**静心なく**　「静心」は、落ちついた心。「花」を、「心」をもつ人間であるかのようにとらえる。**擬人法**。●**花の散るらむ**　「花」は、桜。「の」は、主格。「らむ」は、視界内の推量を表し、眼前の事実（桜の花が散っていること）の原因・理由を、「静心なく」と推量する。落ちついた心がないので桜の花が散っているのだろう、の意。古来、この「花が散る」という明確な事実に関して、何を推量するのかが問題とされ、「などか」などの疑問詞を補って、どうして落ちついた心もなくて花が散るのだろう、と訳すことも多かった。

表現 枕詞・擬人法

誰《たれ》をかも　知《し》る人《ひと》にせむ(ン)　高砂《たかさご》の
松《まつ》も昔《むかし》の　友《とも》ならなくに

藤原興風《ふじわらのおきかぜ》

歌意 いったい誰《だれ》を親しい友人にしようか。長寿の高砂《たかさご》の松も、昔の友ではないのだから。

［所載歌集：『古今集』雑上（九〇九）］

誰	を	か	も	知る	人	に	せ	む	高砂	の	松	も	昔	の	友	なら	なく	に
代	格助	係助	係助	動・ラ四・連体	名	格助	動・サ変・未然	助動・意志・連体	固名	格助	名	係助	名	格助	名	助動・断定・未然	助動・打消・未然（ク語法）	接助

係り結び（か … む）

鑑賞 年老いて親しい友もいない孤独と悲哀

老齢となって親しい友人もみな亡くなり、一人きりの自分になったような気がする。そこで、長寿である高砂《たかさご》の松を友人にと思う。しかし、松はしょせん松でしかなく、友人となるものではなかった、というのである。昔の友人に先立たれて、ひとり生き残ってしまった者の孤独と悲哀が詠まれている。

一般に長寿は祝賀すべきことであるが、ここでは逆に、孤独な自分が見つめられている。親しい友人を新たにつくろうと思っても、そういう心の友は長年の交流によってはぐくまれるもので、老齢の自分にはできるはずもない。かといって、長寿の象徴である松を友にと思っても、語り合えるような相手でない。

これは何よりも、老境にいたった者だけが実感できる、沈痛な嘆きの歌である。

作者 九世紀後半から十世紀初頭にかけての人。管弦にもすぐれる。

語句・語法 ●**誰をかも** 「か」「も」は、ともに係助詞で、詠嘆的な疑問の意。 ●**知る人にせむ** 「知る人」は、自分を理解してくれる人で、親しい友人、ぐらいの意。「む」は、意志の助動詞で、係助詞「か」を受けて連体形。 ●**高砂の松** 「高砂」は、播《はり》磨《ま》国加《か》古《こ》郡（兵庫県高砂市）にある地名。松の名所として知られる。「高砂の松」は、長寿の象徴として用いられている。 ●**昔の友** 昔から親しくつき合ってきた友。 ●**ならなくに** 「……なくに」は、……でないので、の意（↓14）。平安時代には擬古的な表現として用いられた。長寿というのならば、「松」も自分の友になれるが、人間ではないので、の気持ちをこめる。意味上、上に続く。**倒置法**。

表現 二句切れ・倒置法

人《ひと》はいさ　心《こころ》も知《し》らず　ふるさとは　花《はな》ぞ昔《むかし》の　香《か》ににほ《オ》ひ《イ》ける

紀《き》貫《つら》之《ゆき》

鑑賞　変わらぬ自然に対照される人の心の移ろいやすさ

『古今集』の詞書《ことばがき》には、かつて長谷寺《はせでら》参詣の常宿にしていた家を、梅の花のころ久方ぶりに訪ねた折、その家の主が疎遠の恨み言を言ったので、この歌で応じたとある。

人というものはねえ、そんな、心なんかわかりませんよ、と冷ややかに言っているあたりに、相手の恨み言へのさりげない反発がある。その「人」は、直接の相手である宿の主をさすとともに、世間の人々一般をもさしている。移ろいやすいのは何よりも人の心だ、ということになる。そして下の句の「ふるさとは」以下では、春到来とともに開花の時期を決して忘れることのない梅の花の香ぐわしさがとらえられている。移ろいやすい人の心と、常に変わらざる自然の景物がいかにも対照的である。早春の息吹《いぶき》の中で、軽妙な語調のうちにも人情の機微を発見しているような趣《おもむき》である。

貫之ゆかりの梅（長谷寺）

歌意　あなたは、さあどうだろう、人の気持ちは私にはわからない。昔なじみの土地では、梅の花だけが昔と同じ香りで匂《にお》うのだったよ。

［所載歌集：『古今集』春上（四二）］

人	は	いさ	心	も	知ら	ず	ふるさと	は
名	係助	副	名	係助	動・ラ四・未然	助動・打消・終止	名	係助

花	ぞ	昔	の	香	に	にほひ	ける
名	係助	名	格助	名	格助	動・ハ四・連用	助動・詠嘆・連体

係り結び（ぞ―ける）

作者　八六六?～九四五　『古今集』の中心的撰者で、「仮名序《かなじょ》」をも執筆。この時代の代表的歌人。『土佐《とさ》日記』の作者。

語句・語法　●**人は**　直接的には相手である宿の主をさす。それを「人は」と言い、下の「ふるさと」と対照させて、人間一般に対する気持ちも表している。●**いさ心も知らず**　「いさ」は、下に打消の語を伴って、さあ、……ないの意となる副詞。相手の気持ちを軽くいなすような言い回し。●**ふるさと**　以前住んでいた里。●**花**　一般に「花」というと桜をさすが、ここでは梅。

表現　二句切れ　「ふるさとは……花ぞ……」は、上の「人は……心も……」と対応するように構成された語句。●**香ににほひける**　「にほふ」は色彩の華やかさを表す語だが、平安時代になると嗅覚的な意味も合わせもつようになった。「けり」は初めて気がついた感動がこもる。

夏《なつ》の夜《よ》は　まだ宵《よひ（ヨイ）》ながら　明《あ》けぬるを　雲《くも》のいづ《（ズ）》こに　月《つき》やどるらむ《（ン）》

清原深養父《きよはらのふかやぶ》

歌意　夏の夜は、まだ宵《よい》のままと思っているうちに明けてしまったので、いったい雲のどのあたりに月は宿をとっているのだろうか。

［所載歌集：『古今集』夏（一六六）］

名	格助	名	係助	副	名	接助	動・カ下二・連用	助動・完了・連体	接助
夏	の	夜	は	まだ	宵	ながら	明け	ぬる	を
名	格助	代	格助	名	動・ラ四・終止	助動・推量・連体			
雲	の	いづこ	に	月	やどる	らむ			

作者　九世紀末から十世紀前半にかけての人。清原元輔《もとすけ》（→42）の祖父で、清少納言《せいしょうなごん》（→62）の曾祖父。

語句・語法　●**夏の夜は**　係助詞「は」は、他ととりたてて区別する意。●**まだ宵ながら明けぬるを**　この「宵」は、夜に入って間もないころ。「ながら」は、ここでは、……のままの状態で、の意。まだ宵のままと思っているうちに、夜が明けてしまった、というのである。「ぬる」は、完了の助動詞「ぬ」の連体形。接続助詞「を」は、ここでは順接で下に続く。……ので、の意。●**雲のいづこに**　「いづこ」は、場所を示す代名詞。どこ、の意。●**月やどるらむ**　この「月」は、十六日以降の、夜が明けても空に残っている月。「やどる」の主語は「月」で、**擬人法**。助動詞「らむ」は、ここでは視界外の推量で、現在は見えていないものについて、今ごろ……しているだろう、と推量する。「いづこ」を受けて、連体形。

表現　擬人法

鑑賞　夏の短か夜に見えなくなる月を惜しむ

夏の夜は短く、まだ宵《よい》の口《くち》と思っているうちに夜が明けてしまった。だから、月もまだ空に残っているはずだが、それなら見えなくなったのはいったいどこの雲に宿ったのだろう、という気持ちを詠んでいる。実際には、夜明けの空に残った月の輪郭がはっきりしないので、見えにくくなっているのである。

「まだ宵ながら明けぬるを」は、夏の夜が短か夜であるとともに、朝までの時間が自分にとってあっという間に過ぎてしまったという気持ちをこめている。月の出から、明け方までずうっと月を見ていたことになるのであるから、月に対する並々ならぬ関心が示されているのである。また月を擬人化したことで、一晩向き合っていた者同士が別れを惜しむかのような気分も漂っている。

白露《しらつゆ》に　風《かぜ》の吹《ふ》きしく　秋《あき》の野《の》は　つらぬきとめぬ　玉《たま》ぞ散《ち》りける

文《ふん》屋《やの》朝《あさ》康《やす》

歌意 白露に風がしきりに吹いている秋の野は、緒《お》（ひも）で貫きとめていない玉が散り乱れていたのだったよ。

［所載歌集：『後撰集』秋中（三〇八）］

白露	に	風	の	吹きしく	秋	の	野	は
名	格助	名	格助	動・カ四・連体	名	格助	名	係助

つらぬきとめ	ぬ	玉	ぞ	散り	ける
動・マ下二・未然	助動・打消・連体	名	係助	動・ラ四・連用	助動・詠嘆・連体

係り結び（ぞ…ける）

鑑賞　風に吹き散らされる秋の野の一面の白露の美しさ

『後撰集《ごせん》』の詞書《ことばがき》には、「延喜《えんぎ》の御時《おほんとき》歌召《め》しければ」とあるが、実際は「寛平《かんびやう》の御時《おほんとき》の后《きさい》の宮《みや》の歌合《うたあはせ》」の歌であるという。白露を玉と見立てて、それを緒《お》（ひも）で貫くというのは、平安時代の歌の常套《じょうとう》的な表現である。ここでは野分《のわき》（台風）のような強風に吹き散らされる露を、緒で結びとめられなかったために、ばらばらに散らばった玉だと見立てている。

露をのせているのは、玉の緒《お》にたとえられることの多い薄《すすき》の葉や萩《はぎ》の枝であろうか。露をいっぱい集めた木草が秋風に激しく揺さぶられ、露がそのたびごとに白く輝きながらばらばらと乱れ散っている情景である。「秋の野は」とあるように、その風景は秋の野全体に広がっている。秋の野が一面にわたって、はかなく光る世界になっているというのである。

作者 九世紀後半から十世紀初頭にかけての人。文屋康秀《やすひで》（→22）の子。経歴の詳細は不明。

語句・語法 ●**白露** 草葉の上で露が白く光るのを強調した表現。●**風の吹きしく** 「しく」は「頻《し》く」で、しきりに……する、の意。●**秋の野は** 係助詞「は」は、他の季節では見られない秋の野だけの情景であることを強調する。●**つらぬきとめぬ** 末尾の「ぬ」は、打消の助動詞「ず」の連体形。緒《お》（ひも）を通して結び止めていない、の意。●**玉ぞ散りける** この「玉」は、真珠。穴をあけていくつも緒で通し、装身装飾具として愛好した。ここでは風に吹き散らされる白露の輝きを、緒に結びとめなかったためにばらばらに乱れた玉の輝きに**見立てる**。助動詞「けり」は、今初めて気がついたという感動を表す。係助詞「ぞ」の係り結びで、連体形。

表現 見立て

忘《わす》らるる　身《み》をば思《おも》は《（ワ）》ず　誓《ちか》ひ《（イ）》てし
人《ひと》の命《いのち》の　惜《を（オ）》しくもあるかな

右《う》近《こん》

歌意　忘れ去られる私自身のことは何とも思わない。ただ、いつまでも愛すると、かつて神に誓ったあの人が、命を落とすことになるのが惜しまれてならないことよ。

［所載歌集：『拾遺集』恋四（八七〇）］

忘ら	動・ラ四・未然
るる	助動・受身・連体
身	名
を	格助
ば	係助
思は	動・ハ四・未然
ず	助動・打消・終止
誓ひ	動・ハ四・連用
て	助動・完了・連用
し	助動・過去・連体
人	名
の	格助
命	名
の	格助
惜しく	形・シク・連用
も	係助
ある	補動・ラ変・連体
かな	終助

作者　十世紀前半期の人。右近少将《うこんのしょうしょう》藤原季縄《すえなわ》の娘。醍醐《だいご》天皇の皇后穏子《おんし》に仕え、村上朝の歌壇で活躍する。

語句・語法　●**忘らるる**　「忘る」は、普通下二段動詞だが、ここは古い形で四段に活用している。「るる」は、受身の助動詞の連体形。　●**身をば思はず**　「身」は自分自身。「ば」は強意の係助詞「は」。格助詞「を」に続く時は濁音化して「ば」となる。「ず」は、打消の助動詞で、連用形とも考えられるが、ここは終止形とする。　●**誓ひてし**　「て」は、完了の助動詞「つ」の連用形。「し」は、過去の助動詞「き」の連体形。かつて、いつまでも心変わりせず愛すると、神かけて約束した。　●**人の命の**　「人」は相手をさす。「身」と対比的に用いられている。　●**惜しくもあるかな**　「惜し」は、深い愛着を感じるあまり、失うにしのびないという気持ち。男が神罰をこうむって命を落とすことを心配する、強い執着の表れである。

表現　二句切れ

鑑賞　自分を捨てた男への諦《あきら》めがたい恋の執着

永遠の愛を神に誓った相手が、その愛を裏切った。その裏切りは、同時に神への誓いを破ったことにもなり、相手の男は神罰をこうむって命を落とすかもしれない。その相手の死を惜しんでいるのである。

この「惜し」には二つの解釈が考えられる。一つは、自分を裏切った相手への恨みから、お気の毒に……といって皮肉る気持ち。もう一つは、「惜し」の言葉どおり相手への哀惜から、その身を気遣う気持ちである。ここでは後者と考えたい。自分自身のことは何とも思わないと諦《あきら》めたはずなのに、かえって抑えがたい相手への執着がこみあげているのである。

『大和《やまと》物語』八十四段では、「同じ女、男の、『忘れじ』とよろづのことをかけて誓ひけれど、忘れにけるのちに言ひやりける」として、この歌が詠まれる。ここでは皮肉の気持ちがやや強く語られている。

文を書く女（住吉物語絵巻）

浅茅生《あさぢふ》（ジ）（ウ）の　小野《をの》（オ）の篠原《しのはら》　しのぶれど
あまりてなどか　人《ひと》の恋《こひ》（コイ）しき

参議《さんぎ》等《ひとし》

鑑賞　忍ぶ恋ながらも忍びきれない恋情

人目を忍ぶ恋ではあるが、その思いが抑えきれず心のうちにあふれ出てしまいそうだという。なおもそのような、自分自身の恋の思いの激しさにとまどいながら、抑えがたい恋の気持ちの不可解さを感じとっている歌である。

上の句の「篠原《しのはら》」の篠の葉は、微風にさえも音をたてやすい。その風のさやぎをも感じさせる篠原の景が、この歌をいっそう忘れがたいものにさせている。

『後撰集《ごせん》』の詞書《ことばがき》に「人につかはしける」とあって、相手に詠みかけた歌とされる。また、『古今集』の「浅茅生の小野の篠原しのぶとも人知るらめやいふ人なしに」（あの人は知っているだろうか、いや知るまい。伝える人がいないので）をもとに詠まれたともされる。その『古今集』の歌は、これとは異なって、ひたすら忍ぶ内容である。

歌意　浅茅《あさぢ》の生えている小野の篠原《しのはら》のしのではないが、しのび続けてがまんしてはきたが、どうしてあの人のことがこうも恋しいのか。

［所載歌集：『後撰集』恋一（五七七）］

浅茅生	の	小野	の	篠原	しのぶれ	ど
名	格助	名（接頭）	格助	名	動・バ上二・已然	接助

あまり	て	など	か	人	の	恋しき
動・ラ四・連用	接助	副（↓下注）	係助	名	格助	形・シク・連体

係り結び（か―恋しき）

（注）「などか」を一語の副詞とする説もある。

作者　八八〇～九五一　源等《みなもとのひとし》。嵯峨《さが》天皇の曾孫《そうそん》。詳細は不明。

語句・語法　●**浅茅生の**　「浅茅《あさぢ》」は、丈《たけ》の短い茅《ちがや》。「生《ふ》」は、草や木が生えている所、の意。「浅茅生の」を「小野」にかかる枕詞とする説もある。●**小野の篠原**　「小」は、調子を整えるための接頭語。「篠原」は、細い竹の生えている原。初句からここまでが同音反復の**序詞《じょことば》**として、「しのぶ……」にかかる。●**しのぶれど**　「しのぶれ」は、上二段動詞「しのぶ」の已然形で、こらえる意。「しのぶ」には四段活用もある（↓84）。「ど」は、逆接。●**あまりてなどか**　「あまる」は、多すぎてあふれる意。あまり強くて、自分ながらどうしようもないのである。「などか……恋しき」は、そうした自分の恋の不可解さを見つめた言い方。「などか」は、副詞「など」に係助詞「か」がついた語。反語の場合が多いが、ここは疑問。●**人の恋しき**　「人」は、相手。「か」を受けて、「恋しき」と連体形で結ぶ。

表現　序詞

しのぶれど　色《いろ》に出《い》でにけり　わが恋《こひ》（コイ）は
ものや思《おも》ふ（ウ）と　人《ひと》の問《と》ふ（ウ）まで

平《たいらの》兼《かね》盛《もり》

鑑賞　隠しきれず他人に問われるほどの恋

忍ぶ恋の歌である。自分では隠し通していたつもりだったのに、「もの思いでもしているのか」と周囲の人に尋ねられて、初めて外に表れていたことに気がついた、というのである。客観的な事実を示されてとまどう心のありようが、会話体の言葉をも交えた文脈によって表現されている。

この歌は『拾遺集《しゅうい》』の詞書《ことばがき》では「天暦《てんりゃくの》御《おほん》時《ときの》歌合」で詠まれた歌とある。この歌合は、天徳四（九六〇）年に村上天皇の主催で行われたことから、一般に「天徳内裏歌合《てんとくだいりうたあわせ》」と呼ばれる。そこでは次の壬生忠見《みぶのただみ》の「恋すてふ」の歌（→41）と「忍ぶ恋」の題で番《つが》えられている。この二首の歌については、判者《はんじゃ》が両者の歌に優劣をつけられず困っていたところ、帝が「しのぶれど」の歌を口ずさんだことから、この歌の勝ちとなったという有名な逸話がある。

天徳内裏歌合の想像図

歌意　心のうちにこらえてきたけれど、顔色や表情に出てしまっていたのだった。私の恋は、恋のもの思いをしているのかと、人が問うほどまでになって。

［所載歌集：『拾遺集』恋一（六二二）］

しのぶれ	動・バ上二・已然
ど	接助
色	名
に	格助
出で	動・ダ下二・連用
に	助動・完了・連用
けり	助動・詠嘆・終止
わ	代
が	格助
恋	名
は	係助
もの	名
や	係助
思ふ	動・ハ四・連体
と	格助
人	名
の	格助
問ふ	動・ハ四・連体
まで	副助

（や～思ふ：係り結び）

作者　？～九九〇　篤行王《あつゆき》の子。『後撰集《ごせん》』の時代の代表的歌人。

語句・語法　●**しのぶれど**　「しのぶれ」は、上二段動詞「しのぶ」の已然形で、こらえる意。人に知られないように心に秘めてきたけれど、の気持ち。●**色に出でにけり**　「色」は、顔つきや表情など表に現れた様子。恋の歌の「色に出づ」は、恋情が表に現れてしまうことをいう。助動詞「けり」は、今初めて気がついた感動を表す。ここでは、恋のもの思いでもしているのかと人から問われて初めて気がついたとする。●**ものや思ふと**　「もの思ふ」は、恋のもの思いをする意。「や」は疑問の係助詞。「思ふ」はその結びで連体形。この「ものや思ふ」は「人」（第三者）の言葉である。●**人の問ふまで**　周囲の人が尋ねるほど、恋の気持ちが表情に出てしまったというのである。意味上、「色に出でにけり」に続く。倒置法。

表現　二句切れ・倒置法

41

恋《こひ》(コイ)すてふ(チョウ)　わが名《な》はまだき　立《た》ちにけり
人知《ひとし》れずこそ　思《おも》ひ(イ)そめしか

壬生忠見《みぶのただみ》

鑑賞　秘めた恋が早くも人に気づかれるとまどい

前の「しのぶれど」の歌(↓40)で記したように、「天徳内裏歌合《てんとくだいりうたあわせ》」で、平兼盛《たいらのかねもり》の歌とこの歌とが「忍ぶ恋」の題で優劣を競わせられた。この兼盛との勝負はさまざまな逸話を生んだ。鎌倉時代の説話集『沙石集《しゃせきしゅう》』には、負けた忠見《ただみ》が落胆のあまり食欲もなくなり、病になってついには亡くなってしまったという話も見える。まったくの作り話であるが、当時の人々の詠歌に対する執念のほどをかいま見せてもいる。

一見素直な詠みぶりを感じさせるが、「……こそ……已然形」の構文や、倒置法的な表現などによる屈折した文脈によって、思いはじめたばかりの恋が露見してしまった驚きや、自分自身をとらえて離さない恋情にとまどう心のありようが、きわめて的確に表現されている。

歌合では負けてしまったが、後世、この歌を高く評価する歌論も少なくない。

歌意　恋しているという私の噂《うわさ》が早くもたってしまったのだった。誰にも知られないように、心ひそかに思いはじめていたのに。

［所載歌集：『拾遺集』恋一（六二一）］

動・サ変・終止	連語	代	格助	名	係助	副	動・タ四・連用	助動・完了・連用	助動・詠嘆・終止
恋す	てふ	わ	が	名	は	まだき	立ち	に	けり

名	動・ラ下二・未然	助動・打消・連用	係助	動・マ下二・連用	助動・過去・已然
人	知れ	ず	こそ	思ひそめ	しか

係り結び（こそ―しか）

作者　十世紀半ばの人。壬生忠岑《みぶのただみね》(↓30)の子。

語句・語法　●**恋すてふ**　「恋す」は、「名詞＋す」の形で、サ変動詞の終止形。「てふ」は、「といふ」のつづまった形。●**わが名はまだき**　「名」は、世間の噂《うわさ》・評判。「まだき」は、早くも、の意の副詞。●**立ちにけり**　前の歌(↓40)の「出でにけり」と同じ語法。気がついたら私の噂が立ってしまっていた、という気持ち。●**人知れずこそ思ひそめしか**　「知れ」は、下二段動詞「知る」の未然形で、知られる、の意。「思ひそめ」は「思い初《そ》め」で、恋はまだはじまったばかりだ、の気持ち。「しか」は、過去の助動詞「き」の已然形。「こそ……已然形」がそのまま下に続く時は、……けれども、と逆接の文脈になる。ここでは、**倒置した形**で、上の句に続いている感じである。

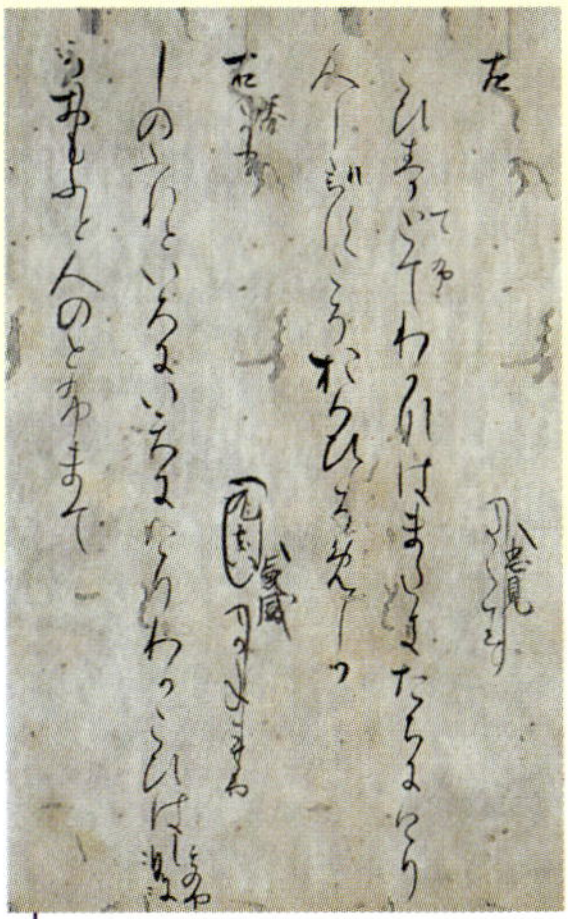
天徳内裏歌合（40・41の歌）

表現　三句切れ・倒置法

契《ちぎ》りきな　かたみに袖《そで》を　しぼりつつ　末《すゑ》(スエ)の松山《まつやま》　波越《なみこ》さじとは

清原元《きよはらのもと》輔《すけ》

歌意 約束したことだったよ。たがいに涙《なみだ》に濡《ぬ》らした袖《そで》をしぼっては、末の松山を波が越さないように二人の心が変わらないということを。

［所載歌集：『後拾遺集』恋四（七七〇）］

契り	き	な	かたみに	袖	を	しぼり	つつ
動・ラ四・連用	助動・過去・終止	終助	副	名	格助	動・ラ四・連用	接助

末の松山	波	越さ	じ	と	は
固名	名	動・サ四・未然	助動・打消推量・終止	格助	係助

作者 九〇八〜九九〇　梨壺《なしつぼ》の五人の一人として、『後撰集《ごせんしゅう》』の編纂《へんさん》にかかわる。清原深養父《ふかやぶ》（→36）の孫。清少納言《せいしょうなごん》（→62）の父。

語句・語法 ●**契りきな**　「契る」は、約束する意。「き」は、過去の助動詞「き」の終止形。「な」は、感動を表す終助詞。以前約束を交《か》わしあったことを感動的に回想している。●**かたみに**　たがいに、の意の副詞。●**袖をしぼりつつ**　「袖をしぼる」は、涙《なみだ》で濡《ぬ》れた袖をしぼること。ここの涙は、たがいに将来を誓い合った二人の感動の涙である。「つつ」は、反復・継続を表す接続助詞。●**末の松山波越さじとは**　「末の松山」は宮城県の多賀城《たがじょう》市あたりの地名。どんな大きな波でも末の松山を越すことがないところから、そこを「波」が越さないとは、二人の間に心変わりのないことのたとえとなった。逆に「波」が越すのは、心変わりや浮気のたとえ。「じ」は打消の推量・意志を表す助動詞。「かたみに……とは」は、意味上、上に続く。倒置法。

表現 初句切れ・倒置法

鑑賞　心変わりした女への恨みと諦《あきら》めがたさ

『後拾遺集《ごしゅうい》』の詞書《ことばがき》に「心変はりてはべりける女に、人に代はりて」とある。心変わりした女に、相手の男に代わって詠んだ歌というのである。相思相愛であったころの感動的な二人の約束ごとをとりあげているが、それによって女の心変わりを恨む気持ちだけでなく、いまだに残る女への執心までも浮かびあがらせている。「契りきな」という初句切れの表現も、歌に緊張感を与えている。

この歌は『古今集』の大歌所《おおうたどころ》御歌の「君をおきてあだし心をわが持たば末の松山波も越えなむ」（東歌・一〇九三）によっている。もしも心変わりしたならば、末の松山を波が越えるだろう（そんなことはありえない）、という誓いの歌であるが、この「契りきな」の歌は、その誓いが破られたときの歌になっている。恋とは永久不変とは思ってみても、このようなもろさを秘めているものだということか。

末の松山

逢《あ》ひ《(イ)》見ての　のちの心《こころ》に　くらぶれば
昔《むかし》はものを　思《おも》は《(ワ)》ざりけり

権中納言敦忠《ごんちゅうなごんあつただ》

歌意 ついに逢瀬《おうせ》を遂げてみると、その後の恋しい気持ちにくらべると、以前の恋心などは、何も思っていなかったのと同じであったなあ。

［所載歌集：『拾遺集』恋二（七一〇）］

逢ひ見	動・マ上一・連用
て	接助
の	格助
のち	名
の	格助
心	名
に	格助
くらぶれ	動・バ下二・已然
ば	接助
昔	名
は	係助
もの	名
を	格助
思は	動・ハ四・未然
ざり	助動・打消・連用
けり	助動・詠嘆・終止

作者 九〇六～九四三　藤原敦忠《ふじわらのあつただ》。左大臣時平《ときひら》の三男。琵琶《びわ》の名手として知られた。

語句・語法 ●**逢ひ見ての** 男女の関係を表すときに用いられる「逢ふ」「見る」は、ともに、契りを結ぶ・逢瀬を遂げる意となることが多い。●**のちの心** 逢瀬を遂げた後で相手を思う気持ち。現在の心境。●**くらぶれば** 下二段動詞「くらぶ」の已然形に、接続助詞「ば」がついて、確定条件を表す。●**昔** 相手と契る以前をさし、「のち」と対応する。「昔」という言い方で、現在の心境との隔たりの大きさを強調している。●**ものを思はざりけり** 「ものを思ふ」は、恋ゆえにもの思いをする意。逢瀬を遂げた後につのる恋しさや苦しさにくらべると、逢瀬を遂げる前のもの思いは、何も思っていなかったのと同じであった、というのである。助動詞「けり」は、今初めて気がついたという感動を表す。

鑑賞　初めて逢瀬《おうせ》を遂げた後につのる苦しいばかりの恋しさ

逢瀬《おうせ》を遂げることを願って恋いこがれてきた人と、はじめて一夜をともにするという体験をしてみると、それが実現した後は、もの思いが晴れるどころか、以前のもの思いなど問題にならないような、つらく苦しい恋しさがわき起こってきた、というのである。

『拾遺抄《しゅういしょう》』（『拾遺集』になる前の段階の歌集）には、「はじめて女のもとにまかりて、またの朝につかはしける」とある。これによれば、はじめて一夜をともにした直後の気持ちを詠んだことになり、後朝《きぬぎぬ》の歌ということになる。後朝の歌は、逢瀬を遂げた翌朝、自宅へ帰った男が女のもとに贈る歌のことである。

また、右のような詞書《ことばがき》を考慮せずに、歌の言葉だけに即してみると、逢瀬を遂げた後に何らかの事情で逢えない状況が続いたので詠んだ歌だ、と考えられるかもしれない。

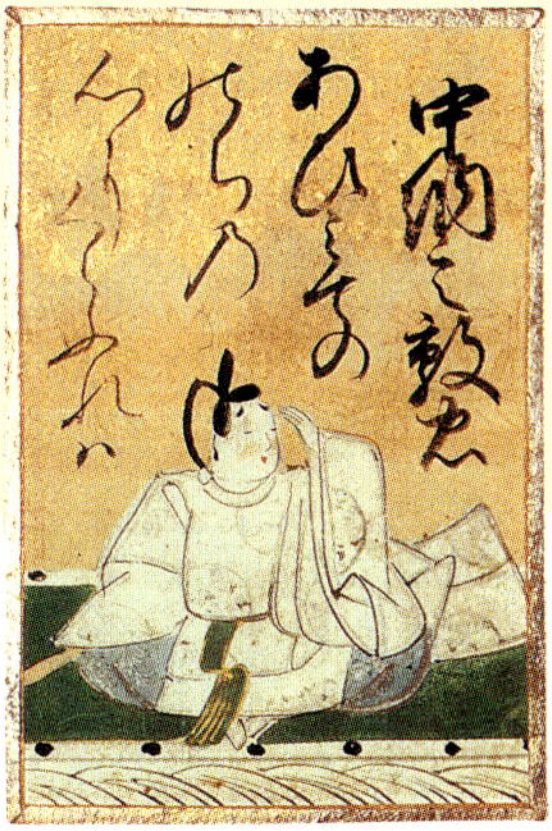

逢《あ》ふ（オウ）ことの　絶《た》えてしなくは　なかなかに
人《ひと》をも身《み》をも　恨《うら》みざらまし

中納言朝忠《ちゅうなごんあさただ》

鑑賞　逢瀬《おうせ》を望み相手をもわが身をも恨む恋

なまじ逢《あ》うこともないのならば、相手を恨んだり、わが身の運命を嘆くこともないのに、という反実仮想の構文によっている。実際には、まれに逢瀬《おうせ》があって、それを思わず期待したりするものだから、つい、いらだたしい気持ちになって、相手のつれなさや、わが身のつたない運命を恨んでしまう、というのである。もしも絶対に逢瀬がないのなら、かえって相手もわが身も恨むことはしないのに、という反実仮想の構文によって、いらだつほかない現実の恋の心を的確に表現した歌である。

『拾遺集《しゅうい》』の詞書《ことばがき》に、「天暦御時《てんりゃくのおほんときの》歌合に」とある。さきの兼盛《かねもり》（↓40）・忠《ただ》見《み》（↓41）の歌と同じ「天徳内裏歌合《てんとくだいりうたあわせ》」での作である。実際の恋から詠まれた歌ではないが、恋の真相を見つめているような趣《おもむき》である。

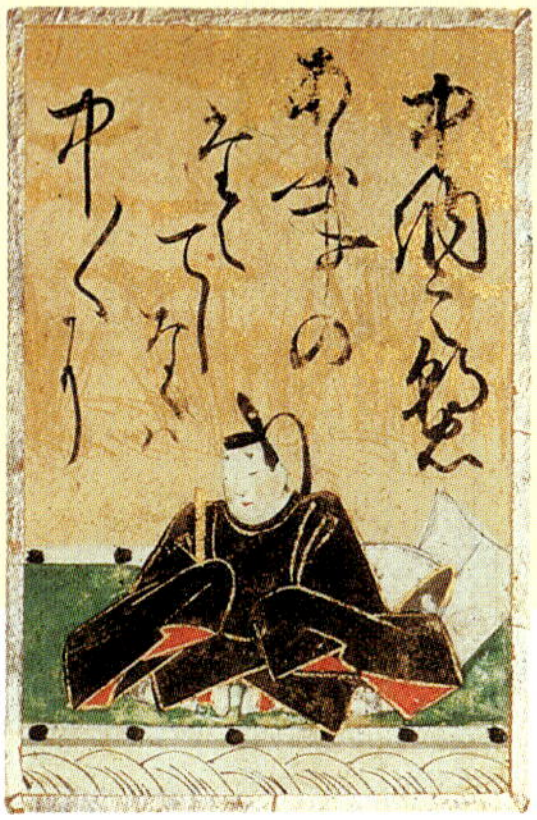

歌意　もし逢うことが絶対にないのならば、かえって、あの人のつれなさも、わが身のつたない運命も恨むことはしないのに。

［所載歌集：『拾遺集』恋一（六七八）］

逢ふ	こと	の	絶えて	し	なく	は	なかなかに
動・ハ四・連体	名	格助	副	間助	形・ク・連用	係助	副

人	を	も	身	を	も	恨み	ざら	まし
名	格助	係助	名	格助	係助	動・マ上二・未然	助動・打消・未然	助動・反実仮想・終止

作者　九二〇～九六六　藤原朝忠《ふじわらのあさただ》。三条右大臣定方《さだかた》（↓25）の五男。十世紀前半の歌壇で活躍。

語句・語法　●**逢ふこと**　男女の逢瀬《おうせ》をいう。●**絶えてしなくは**　「絶えて」は、副詞で、下に打消の語を伴って、強い否定を表す。絶対に……しない、の意。「し」は、強意の間投助詞。「なくは」は、下の「まし」とともに、「……なくは……まし」の反実仮想の構文を構成している。●**なかなかに**　物事が中途半端なので、むしろ現状とは反対のほうがかえってよいという感じ。かえって・なまじっか。ここでは逢瀬を切望しながらも、かえって逢わないほうがましと思う気持ち。●**人をも身をも**　「人」は、相手。「身」は、自分自身。「も」は並列の係助詞。相手の不実をも、わが身のつたない運命をも。●**恨みざらまし**　恨むことはしないだろうに。反実仮想の構文。実際には、まれの逢瀬があって、それを期待するところから、恨みに思ってしまう気持ちである。

あは（ワ）れとも　いふ（ウ）べき人《ひと》は　思《おも》ほ（オ）えで
身《み》のいたづ（ズ）らに　なりぬべきかな
謙徳公《けんとくこう》

歌意　私のことをかわいそうだといってくれそうな人は思い浮かばず、きっと私はむなしく死んでいくにちがいないのだなあ。

［所載歌集：『拾遺集』恋五（九五〇）］

感	格助	係助	動・ハ四・終止	助動・当然・連体	名	係助	動・ヤ下二・未然	接助
あはれ	と	も	いふ	べき	人	は	思ほえ	で
名	格助	形動・ナリ・連用	動・ラ四・連用	助動・強意・終止	助動・推量・連体	終助		
身	の	いたづらに	なり	ぬ	べき	かな		

鑑賞　最愛の人に同情をさえされない恋の孤独

『拾遺集《しゅうい》』の詞書《ことばがき》に「もの言ひはべりける女の、後につれなくはべりて、さらに逢《あ》はずはべりければ」とある。言い寄っていた相手の女が、しばらくして冷たくなり、逢ってもくれなくなったので詠んだ、というのである。

せめて、かわいそうだという憐憫《れんびん》の情だけでもかけてほしいと思うけれども、それもかなわず、自分はひとり恋いこがれて、むなしく死んでしまうのだろう、と悲嘆している。失恋の痛手に身も心も弱り果てた男の、複雑に揺れ動く心のありようを的確にとらえている。『源氏物語』で、光源氏の正室女三の宮に横恋慕する青年柏木《かしわぎ》が、彼女に「あはれ」と言ってくれと共感を求めつつ、ついにわが身を滅ぼしてしまう。この歌と通いあうところがある。

病に臥《ふ》す柏木（源氏物語絵巻　柏木）

作者　九二四～九七二　藤原伊尹《ふじわらのこれまさ》。和歌所《わかどころ》の別当《べっとう》として梨壺《なしつぼ》の五人を主宰。謙徳公は諡号《しごう》（おくりな）。

語句・語法　●**あはれとも**　この「あはれ」は、感動詞。●**いふべき人は**　「べき」は、当然の意の助動詞「べし」の連体形。「人」は、相手。最愛の人をさす。●**思ほえで**　「思ほえ」は、下二段動詞「思ほゆ」の未然形で、思われる・思い浮かぶ、の意。「で」は、打消の接続助詞。自分の死に感動してくれる人はいなくて、とする。●**身のいたづらに**　「いたづら」は、むだだ・はかない、の意。「（身の）いたづらになる」は、身をむだにすること・死ぬことをいうが、同じ死でも、報われることのないむだな死に方という感じ。ここでも、自分が死んだとしても悲しんでくれる相手もなく、ただ一方的に恋いこがれて死ぬだけ、という感じである。●**なりぬべきかな**　完了の助動詞「ぬ」は、「ぬべし」とあるときは強意となることが多い。

46

由良《ゆら》のとを　渡《わた》る舟人《ふなびと》　かぢ《(ジ)》をたえ
行《ゆ》くへ《(エ)》も知《し》らぬ　恋《こひ》《(コイ)》の道《みち》かな

曾《そ》禰《ねの》好《よし》忠《ただ》

歌意　由良《ゆら》の瀬戸を漕《こ》ぎ渡っていく舟人が、かじがなくなって行く先もわからずに漂うように、これからの行く末のわからない恋のなりゆきだなあ。

［所載歌集：『新古今集』恋一（一〇七一）］

由良	の	と	を	渡る	舟人	かぢ	を	たえ
固名	格助	名	格助	動・ラ四・連体	名	名	間助	動・ヤ下二・連用
行くへ	も	知ら	ぬ	恋	の	道	かな	
名	係助	動・ラ四・未然	助動・打消・連体	名	格助	名	終助	

作者　十世紀後半の人。丹後掾《たんごのじょう》だったので、曾丹後《そたんご》・曾丹《そたん》と呼ばれる。偏狭な性格からの逸話が多い。

語句・語法　●**由良のと**　丹後《たんご》国、現在の京都府宮津市の由良川の河口。この「と」は、「水門《みなと》」の意で、瀬戸や海峡のこと。流れが激しい。作者曾禰好忠は丹後国の掾《じょう》（国庁の三等官）であった。●**舟人**　船頭。●**かぢをたえ**　「かぢ」は、櫓《ろ》や櫂《かい》などの操船に用いる道具の総称。現在の「舵《かじ》」ではない。「を」は間投助詞。「たえ」は、下二段活用の自動詞「絶ゆ」の連用形。「かぢ」がなくなって、の意。初句からここまでが**序詞《じょことば》**。渦巻くような激流のなかで、舟が思うようにならず、翻弄《ほんろう》される様子である。●**行くへも知らぬ**　序詞と本旨のつなぎの部分。上からは、舟がどこへ行くのかもわからずに漂っている景を、下へは、これから先の恋の関係が見当もつかない不安な心を述べて続く。●**恋の道かな**　「道」は、これからの恋の進展をさす。「と」「渡る」「舟人」「かぢ」「行くへ」「道」は**縁語**。

表現　序詞・縁語

鑑賞　激流にもまれる小舟のように行く末も知られぬ恋の不安

ただでさえ潮流の激しい海峡《かいきょう》で、「かぢ」をなくしてしまった舟人が、どうすることもできずに翻弄《ほんろう》されてしまう。それと同じように、自分の恋もこれから先のことがまるでわからない、というのである。

序詞《じょことば》として描かれている、激しい波浪《はろう》のなかの小舟のさまに注目しよう。「由良のと」が流れの激しいところだけに、自然の巨大な力に動かされるばかりで自分の意志ではどうにもならない。はかりがたい力に奔弄されているような不安が感じられている。「渡る舟」ではなく、「渡る舟人」となっているところにも注意したい。波間に漂う舟の様子とともに、そうした状況のなかで途方に暮れている舟人の姿が浮かびあがってこよう。その姿は、恋の将来がどうなるかわからず立ちすくんでいる恋の当事者自身の姿でもある。

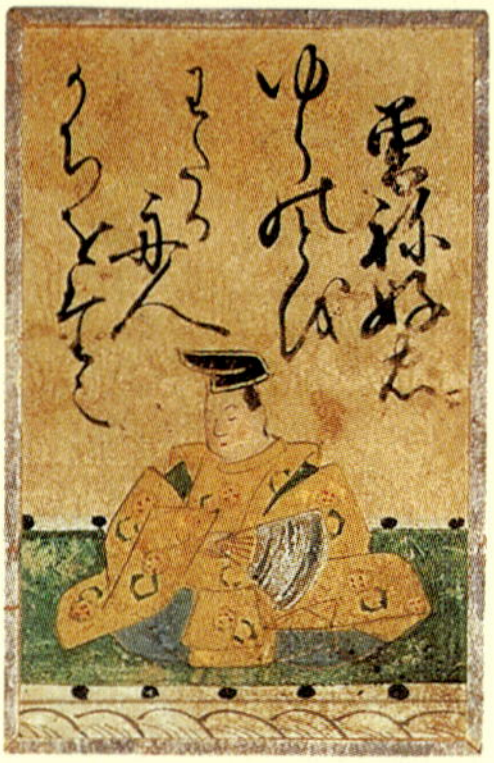

曾丹　この歌人には、その偏屈《へんくつ》な性格を伝える逸話が多い。例えば、招かれもしない歌合の席にのりこんで、自分のような名歌人の招かれぬはずがないと言いはり、ついに襟《えり》をつままれて外に出されてしまったという話。丹後の掾《じょう》（国庁の三等官）だったので曾丹とも呼ばれたが、これはやや軽んじた呼び名である。

八《や》重《へ(エ)》葎《むぐら》　しげれる宿《やど》の　さびしきに
人《ひと》こそ見《み》えね　秋《あき》は来《き》にけり

恵《え》慶《ぎょう》法《ほう》師《し》

歌意　幾重《いくえ》にもつる草の生い茂っている家の、さびしい所に、訪ねて来る人はいないけれども、秋はやって来ていたのだったよ。

［所載歌集：『拾遺集』秋（一四〇）］

八重葎	しげれ	る	宿	の	さびしき	に
名	動・ラ四・命令	助動・存続・連体	名	格助	形・シク・連体	格助

人	こそ	見え	ね	秋	は	来	に	けり
名	係助	動・ヤ下二・未然	助動・打消・已然	名	係助	動・カ変・連用	助動・完了・連用	助動・詠嘆・終止

係り結び（こそ―ね）

作者　十世紀後半の人。播磨《はりま》国（兵庫県）の講師《こうじ》（国分寺《こくぶんじ》の僧侶）だったらしい。当時の一流歌人と親交があった。

語句・語法　●**八重葎しげれる宿の**　「八重」は、幾重にも、の意。「葎」は、つる性の雑草の総称。「八重葎」は、邸宅の荒廃ぶりを描写する場合に象徴的に用いられる表現。「宿」は家のこと。●**さびしきに**　「に」を場所を示す格助詞とすると、「さびしい所に」の意となり、順接の接続助詞とすると、「さびしいので」の意になる。ここでは前者の意とした。したがって、上の「の」は同格の格助詞。●**人こそ見えね**　訪ねてくる人の姿は見えないが。「ね」は、打消の助動詞「ず」の已然形で、上の係助詞「こそ」の結び。「こそ……已然形」で下に続くときは逆接の文脈になる（↓41）。「人こそ……」「秋は……」は対照的文脈。●**秋は来にけり**　助動詞「けり」は、今初めて気がついた感動を表す。周囲の気配から秋が来ていたことに今気がついた、というのである。

鑑賞　荒廃の邸《やしき》にやってくる秋の寂しさ

『拾遺集《しゅうい》』の詞書《ことばがき》に「河原院《かはらのゐん》にて、荒れたる宿に秋来《く》といふ心を人人詠みはべりけるに」とある。河原院は、源融《みなもとのとおる》（↓14）が京の六条に奥州塩釜《しおがま》を模《も》して造った邸宅。融の死後は荒れ果て、恵慶《えぎょう》のころは、親友の安法《あんぼう》法師が住み、文人たちの交流の場となっていた。また、『源氏物語』の夕顔の巻の、荒廃した邸《やしき》である「某《なにがし》の院」のモデルともされている。

風趣をきわめたとされる源融の河原院も、時の流れのなかで荒れ果て、今は訪れる人もいなくなってしまったが、そんな邸にも季節はきちんとめぐってくる、というのである。『古今集』以来、「秋」は悲哀の季節として意識されてきた（↓5・23）が、ここでは、八重葎《やえむぐら》の繁茂する荒れ果てた邸に、寂しさをいっそう深めるかのように秋がやって来たことになる。「人こそ……」「秋は……」の対照から、人間の姿は見えないが、秋という季節は忘れずにやって来る、という文脈にも注意したい。

むぐら

48

風《かぜ》をいたみ　岩《いは》（イワ）うつ波《なみ》の　おのれのみ
くだけてものを　思《おも》ふ（ウ）ころかな

源《みなもとの》重《しげ》之《ゆき》

鑑賞　岩うつ波のように心の砕け散る恋のせつなさ

激しい風にあおられた波が、岩にあたって砕け散っている。岩はまったく動じることもない。この序詞《じょことば》の風景がそのまま、恋の人間関係を表している。

相手の女が、岩のように冷淡であるのに対して、自分は波が岩にあたって砕け散るように、激しい情念を抱えこんで千々《ちぢ》に悩み苦しんでいる、というのである。砕ける波のありさまには、むなしく心をくだくしかない自分自身の姿が重ねられている。

「くだけてものを思ふころかな」は、恋の常套《じょうとう》表現であるが、上の句の序詞の風景によって、恋の絶望的な心情が鮮明な印象をもって表現されている。

歌意 風が激しいので、岩にうちあたる波が自分ひとりだけで砕け散るように、私だけが心もくだけるばかりに物事を思い悩むこのごろであるなあ。

［所載歌集：『詞花集』恋上（二一一）］

風	を	いた	み	岩	うつ	波	の	おのれ	のみ
名	間助	形（語幹）	〈接尾〉	名	動・タ四・連体	名	格助	代	副助

くだけ	て	もの	を	思ふ	ころ	かな
動・カ下二・連用	接助	名	格助	動・ハ四・連体	名	終助

作者 ?～一〇〇〇　清和《せいわ》天皇の曾孫《そうそん》。地方官を歴任し、最後は陸奥で没。

語句・語法 ●**風をいたみ**　「……（を）＋形容詞の語幹＋み」は、原因・理由を表す語法。……が……なので（→1）。「いたし」は、程度がはなはだしい、が原義で、ここは、（風が）激しい、の意。●**岩うつ波の**　初句からここまでが序詞《じょことば》。激しい風波があたっても、びくともしない岩の姿に、冷淡な相手の姿がたとえられている。●**おのれのみくだけて**　序詞と本旨のつなぎの部分。この「くだく」は、下二段活用で自動詞。波が岩にあたって砕ける意と、自分の心がくだける意とをひびかせる。相手の女は冷淡というほかないのに、自分だけが波のように砕け散って、悩み苦しんでいる、というのである。岩に砕ける波の様子が、孤独な男の心の風景となっている。

表現　序詞

みかきもり　衛士《ゑじ》(エ)のたく火《ひ》の　夜《よる》は燃《も》え
昼《ひる》は消《き》えつつ　ものをこそ思《おも》へ(エ)

大中臣能宣《おおなかとみのよしのぶ》

歌意　御垣守《みかきもり》である衛士《えじ》のたく火が、夜は燃えては昼は消えているように、私も夜は恋の炎に身をこがしては昼は消え入るように沈みこむことを繰り返すばかりで、もの思いに悩むほかはないのだ。

［所載歌集：『詞花集』恋上（二二五）］

みかきもり	衛士	の	たく	火	の	夜	は	燃え
名	名	格助	動・カ四・連体	名	格助	名	係助	動・ヤ下二・連用

昼	は	消え	つつ	もの	を	こそ	思へ
名	係助	動・ヤ下二・連用	接助	名	格助	係助	動・ハ四・已然

（こそ―思へ：係り結び）

作者　九二一～九九一　神職の家柄に生まれる。梨壺《なしつぼ》の五人の一人として、『後撰集《ごせんしゅう》』の編纂《へんさん》にかかわる。

語句・語法　●**みかきもり**　「御垣守」。宮中の諸門を警護する兵士。次の「衛士」も、「みかきもり」をさす。みかきもりである衛士、という意。●**衛士のたく火の**　「衛士」は、諸国から交替で集められた兵士。衛門府《えもんふ》に属し、夜はかがり火をたいて諸門を守ることを職務の一つとする。初句からここまでが**序詞《じょことば》**。●**夜は燃え昼は消えつつ**　序詞と本旨のつなぎの部分。「夜は燃え」「昼は消え」が対句的な表現になっている。「つつ」は、反復・継続の意の接続助詞。「夜は燃え、昼は消え」ることが交互に繰り返されるのである。上からは、かがり火が夜は燃え昼になると消えるという景を、下へは、情念の燃えあがりと消沈を繰り返し、夜昼なくもの思いにふける心のありようを述べて続く。●**ものをこそ思へ**　「ものを思ふ」は、恋ゆえにもの思いをする意。係助詞「こそ」を受けて、已然形「思へ」で結ぶ。

表現　序詞

鑑賞　夜は炎と燃えあがり　昼は意気消沈する恋の苦しみ

夜の闇《やみ》に赤々と燃えあがり、夜が明けると消されてしまうかがり火。この序詞《じょことば》の風景がそのまま、恋する者の心のありようとなっている。とりわけ、夜の暗闇の中に赤々と燃えあがるかがり火の炎が印象的である。恋いこがれたり意気消沈したり、情念の燃えあがりと落ちこみを繰り返さずにはいられないところに、恋心の不可思議な苦しみがある。夜と昼とではあたかも別人と見えるほど、恋のもの思いは不可思議なものというのであろう。

『詞花集《しかしゅう》』には能宣《よしのぶ》の作とあるが、『古今六帖《こきんろくじょう》』には、三・四句を「昼は絶え夜は燃えつつ」とした歌が、読み人知らずの歌として載っている。『古今六帖』の歌が伝承されていくうちに、能宣の作となったのかもしれない。

君《きみ》がため　惜《を》(オ)しからざりし　命《いのち》さへ(エ)
長《なが》くもがなと　思《おも》ひ(イ)けるかな

藤原義孝《ふじわらのよしたか》

歌意　あなたのためにはたとえ捨てても惜しくないと思っていた命までも、逢瀬《おうせ》を遂げた今となっては、長くありたいと思うようになったのだった。

［所載歌集：『後拾遺集』恋二（六六九）］

君	代
が	格助
ため	名
惜しから	形・シク・未然
ざり	助動・打消・連用
し	助動・過去・連体
命	名
さへ	副助
長く	形・ク・連用
もがな	終助
と	格助
思ひ	動・ハ四・連用
ける	助動・詠嘆・連体
かな	終助

作者　九五四～九七四　謙徳公伊尹《けんとくこうこれまさ》（↓45）の三男。行成《ゆきなり》（名筆家で、三蹟の一人）の父。疱瘡《とうそう》（天然痘《てんねんとう》）のため二十一歳の若さで死去。

語句・語法　●**君がため**　あなたと逢《あ》うために、の気持ち。　●**惜しからざりし**　捨てても惜しいとは思わなかった、の意。「し」は、過去の助動詞「き」の連体形。逢瀬を遂げる前の自分の気持ちを回想している。　●**命さへ長くもがなと**　「さへ」は添加の意の副助詞。「……までも」の意。相手との逢瀬はもちろん大切だが、そのうえ命までも、という気持ち。「長くもがな」は、長くあってほしい、の意。「もがな」は、願望の終助詞。かつては、自分の命を惜しいと思うことなどなく、むしろ恋に殉じることを覚悟していたが、逢瀬を遂げた今では、逆に、長く生きたいと思うようになったというのである。　●**思ひけるかな**　逢瀬を遂げた時点を境に変化していた自分の心に、今初めて気がついたという気持ち。

鑑賞　恋の成就であらためて生命の永続を思う

『後拾遺集《ごしゅうい》』の詞書《ことばがき》に「女のもとより帰りてつかはしける」とある。逢瀬《おうせ》の翌朝に男から女のもとに贈った、いわゆる後朝《きぬぎぬ》の歌である。

これはおそらく、初めて逢瀬を遂げた時の歌であろう。逢瀬の願いがかなった時点を境に自分の心が大きく変わったことに気づいている。以前は恋の成就のためならば命まで捨てても惜しくないと思い、恋に殉じる覚悟もしていたが、いざ逢瀬がかなってしまうと、今度はその恋のために少しでも長生きがしたいと思うようになっていた、というのである。恋の成就した感動が、新たに生への執着を生んでいる。こうした気持ちの変化が、体験した者の実感であるとして的確に表現されている。

文を書く男（石山寺縁起絵巻）

かくとだに　えやはいぶきの　さしも草《ぐさ》
さしも知《し》らじな　燃《も》ゆる思ひ《(イ)》を

藤原《ふじわらの》実方《さねかた》朝臣《あそん》

歌意　せめて、こんなに私が恋い慕っているとだけでもあなたに言いたいのですが、言うことができません。伊吹《いぶき》山のさしも草ではないが、それほどまでとはご存じないでしょう。火のように燃えあがる私の思いを。

［所載歌集：『後拾遺集』恋一　（六一二）］

かく	副
と	格助
だに	副助
え	副
やは	係助
いぶき	固名
の	格助
さしも草	名
さ	副
し	副助
も	係助
知ら	動・ラ四・未然
じ	助動・打消推量・終止
な	終助
燃ゆる	動・ヤ下二・連体
思ひ	名
を	格助

鑑賞　胸のうちに燃える恋のもの思い

『後拾遺集《ごしゅうい》』の詞書《ことばがき》には「女にはじめてつかはしける」とあり、思いを寄せる相手に初めて心のうちを打ち明けた歌である。技巧をこらした歌で、「いぶきのさしも草」が同音反復の序詞《じょことば》として「さしも」を導き、二組の掛詞《かけことば》(「言ふ」と「伊吹《いぶき》」、「思ひ」と「火」)を用い、さらに「さしも草」「燃ゆる」「火」が縁語である。これらの「さしも草」の燃えるさまを取り込んだ表現上の技巧は、燃えるような胸の思いというこの歌の主題に、具体的なイメージのふくらみを与えている。

伊吹山

さしも草

作者　？～九九八　時の宮廷の花形の一人で、清少納言《せいしょうなごん》(↓62)とも親しかった。後、陸奥守となり、任地で没。

語句・語法　●**かくとだに**　「かく」は、このようにの意の副詞。その具体的な内容は「こんなに恋い慕っている」ということ。副助詞「だに」は、せめて……だけでも。●**えやはいぶきの**　副詞「え」は、否定・反語の表現(ここは「やは」)と呼応して不可能の意を表す。「言ふ」に「伊吹《いぶき》」の「いふ」を掛けた**掛詞《かけことば》**。「伊吹」は、美濃《みの》(岐阜《ぎふ》県)と近江《おうみ》(滋賀県)の国境にある伊吹山。「さしも草」で名高い。●**さしも草**　「よもぎ」の異名で、灸《きゅう》に用いるもぐさの材料。「いぶきのさしも草」は、下の「さしも」に同音反復でかかる**序詞《じょことば》**。●**さしも知らじな**　「さ」は指示の副詞。助詞「し」「も」はともに強意を表す。「な」は詠嘆。●**燃ゆる思ひを**　「思ひ」の「ひ」に「火」を掛けた**掛詞**。「さしも草」「燃ゆる」「火」は**縁語**。「思ひを」は意味上、「知らじな」にかかる。**倒置法**である。

表現　四句切れ・序詞・掛詞・縁語・倒置法

明《あ》けぬれば　暮《く》るるものとは　知《し》りながら
なほ《（オ）》うらめしき　朝ぼらけかな

藤原道信朝臣《ふじわらのみちのぶあそん》

歌意　夜が明けてしまうと、やがて日が暮れ、あなたにまた逢《あ》うことができるとはわかっているものの、それでもやはり恨めしい夜明けですよ。

［所載歌集：『後拾遺集』恋二（六七二）］

明け	ぬれ	ば	暮るる	もの	と	は
動・カ下二・連用	助動・完了・已然	接助	動・ラ下二・連体	名	格助	係助

知り	ながら	なほ	うらめしき	朝ぼらけ	かな
動・ラ四・連用	接助	副	形・シク・連体	名	終助

作者　九七二～九九四　藤原為光《ふじわらのためみつ》の子。和歌の才能に恵まれたが、二十三歳の若さで死去。

語句・語法　●**明けぬれば**　夜が明けてしまうと。完了の助動詞「ぬ」の已然形に、接続助詞「ば」がついて、確定条件を表す。男は日暮れどきに女のもとを訪れ、夜明けには立ち去らなければならないのが、当時のならわしであり、この「明けぬれば」も、男が帰らなければならない時をさす。●**暮るるものとは**　日は必ず暮れて、すぐまた逢えるとは、の意。●**知りながら**　「ながら」は、ここでは逆接。理性の上ではわかっているが、という気持ち。●**なほ**　そうはいってもやはり、の意の副詞。●**朝ぼらけ**　夜明け方、あたりがほのぼのと明るくなったころ。男が女のもとを立ち去る時分。この語は、多く秋や冬に使われるという。

鑑賞　理屈ではわりきれない恋のせつなさ

『後拾遺集《ごしゅうい》』の詞書《ことばがき》に「女のもとより雪降りはべる日帰りてつかはしける」とあり、相手の女と逢って帰った、雪の降る朝に詠んでやった歌、いわゆる後朝《きぬぎぬ》(男女が共寝をした翌朝のこと)の歌である。

夜が明ければ必ず日は暮れ、暮れればまた逢うことができるのは、理性の上ではわかりきったことである。それでも夜明けが恨めしくてならない。理性ではおさえがたいわりきれない恋心が、「……ながら、なほ」の屈折する文脈にかたどられている。また、詞書によれば、この歌が詠まれた季節は冬である。冬は、四季の中で昼が最も短く、夜が最も長い。したがって逢っている時間は長く、逢えないでいる時間は短い。そうした時期であるにもかかわらず、このように詠んだところが、後朝の別れのせつなさをさらに強調しているといえよう。

嘆《なげ》きつつ　ひとり寝《ぬ》る夜《よ》の　明《あ》くる間《ま》は　いかに久《ひさ》しき　ものとかは知《し》る

右大将道綱母《うだいしょうみちつなのはは》

鑑賞　ひとり寝の堪《た》えがたい夜長の嘆き

『拾遺集《しゅうい》』に「入道摂政《せっしょう》まかりたりけるに、門《かど》を遅く開けければ、『立ちわづらひぬ』と言ひ入れてはべりければ」とある。この詞書《ことばがき》によれば、夫の藤原兼家《ふじわらのかねいえ》がやってきた時、門を遅く開けたところ、「立ち疲れた」と言ってよこしたので、この歌を詠んだということになる。

同じこの歌が『蜻蛉日記《かげろう》』にも見えるが、そこでは詠作事情が異なる。夫が近ごろ、別の女のもとに通っていることを知った作者が、夫の訪れを知りながらけっして門を開けようとせず、朝方になってからあらためて贈った歌とある。

ひとり寝の長さとわびしさを訴えかけた歌であり、「いかに……かは知る」という強い語調からは、夫の不実に対する作者の精一杯の抵抗の姿勢を読みとることもできよう。

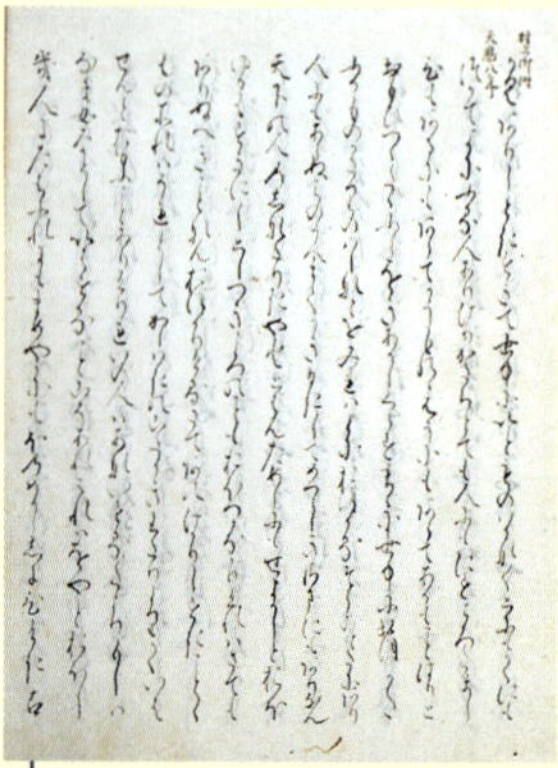

蜻蛉日記（御所本）

歌意　嘆き嘆きして、ひとりで寝る夜の明けるまでの時間がどんなに長いものであるか、ご存じでしょうか。ご存じないでしょうね。

［所載歌集：『拾遺集』恋四（九一二）］

嘆き	つつ	ひとり	寝る	夜	の	明くる	間	は
動・カ四・連用	接助	名	動・ナ下二・連体	名	格助	動・カ下二・連体	名	係助

いかに	久しき	もの	と	かは	知る
副	形・シク・連体	名	格助	係助	動・ラ四・連体

（「かは」〜「知る」：係り結び）

作者　九三七?〜九九五　藤原倫寧《ふじわらのともやす》の娘。藤原兼家の第二夫人となって、道綱《みちつな》をもうける。『蜻蛉日記《かげろう》』の作者。

語句・語法　●**嘆きつつ**　接続助詞「つつ」は、動作・作用の反復を表す。嘆き嘆きして。繰り返しため息をつくさま。●**ひとり寝る夜**　夫の来訪がなく、一人で寝る夜。「寝る」は「寝《ぬ》」の連体形で、「夜」に続く。●**明くる間は**　夜が明けるまでの間は。いくたびも嘆いて眠れぬままに過ごした夜の時間の長さをいう。●**いかに久しきものとかは知る**　副詞「いかに」は、程度のはなはだしいことを表す。ここでは相手に「どんなに……ものか」とその程度をたずねた言い方。「かは」は、反語を表す複合の係助詞。「知る」は連体形で、「かは」の結び。

道綱母（石山寺縁起絵巻）

忘《わす》れじの　行《ゆ》く末《すゑ》(スエ)までは　かたければ
今日《けふ》(キョウ)を限《かぎ》りの　命《いのち》ともがな

儀同三司母《ぎどうさんしのはは》

鑑賞　恋の成就の喜びと前途への不安

『新古今集』の詞書《ことばがき》に「中関白《なかのくわんぱく》通ひそめはべりけるころ」とある。「中関白」は、藤原道隆《ふじわらのみちたか》のこと。この歌は、道隆が婿《むこ》として通いはじめた結婚当初に詠まれたもの。当時の上流貴族たちは一夫多妻であり、結婚当初は男が女の家に通ってくるのが普通である（これを「妻問い婚」「通い婚」という）。女は、常に男の訪れを待つしかない立場にあった。この歌は、恋が成就した今日という日を最良と思う幸福感を言い表しているとともに、前途への不安も詠みこんでいる。いつかは忘れ去られるのではないかという不安が、新婚という幸福の絶頂期のなかで直感されているのである。

　こうしたつきつめた思いは、この時代の女たちに共通する哀切な実感でもあったのだろう。

新婚の男女（源氏物語絵巻　宿木）

歌意　いつまでも忘れまい、とおっしゃるそのお言葉が、遠い将来までは頼みにしがたいので、そのお言葉のあった今日という日を最後とする私の命であってほしいものです。

［所載歌集：『新古今集』恋三（一一四九）］

忘れ	じ	の	行く末	まで	は	かたけれ	ば
動・ラ下二・未然	助動・打消意志・終止	格助	名	副助	係助	形・ク・已然	接助

今日	を	限り	の	命	と	もがな
名	格助	名	格助	名	格助	終助

作者　？〜九九六　高階《たかしな》成忠の娘で名は貴子《たかこ》。藤原《ふじわらの》道隆《みちたか》の妻。儀同三司（伊周《これちか》）、隆家《たかいえ》、定子《ていし》（一条天皇の中宮）の母。

語句・語法　●**忘れじの**　いつまでも忘れまいとの。「忘れじ」は、いつまでも変わらぬ愛を約束した夫の言葉。「じ」は、打消の意志を表す。「の」は連体修飾格の格助詞。●**行く末**　将来。●**かたければ**　難しいので。形容詞「かたし」の已然形に、接続助詞「ば」がついて、確定条件を表す。「忘れじ」と約束した相手の言葉が変わらずに実行されるとは、自分にとっては予想されがたい、とする。●**今日を限りの命**　今日を最後として死んでいく命。「今日」は、夫が「忘れじ」と言ってくれた、その日のこと。●**ともがな**　「と」は引用の格助詞。「もがな」は願望の終助詞。

滝《たき》の音《おと》は　絶《た》えて久《ひさ》しく　なりぬれど
名《な》こそ流《なが》れて　なほ《(オ)》聞《き》こえけれ

大納言公任《だいなごんきんとう》

鑑賞　旧跡の滝跡に思う懐古の情

歌集の詞書《ことばがき》などによれば、京都嵯峨《さが》に大勢の人が遊覧した折、大覚《だいかく》寺《じ》で古い滝を見て詠んだ歌である。大覚寺は、もともと九世紀はじめに嵯峨《さが》天皇の造った離宮であった。広大な庭園の中に滝を造り、その滝を見るための滝殿も設けていたと伝えられるが、公任《きんとう》の時代には、すでに滝の水はかれ、さびれていたという。その旧跡を前にして懐旧の情を主題にして詠んだ歌であるが、「滝」にちなんだ縁語「音」「絶え」「流れ」「聞こえ」が効果的に用いられ、句頭に「た」「な」の同音を繰り返す工夫が、流麗な調べを生んでいる。

なお、この歌は二つの勅撰集（『拾《しゅう》遺《い》集』・『千載《せんざい》集』）に見えているが、定家自筆本などの『拾遺集』では、初句を「滝の糸は」としている。

名古曾の滝跡のある大覚寺

歌意　滝の水音は聞こえなくなってから長い年月がたってしまったけれども、その名声だけは流れ伝わって、今でもやはり聞こえてくることだ。

［所載歌集：『千載集』雑上（一〇三五）］

滝	の	音	は	絶え	て	久しく	なり	ぬれ	ど
名	格助	名	係助	動・ヤ下二・連用	接助	形・シク・連用	動・ラ四・連用	助動・完了・已然	接助

名	こそ	流れ	て	なほ	聞こえ	けれ
名	係助	動・ラ下二・連用	接助	副	動・ヤ下二・連用	助動・詠嘆・已然

係り結び（こそ―けれ）

作者　九六六～一〇四一　藤原公任《ふじわらのきんとう》。漢詩文・和歌・管弦の三才を兼ねたという。『和漢朗詠《わかんろうえい》集』などの編者。

語句・語法　●**滝の音は**　滝の流れ落ちる水音は。　●**絶えて**　聞こえなくなって。　●**久しくなりぬれど**　「ぬれ」は、完了の助動詞「ぬ」の已然形。滝がかれてしまってから長い時間がたっていることを表している。●**名こそ流れて**　「名」は、名声・評判の意。「こそ」は、強意の係助詞。「流れ」は、「滝」の**縁語**。名声は今日まで流れ伝わって、の意。この句から、後世この滝を「名古曾《なこそ》の滝」と呼ぶようになる。　●**なほ聞こえけれ**　副詞「なほ」は、それでもやはり。「(滝の) 音」の**縁**で「聞こえ」とした。「けれ」は、「けり」の已然形で、係助詞「こそ」の結び。

表現　縁語

あらざらむ（ン）　この世《よ》のほかの　思《おも》ひ（イ）出《で》に
今《いま》ひとたびの　逢《あ》ふ（オウ）こともがな

和泉式部《いずみしきぶ》

歌意 まもなく私は死んでしまうでしょう。あの世への思い出として、死ぬ前にもう一度あなたにお逢いしたいものです。

［所載歌集：『後拾遺集』恋三（七六三）］

動・ラ変・未然	助動・打消・未然	助動・推量・連体	代	名	格助	名	格助
あら	ざら	む	こ	の世	の	ほか	の

名	格助	副	名	格助	動・ハ四・連体	名	終助
思ひ出	に	今	ひとたび	の	逢ふ	こと	もがな

作者 九七八？〜？　大江雅致《おおえのまさむね》の娘。小式部《こしきぶ》（↓60）の母。一条天皇の中宮彰子《しょうし》に仕える。『和泉式部日記《いずみしきぶにっき》』の作者とされる。

語句・語法 ●**あらざらむ**　生きていないであろう、の意。下の「この世」を修飾する。「あら」はラ変動詞「あり」の未然形。「む」は、推量の助動詞「む」の連体形。●**この世のほかの**　「この世」は現世。「この世のほか」は、現世の外、すなわち、来世・死後の世界。●**思ひ出**　来世において思い出されるであろう現世の出来事。●**今ひとたび**　もう一度。切実な言い方である。●**逢ふこともがな**　「逢ふ」は、男女が逢うこと。「もがな」は、願望の終助詞。……であったらなあ、の意。実現の難しそうな事柄について多く用いられる。

鑑賞　死の予感で強まるいちずな恋心

『後拾遺集《ごしゅういしゅう》』の詞書《ことばがき》に「心地《ここち》例ならずはべりけるころ、人のもとにつかはしける」とある。「人」が誰《だれ》をさすのかは不明であるが、死が間近に迫ったと自覚された折に男のもとに贈った歌である。

死ぬ前に愛する人に逢いたいという願いを率直に詠みくだしており、この歌には手のこんだ技巧はこらされていない。初・二句の「あらざらむこの世のほかの」は、生きていないであろう、この現実世界の外に出ていくであろう、というように内容が重複している印象をも与えるが、かえってそのくどいまでの言い方が、死期の近づいた緊迫感をよく伝えている。また、それを受ける「今ひとたびの……」という表現には、もう一度だけでもぜひに、という切実な願望が言いこめられている。

和泉式部（狩野探幽筆）

57

めぐりあひ(イ)て　見《み》しやそれとも　わかぬ間《ま》に
雲《くも》がくれにし　夜半《よは》(ワ)の月《つき》かな

紫《むらさき》式《しき》部《ぶ》

［所載歌集：『新古今集』雑上（一四九九）］

歌意　久しぶりにめぐりあって、その人かどうか見分けがつかないうちに、雲間に隠れてしまった夜半の月のように、あの人はあわただしく姿を隠してしまったことですよ。

紫式部と越前《えちぜん》　紫式部は、結婚前の二十代なかば、父が越前守に赴任したのに伴われて、その任国に下った。きびしい雪国での孤独に堪《た》えがたかったのか、一年後には父を残して、ひとり帰京する。彼女にとって越前国での生活は、生涯唯一の地方体験であった。

めぐりあひ	て	見	し	や	それ	と	も	わか	ぬ	間	に	雲がくれ	に	し	夜半	の	月	かな
動・ハ四・連用	接助	動・マ上一・連用	助動・過去・連体	係助	代	格助	係助	動・カ四・未然	助動・打消・連体	名	格助	動・ラ下二・連用	助動・完了・連用	助動・過去・連体	名	格助	名	終助

紫式部公園(武生市)

鑑賞　幼なじみの女友達とのつかのまの再会

後に『新古今集』に入集した歌で、その詞書《ことばがき》によると、七月十日ごろ、久しぶりに再会できた幼友達が、ほんのわずか会っただけで月と競うように帰ったので詠んだ、とある。この友達も、作者と同じく地方官を歴任する中流階層の娘で、父か夫の任地に赴いて数年間都を離れていたのであろう。久方ぶりの再会なのにあわただしく帰っていった友を、姿を現したかと思うとすぐに雲間に隠れてしまう月と重ねあわせて、友をも月をも惜しんだ歌である。

かつて心から親しみあった友とはいえ、過ぎ去った昔を心ゆくまで懐かしみあう暇もないうちに、再び別れていく。いかにも中流層の子弟にありがちな、地方赴任に伴ううれしくも悲しい、つかの間の再会である。そうした思いが、流れる雲と月の景として鮮やかに詠まれている。

作者　九七三?〜一〇一九?　藤原為《ふじわらのため》時《とき》の娘。大弐三位《だいにのさんみ》(→58)の母。一条天皇の中宮彰子《しょうし》に仕える。『源氏《げんじ》物語』『紫式部日記《むらさきしきぶ》』の作者。

語句・語法　●**めぐりあひて**　表面は月にめぐりあうことをいうが、詞書《ことばがき》からは幼なじみの友達とめぐりあうことと知られる。「めぐる」と「月」は**縁語**。●**見しやそれとも**　見たのがそれであるのかとも。「し」は、過去の助動詞「き」の連体形。「や」は、疑問の係助詞。「それ」は、表面上は月をさすが、友の意をこめる。●**わかぬ間に**　見分けがつかないうちに。「ぬ」は、打消の助動詞「ず」の連体形。●**雲がくれにし**　月が雲に隠れてしまった、の意だが、友の姿が見えなくなった意をもこめる。「に」は、完了の助動詞「ぬ」の連用形。「し」は、過去の助動詞「き」の連体形。●**夜半の月かな**　「夜半」は、夜中・夜ふけ。「月」に友達の意をこめる。「かな」は、詠嘆の終助詞。「月かな」は、『新古今集』『紫式部集』および、百人一首の古い写本では、「月影《つきかげ》(月の光)」となっている。

表現　縁語

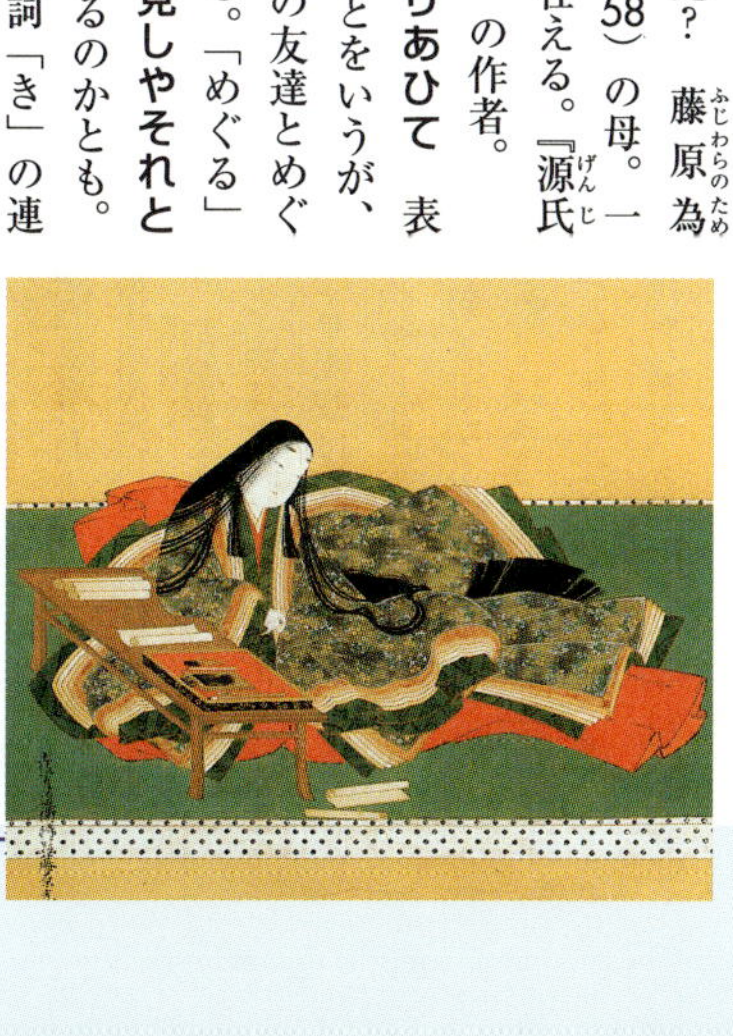

紫式部(土佐光起筆)

58

有馬山《ありまやま》　猪《ゐ》（イ）名《な》の笹原《ささはら》　風吹《かぜふ》けば
いでそよ人《ひと》を　忘《わす》れやはする

大《だい》弐《にの》三《さん》位《み》

歌意 有馬山《ありまやま》に近い猪名《いな》の笹原《ささはら》に風が吹くと、笹の葉がそよそよと音をたてる。さあそのことですよ、お忘れになったのはあなたのほう、私はどうしてあなたのことを忘れるでしょうか。

［所載歌集：『後拾遺集』恋二（七〇九）］

有馬山	猪名	の	笹原	風	吹け	ば
固名	固名	格助	名	名	動・カ四・已然	接助

いで	そ	よ	人	を	忘れ	やは	する
副	代	終助	名	格助	動・ラ下二・連用	係助	動・サ変・連体

係り結び（やは―する）

有馬あたりの山々

鑑賞　風になびく笹原によせる忘れがたい恋心

『後拾遺集《ごしゅうい》』の詞書《ことばがき》に、「離《か》れ離《が》れになる男の、おぼつかなくなど言ひたるに詠める」とある。作者のもとへ通ってくることも途絶《とだ》えがちになってきた男が、「あなたが心変わりしたのではないかと気がかりです」などと言ってきたので、この歌を詠んだという。

上三句は「そよ」を導き出すための序詞《じょことば》ではあるが、単なる飾りの言葉にとどまってはいない。風の吹く笹原《ささはら》の情景から醸《かも》しだされる寂しい気分、雰囲気といったものが、一首全体をおおっている。この上の句から、主意である「いでそよ人を忘れやはする」へ転じるあたりにこの歌の巧みさがうかがえる。反語表現を用いたこの下の句には、身勝手なことを言ってよこした相手に対する強い反発の気持ちがこもっている。

作者 九九九〜？　紫式部《むらさきしきぶ》（→57）の娘、藤原賢子《ふじわらのかたこ》のこと。一条天皇の中宮彰子《しょうし》に仕え、後に後冷泉《ごれいぜい》天皇の乳母《めのと》となる。

語句・語法 ●**有馬山**　摂津《せっつ》国有馬郡（兵庫県）、現在の神戸市北区有馬町あたりの山。●**猪名の笹原**　猪名野《いなの》ともいわれる。摂津国猪名川に沿った平地。万葉の昔から「有馬山」と「猪名」は一緒に詠みこまれることが多かった。●**風吹けば**　四段動詞「吹く」の已然形に、接続助詞「ば」がついて、確定条件を示す。風が吹くと笹原がそよぐことから、この句までが下の「そよ」を引き出すための**序詞《じょことば》**となる。●**いでそよ**　「いで」は勧誘・決意などの意の副詞。「そよ」は、笹がそよぐ葉音を表すとともに、それよ、の意を表す**掛詞《かけことば》**。「そ」は指示代名詞で、詞書《ことばがき》から「おぼつかなく」と言った相手の言葉をさす。この部分は、上の序詞からの景からは笹の葉音を表すものとして働き、下の叙述へは相手への気持ちとして続く。●**人を忘れやはする**　「人」は相手の男。「やは」は反語の係助詞。サ変動詞「す」の連体形「する」で結ぶ。

表現 序詞・掛詞

やすらは(ワ)で　寝《ね》なましものを　さ夜《よ》ふけて　かたぶくまでの　月《つき》を見《み》しかな

赤染衛門《あかぞめえもん》

歌意　あなたがおいでにならないことをはじめから知っていたら、ためらわずに寝てしまいましたでしょうに。今か今かとお待ちするうちに夜がふけて、西に傾くまでの月を見たことですよ。

［所載歌集：『後拾遺集』恋二（六八〇）］

やすらは	で	寝	な	まし	ものを	さ	夜	ふけ	て
動・ハ四・未然	接助	動・ナ下二・連用	助動・完了・未然	助動・反実仮想・連体	接助	（接頭）	名	動・カ下二・連用	接助

かたぶく	まで	の	月	を	見	し	かな
動・カ四・連体	副助	格助	名	格助	動・マ上一・連用	助動・過去・連体	終助

作者　九五六?〜?　赤染時用《あかぞめのときもち》の娘で、大江匡衡《おおえのまさひら》の妻。一条天皇の中宮彰子《しょうし》に仕える。『栄花《えいが》物語』正編の作者かという。なお、この歌は『馬内侍集』にもあり、作者については、やや不審。

語句・語法　●**やすらはで**　「やすらふ」は、ためらう・ぐずぐずする意。「で」は、打消の接続助詞。●**寝なましものを**　寝てしまっただろうものを。「まし」は、反実仮想の助動詞。反実仮想は、事実に反することを、もしそうであったらと仮に想像すること。ここでは、あなたが来ないことをはじめから知っていたら、の意が含まれる。「ものを」は逆接。●**さ夜ふけて**　「さ」は接頭語。●**かたぶくまでの月を見しかな**　「かたぶく」は、月が西の山に傾くことで、夜明けの近づいたことを意味する。「かな」は、詠嘆の終助詞。なお、「までの」を「までに」としている本文もある。

鑑賞　訪れてくれなかった男への夜明けの恨み言

『後拾遺集《ごしゅうい》』の詞書《ことばがき》によれば、作者の姉妹の一人に通っていた男が、行くとあてにさせておきながら来なかった翌朝、姉妹に代わって詠んだ歌である。男とは、後に儀同三司母《ぎどうさんしのはは》（↓54）と結婚する藤原道隆《ふじわらのみちたか》。

いっそ寝てしまえばよかったものを、という言葉の底には、男が来てくれるはずだという期待がある。しかし期待は裏切られ、夜明けまでの時間の中で、待つ心はいらだち、恨み、やがてくずおれてしまう。来ない男への恨み言に、待つ女の悲哀がにじみ出た歌である。

雪月花の月（上村松園筆）

60

大江山《おほえやま》（オオ）　いく野《の》の道《みち》の　遠《とほ》（トオ）ければ
まだふみもみず　天《あま》の橋立《はしだて》

小式部内侍《こしきぶのないし》

鑑賞　当意即妙の切り返しで歌才を発揮

『金葉集《きんよう》』の詞書《ことばがき》に、この歌の詠作事情が記されている。母の和泉《いずみ》式部（↓56）が夫保昌《やすまさ》とともに丹後《たんご》国（京都府北部）へ赴いていたころ、作者が歌合に召されることになった。そこへ藤原定頼《ふじわらのさだより》（↓64）がやってきて、「歌はどうなさいます。代作してもらうために、丹後へ人はおやりになったでしょうか。文を持った使者は帰ってきませんか」などとからかった。当時、世間には、小式部の歌がすぐれているのは、実は、母和泉式部が代作しているからだという噂《うわさ》があった。ここで小式部は定頼を引きとめて、たちどころにこの歌を詠んで、母などには頼っていない自分の歌才を証《あか》してみせた。

即興的に詠んだにもかかわらず、母ゆかりの地である丹後国の歌枕を詠みこみ、掛詞《かけことば》や縁語を駆使している。小式部の並はずれた才気がうかがわれる一首である。この歌をめぐる逸話は、多くの説話集や歌学書にも収められている。

歌意　大江《おおえ》山を越え、生野《いくの》を通って行く丹後《たんご》への道のりは遠いので、まだ天《あま》の橋立《はしだて》の地を踏んだこともなく、また、母からの手紙も見ていません。

［所載歌集：『金葉集』雑上（五五〇）］

大江山	いく野	の	道	の	遠けれ	ば
固名	固名	格助	名	格助	形・ク・已然	接助

まだ	ふみ	も	み	ず	天の橋立
副	動・マ四・連用	係助	動・マ上一・未然	助動・打消・終止	固名

作者　一〇〇〇?～一〇二五　橘道貞《たちばなのみちさだ》の娘。母は和泉式部《いずみしきぶ》（↓56）。一条天皇の中宮彰子《しょうし》に仕える。若くして死去。

語句・語法　●**大江山**　丹波《たんば》国桑田郡（京都府）にある山。現在の京都市西北部に位置し、大枝山とも書く。●**いく野の道**　「生野」は、丹波国天田郡（京都府福知山市）にある地名。これに「行く」を掛けた**掛詞《かけことば》**。作者の母和泉式部が当時暮らしていた丹後国（京都府北部）へは、大江山を越え、生野を経て行く。●**遠ければ**　形容詞「遠し」の已然形に、接続助詞「ば」がついて、確定条件を表す。●**まだふみもみず**　「ふみ」は、「踏み」と「文（手紙）」の**掛詞**。行ったこともなければ、母からの手紙を見てもいないとして、母との交渉がなかったことをここで強調する。また、「踏み」は「橋」の**縁語**。●**天の橋立**　丹後国与謝郡（京都府宮津市）にある名勝で、日本三景の一つ。母のいる丹後国をこの語によって印象づけている。意味上、第四句目と第五句目は**倒置法**。

表現　四句切れ・掛詞・縁語・倒置法

天の橋立▼　京都府の、日本海側に面した宮津湾の名勝地であり、今日では日本三景の一つに数えられている。歌中の「大江山」も「いく野」も、すべてこの天の橋立に通ずる地名である。このように三つもの地名を一首のうちに詠みこんでいる例は、多くはない。

いにしへ《(エ)》の　奈良《なら》の都《みやこ》の　八重《やへ(エ)》桜《ざくら》
けふ《(キョウ)》九重《ここのへ(エ)》に　にほ《(オ)》ひ《(イ)》ぬるかな

伊《い》勢《せの》大《たい》輔《ふ》

［所載歌集：『詞花集』春（二九）］

歌意　昔の奈良の都の八重桜が、今日は九重の宮中で、ひときわ美しく咲きほこっていることですよ。

奈良の八重桜▼　写真は奈良、東大寺と桜。八重桜は山桜の変種であり、花が大きく花弁が重なりあっている。他の桜よりも、やや遅れて開花する。平安時代ごろ、この八重桜は京都ではあまり多くなかったらしい。

いにしへ	名
の	格助
奈良	固名
の	格助
都	名
の	格助
八重桜	名
けふ	名
九重	名
に	格助
にほひ	動・ハ四・連用
ぬる	助動・完了・連体
かな	終助

鑑賞 当代の繁栄にふさわしい古都奈良の八重桜の美しさ

『詞花集《しか》』の詞書《ことばがき》に「一条院の御時、奈良の八重桜を人の奉りてはべりけるを、その折、御前にはべりければ、その花をたまひて、歌詠めと仰せられければ、詠める」とある。また、『伊勢大輔集《いせのたいふ》』の詞書には、この歌の詠作事情がいっそう詳細に記されている。それによると、奈良から宮中に献上された八重桜を受け取るという大役を仰せつかった作者が、即座に詠んだ歌である。この役は、先輩格の女房であった紫式部(→57)からゆずられたものであるという。

「いにしへ」と「けふ」が照応しており、「八重」と「九重」とが数の連鎖をなしている。そうした手法を用いながら、宮中に献上された奈良の八重桜がひときわ美しく咲きほこるという主題を即詠した歌である。八重桜の美しさを通して、一条天皇の御代の繁栄をたたえたことにもなる。

作者 十一世紀前半の人。伊勢の祭主大中臣輔親《おおなかとみのすけちか》の娘。能宣《よしのぶ》(→49)の孫。一条天皇の中宮彰子《しょうし》に仕える。

語句・語法 ●**いにしへの奈良の都** 奈良は、元明天皇以来、七代七十年余り都がおかれた。かつて栄え、今は忘れ去られた古都というイメージがある。●**八重桜** 桜の品種の一つで、花が大きく花弁が重なっている。八重桜は京都では珍しかったようで、『徒然草《つれづれぐさ》』(百三十九段)に「八重桜は奈良の都にのみありけるを、このごろぞ世に多くなりはべるなる」とある。●**けふ** 「いにしへ」に照応した表現。詞書《ことばがき》によると、八重桜が献上された日。●**九重ににほひぬるかな** 「九重」は、宮中のこと。昔、中国で王城を九重の門でかこったという故事による。上の「八重」との数字のつながりによるおもしろさも意識されている。「にほふ」は、本来視覚的な美しさについていう。ここでも、色美しく咲く、の意。「ぬる」は、完了の助動詞「ぬ」の連体形。「かな」は、詠嘆の終助詞。

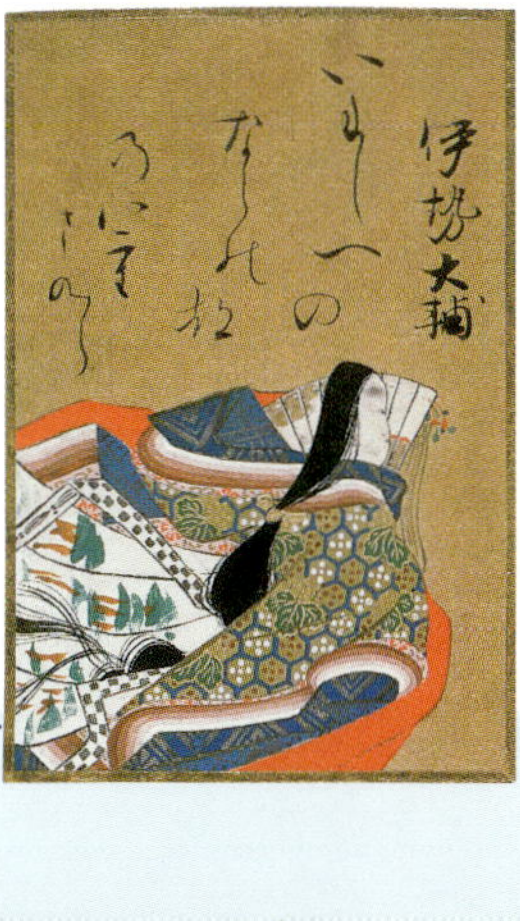

光琳カルタ

夜《よ》をこめて　鳥《とり》のそらねは　はかるとも
よに逢坂《あふさか（オウ）》の　関《せき》はゆるさじ

清少納言《せいしょうなごん》

鑑賞　言い寄る男の言葉を切り返す機知

宮廷の社交の場で即興で詠まれた歌である。『後拾遺集《ごしゅうい》』の詞書《ことばがき》によると、夜ふけまで話しこんでいた大納言藤原行成《ふじわらのゆきなり》が、宮中の物忌《ものい》みがあるからと理由をつけて帰っていった。翌朝、「鳥の声にもよほされて」と言ってよこしたので、作者は函谷関《かんこくかん》の故事（→語句・語法）をふまえて、夜ふけの鳥の声は、あの函谷関のそら鳴きのことですねと返事をした。すると行成が「関は関でも、あなたに逢う逢坂の関」とたわむれを言ってきたので、この歌を詠んだというのである。

上の句で、中国の函谷関の故事をもち出し、下の句では、「逢坂の関」に「逢ふ」を掛けて、機知をはたらかせ、相手の誘いをそらしてみごとに切り返している。『枕草子《まくらのそうし》』の作者にふさわしい、当意即妙の機知と、漢詩文の素養の深さとがうかがえる一首である。

清少納言（土佐光起筆）

歌意　夜の明けないうちに、鶏《にわとり》の鳴きまねで人をだまそうとしても、あの函谷関《かんこくかん》ならばともかく、この逢坂《おうさか》の関はけっして許さないでしょう。――だまそうとしても、私はけっして逢うことを許さないでしょう。

［所載歌集：『後拾遺集』雑二（九三九）］

夜	を	こめ	て	鳥	の	そらね	は	はかる	とも
名	格助	動・マ下二・連用	接助	名	格助	名	係助	動・ラ四・終止	接助

よに	逢坂の関	は	ゆるさ	じ
副	固名	係助	動・サ四・未然	助動・打消意志・終止

作者　九六六?～一〇二七?　清原元輔《きよはらのもとすけ》（→42）の娘。一条天皇の中宮定子に仕える。『枕草子《まくらのそうし》』の作者。

語句・語法　●**夜をこめて**　夜がまだ明けないうちに。「こむ」は、本来、中にしまう・つつみこむ、の意。●**鳥のそらね**　鶏《にわとり》の鳴きまね。これは、中国の故事（『史記《しき》』）をふまえた表現。戦国時代、斉《せい》の国の孟嘗君《もうしょうくん》が、秦《しん》に使いして捕らえられたが、部下に鶏の鳴きまねをさせて、一番鳥が鳴かなければ開かない函谷関《かんこくかん》を夜中に開かせて通り抜け、無事に逃げ帰ることができたという。●**はかるとも**　「はかる」は、だます意。「とも」は、逆接の接続助詞。●**よに**　決して・断じて、の意の副詞で、下に打消の語を伴う。●**逢坂の関はゆるさじ**　「逢坂の関」（→10）は、地名に「逢ふ」を掛ける掛詞《かけことば》。逢坂の関の通過は許さない、の意と、あなたと逢うことは許さない、の意を重ね合わせた表現。「じ」は、打消意志の助動詞。上の「よに」に呼応。

表現　掛詞

63

今《いま》はただ　思《おも》ひ（イ）絶《た》えなむ（ン）　とばかりを
人《ひと》づてならで　言《い》ふ（ウ）よしもがな

左《さ》京《きょうの》大夫《だいぶ》道雅《みちまさ》

歌意　今となっては、ただもうあきらめてしまおう、ということだけを、せめて人づてではなく、じかにお目にかかってお話しするてだてがあってほしいものだ。

［所載歌集：『後拾遺集』恋三（七五〇）］

今	は	ただ	思ひ絶え	な	む	と	ばかり	を
名	係助	副	動・ヤ下二・連用	助動・完了・未然	助動・意志・終止	格助	副助	格助
人づて	なら	で	言ふ	よし	もがな			
名	助動・断定・未然	接助	動・ハ四・連体	名	終助			

作者　九九三～一〇五四　藤原道雅《ふじわらのみちまさ》。藤原伊周《これちか》の子。関白道隆《みちたか》の孫。

語句・語法　●**今はただ**　今となってはもう。「今」は、詞書《ことばがき》によれば、前斎宮《さいぐう》との恋を禁じられた現在をさしていることになる。●**思ひ絶えなむ**　思いあきらめてしまおう。「思ひ絶ゆ」は、思い切る・あきらめる意。「な」は、完了の助動詞「ぬ」の未然形。「む」は、意志の助動詞の終止形。●**とばかりを**　……ということだけを、の意。「と」は、引用の格助詞。「ばかり」は、限定の意の副助詞。●**人づてならで**　人を介さず、直接に。「で」は打消の接続助詞。●**言ふよしもがな**　「よし」は、方法・手段。「もがな」は、願望を表す終助詞。

鑑賞　禁じられた恋へのいちずな思い

『後拾遺集《ごしゅうい》』の詞書《ことばがき》によれば、伊勢《いせ》から帰った三条院の皇女、当子《とうし》内親王のもとに、作者がひそかに通っていたことを天皇が聞き知り、監視の女房をつけたため、逢うことのできなくなった折の歌である。二人の恋は、内親王が斎宮《さいぐう》（伊勢神宮に仕える未婚の皇女で、男性関係がきびしく禁じられている）の任を終えて帰京してからのことではあったが、父三条院は激怒したという。そのいきさつについては『栄花《えいが》物語』に詳しい。その後、内親王は尼となり、若くして死去する。

「今はただ」「ばかり」という表現からは、事態がぎりぎりのところまで追いこまれていること、そして作者の切迫した思いが読みとれる。禁じられた恋であるがゆえに「思ひ絶えなむ」と決意するしかない気持ち、その一言を「人づて」ではなく、せめて直接逢って伝えたいと訴える。恋に執着する心である。しかし、それはかなえられない思いである。

伊勢神宮

64

朝《あさ》ぼらけ　宇治《うぢ》（ジ）の川霧《かはぎり》（カワ）　たえだえに
あらはれ（ワ）わたる　瀬々《せぜ》の網代木《あじろぎ》

権中納言定頼《ごんちゅうなごんさだより》

［所載歌集：『千載集』冬（四二〇）］

歌意　明け方、あたりがほのぼのと明るくなるころ、宇治川の川面に立ちこめていた霧がとぎれとぎれになって、その絶え間のあちらこちらから点々と現れてきた川瀬川瀬の網代木《あじろぎ》よ。

宇治▼　山と川を配した宇治の景観は、平安時代の貴族たちに愛好され、早くから別荘地として開かれていた。都の俗塵《ぞくじん》をのがれた清浄の地として好まれた。霧が立ちこめることも多く、また宇治川の網代木《あじろぎ》の光景は冬の風物詩でもあった。

朝ぼらけ	宇治	の	川霧	たえだえに	あらはれわたる	瀬々	の	網代木
名	固名	格助	名	形動・ナリ・連用	動・ラ四・連体	名	格助	名

網代(石山寺縁起絵巻)

鑑賞 冬の宇治川の川霧に見え隠れする網代木

『千載集《せんざい》』の詞書《ことばがき》に「宇《う》治《ち》にまかりてはべりける時詠める」とあり、宇治に赴いた折に詠んだ歌である。平安時代、この地は貴族の別荘なども建てられ、都の人にとってはなじみ深い所であった(↓8)。そして「網代《あじろ》」は、宇治川の冬の風物として知られ、『蜻蛉《かげろう》日記』や『更《さら》級《しな》日記』などにも、描かれている。

冬の早朝、宇治川の一面に立ちこめていた霧が、しだいに所々薄らいで、都の人々にはめずらしい網代木が点々と現れてくる。刻々と変化する川面の霧を描きつつ、体言止めである「瀬々の網代木」に焦点がしぼられている。一幅の絵を思わせる、典型的な叙景歌である。平安時代後期、宇治川の霧を詠んだ歌が増えるが、それは『源氏物語』宇治十帖《じゅうじょう》で印象的に描かれたことの影響といわれる。

作者 九九五〜一〇四五 藤原定頼。公任《きんとう》(↓55)の子。書にもすぐれる。小式部内侍《こしきぶのないし》(↓60)に関係した人物。

語句・語法 ●**朝ぼらけ** 夜明け方、あたりがほのぼのと明るくなるころ(↓31)。●**宇治の川霧** 宇治川にかかった川霧。宇治川は、京都府南部を流れる川。琵《び》琶《わ》湖《こ》南部に発し、しばらくを瀬田《せた》川といい、京都府に入る手前から、木津《きづ》川・桂《かつら》川との合流点までを宇治川と呼ぶ。宇治の地は、初瀬《はつせ》(長谷《はせ》寺)詣《もう》でをはじめ大和《やまと》地方へ向かう人が通るので、都の人にはなじみ深かった。●**たえだえに** とぎれとぎれに。一面に立ちこめていた川霧が、夜明けとともに、しだいに晴れていく様子。●**あらはれわたる** 霧の絶え間の所々に現れてくる。「わたる」は、ここでは空間的な広がりを示す。●**瀬々の** 「瀬」は、川の浅い所。●**網代木** 「網代」は、冬、氷《ひ》魚《お》(鮎《あゆ》の稚魚)をとるために川の瀬に杭《くい》を打ち並べ、簀《す》(竹や木を編んだもの)を設けたもの。「網代木」は、その杭。宇治川の冬を印象づける風物である。**体言止め。**

表現 体言止め

恨《うら》みわび　ほさぬ袖《そで》だに　あるものを　恋《こひ（コイ）》に朽《く》ちなむ《（ン）》　名《な》こそ惜《を（オ）》しけれ

相模《さがみ》

歌意　恨んだ末に、もう恨む気力も失って、涙を乾かす間もない袖さえ惜しいのに、まして、この恋ゆえに世間に浮名を流して朽《く》ちてしまうであろうわが名が、いかにも惜しいことです。

［所載歌集：『後拾遺集』恋四（八一五）］

恨みわび	ほさ	ぬ	袖	だに	ある	ものを
動・バ上二・連用	動・サ四・未然	助動・打消・連体	名	副助	動・ラ変・連体	接助

恋	に	朽ち	な	む	名	こそ	惜しけれ
名	格助	動・タ上二・連用	助動・完了・未然	助動・推量・連体	名	係助	形・シク・已然

（こそ…惜しけれ：係り結び）

作者　十一世紀半ばの人。相模守大江公資《さがみのかみおおえのきんすけ》の妻。修子《しゅうし》内親王家に出仕。

語句・語法　●**恨みわび**　恨む気力を失って。「……わぶ」は、動詞の連用形について、その行為をし通す気力を失う意を表す。●**ほさぬ袖だにあるものを**　涙を乾かす間もない袖さえ、惜しいのに。副助詞「だに」は、程度の軽いものをあげて、より重いものを類推させる語法。ただし、「だに」から直接「あり」に続く場合は、……である（陳述）の意となる場合が多い。ここでも、下の「惜し」ぐらいを補う。「ものを」は、逆接の接続助詞。●**恋に朽ちなむ**　この恋ゆえに世間に浮名を流して、朽ちてしまうだろう。「な」は、完了の助動詞「ぬ」の未然形。「む」は、推量の助動詞「む」の連体形で、直接「名」にかかる。●**名こそ惜しけれ**　「名」は、評判。「こそ」は、強意の係助詞。「惜しけれ」は、形容詞の已然形で、「こそ」の結び。上の「だに」に照応する。

鑑賞　報われぬ恋によからぬ評判を惜しむ

『後拾遺集《ごしゅうい》』の詞書《ことばがき》に「永承《えいじょう》六年内裏歌合に」とある。あらかじめ設定された題によって歌を詠む、いわゆる題詠の歌である。

この歌の「ほさぬ袖《そで》だにあるものを」については、「だにあり」の語法（→語句・語法）に注意して、「袖だに朽ちてあるものを」の意として、袖さえこうして朽ちてしまいそうなのに、と解した。もう一つの解として、「袖だに朽ちずあるものを」の意として、袖さえこうして存在するのに、と解する説もあるが、ここではとらない。

上の句では、つれない相手を恨んで恨みぬいた末に、その気力も失ってしまった恋心を、下の句では、思うにまかせないこの恋が周囲の知るところとなり、よからぬ噂《うわさ》のたつことの堪《た》えがたさを言っている。題詠の歌であるとはいえ、恋に苦しむ女の心の嘆きの読みとれる、実感のこもった一首である。

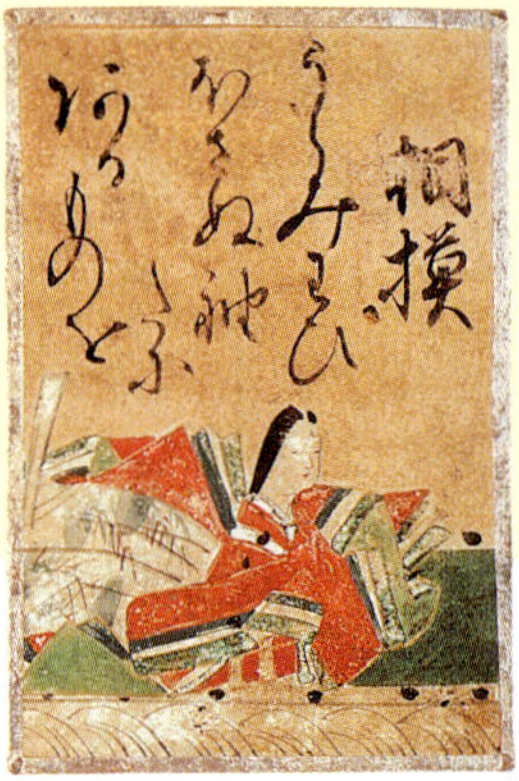

もろともに　あは《(ワ)》れと思《おも》へ《(エ)》　山桜《やまざくら》
花《はな》よりほかに　知《し》る人《ひと》もなし

前大僧正行尊《さきのだいそうじょうぎょうそん》

歌意　私がお前をしみじみといとしく思うように、お前もまた私のことをしみじみいとしいと思ってくれ、山桜よ。花であるお前以外に心を知る人もいないのだから。

［所載歌集：『金葉集』雑上（五二一）］

もろともに	あはれ	と	思へ	山桜
副	形動(語幹)	格助	動・ハ四・命令	名

花	より	ほか	に	知る	人	も	なし
名	格助	名	格助	動・ラ四・連体	名	係助	形・ク・終止

作者　一〇五五～一一三五　参議源基平《みなもとのもとひら》の子。十二歳で三井寺《みいでら》に入り、後に天台座主《ざす》大僧正。

語句・語法　●**もろともに**　いっしょに、の意の副詞。●**あはれと思へ**　「あはれ」は、もともと感動詞「あ」「はれ」が複合して生まれた語と考えられ、しみじみと身にしみ入る感動を表す。ここでは、しみじみといとしい意。●**山桜**　山桜よ、と呼びかけた言い方。山桜を**擬人化**している。●**花よりほかに知る人もなし**　「花」は、「山桜」のこと。「より」は、範囲を限定する意を表す格助詞。「花」以外には、自分を「知る人」がいない、の意。「知る人」は、単なる知人というよりも、ここでは、心の通いあう人・共感しあえる人、の意。

表現　三句切れ・擬人法

鑑賞　山中の孤独に堪《た》える者の山桜との共感

『金葉《きんよう》集』の詞書《ことばがき》に「大峰《おほみね》にて思ひがけず桜の花を見て詠める」とある。「大峰」は、大和《やまと》国（奈良県）吉野郡十《と》津《づ》川の東にある大峰山。修験道《しゅげんどう》の霊場として知られる。修験道は、役《えんの》小角《おづの》（奈良時代の人）を開祖とする仏教の一派で、山中で修行を積み、霊験を得ることを業《わざ》とする。この歌は、大峰で修行していた作者が、思いがけずに山桜を見た折に詠んだ作。『行尊大僧正集』のある本には、「思ひかけぬ山なかに、まだつぼみたるもまじりて咲きてはべりしを、風に散りしかば」「風に吹き折れても、なほめでたく咲きてはべりしかば」とある。

修行者として入山していた作者は、風に吹き折られながらも美しく咲いている山桜を見出した時、「もろともに……」と呼びかけずにはいられなかった。ひっそりと咲く山桜に、孤独にたえて修行する自分の姿を重ね合わせ、たがいに共感しあえるという感動を詠んだ歌である。

山桜

春《はる》の夜《よ》の　夢《ゆめ》ばかりなる　手枕《たまくら》に　かひ《(イ)》なく立《た》たむ《(ン)》　名《な》こそ惜《を》《(オ)》しけれ

周防内侍《すおうのないし》

鑑賞　春の夜のはかない恋のたわむれ

『千載集《せんざい》』の詞書《ことばがき》の大意はこうである。

陰暦二月ごろの月の明るい夜、二条院(後冷泉院中宮《ごれいぜいいんちゅうぐう》の章子《しょうし》内親王の御所)で人々が夜通し物語などをしていた時に、周防内侍《すおうのないし》が物に寄り臥《ふ》して、「枕が欲しいものです」とそっとつぶやいたところ、それを聞いた大納言藤原忠家《ふじわらのただいえ》が、「これを枕に」と言って自分の腕《かいな》を御簾《みす》の下から差し入れてきたので、この歌を詠んだ。

忠家がたわむれに差し入れてきた「かひな(腕)」を、とっさに「かひなく」に詠みこみ、軽妙に相手の意図をそらしたことになる。忠家の行為は、一種の座興であったのだろうが、それを即座に、しかも軽妙にいなしたのである。その当意即妙の機知もみごとではあるが、「春」「夜」「夢」「手枕」など甘美な言葉を連ねて、優艶《ゆうえん》な恋の情調をもただよわせている。当時の宮廷生活がしのばれる一首である。

御簾(源氏物語絵巻　竹河)

歌意　短い春の夜の夢ほどの、はかないたわむれの手枕のために、何のかいもない浮名が立ったとしたら、なんとも口惜しいことです。

[所載歌集：『千載集』雑上（九六四）]

春	名
の	格助
夜	名
の	格助
夢	名
ばかり	副助
なる	助動・断定・連体
手枕	名
に	格助
かひなく	形・ク・連用
立た	動・タ四・未然
む	助動・仮定・婉曲・連体
名	名
こそ	係助
惜しけれ	形・シク・已然

「係り結び」（こそ―惜しけれ）

作者　十一世紀後半の人。周防守平棟仲《すおうのかみたいらのむねなか》の娘か。後冷泉《ごれいぜい》以下四代の宮廷に仕え、当時の多数の歌合に参加。

語句・語法　●**春の夜の夢ばかりなる**　春の夜は短く、明けやすいものとされていた。「春の夜」も「夢」もしばしば、はかないものの比喩《ひゆ》として用いられる。副助詞「ばかり」は、程度を表す。「なる」は、断定の助動詞「なり」の連体形。●**手枕に**　「手枕《たまくら》」は、腕を枕にすること。多く男女共寝の相手の場合にいう。ここでは、忠家が「これを枕に」と言って御簾《みす》の下から腕を差し入れてきたのを受けた表現。●**かひなく**　何のかいもなく。ここでは、「かひな(腕)」が掛詞《かけことば》として詠みこまれている。●**立たむ名こそ惜しけれ**　この「む」は、仮定・婉曲の意。「名」は、評判・浮名《うきな》。「惜しけれ」は、形容詞の已然形で、係助詞「こそ」の結び。

表現　掛詞

心《こころ》にも　あらでうき世《よ》に　ながらへ（エ）ば
恋《こひ》（コイ）しかるべき　夜半《よは》（ワ）の月《つき》かな

三条院《さんじょういん》

歌意 心ならずも、このつらくはかない世に生きながらえていたならば、きっと恋しく思い出されるにちがいない、この夜ふけの月であるよ。

［所載歌集：『後拾遺集』雑一（八六〇）］

名	助動・断定・連用	係助	動・ラ変・未然	接助	名	格助	動・ハ下二・未然	接助
心	に	も	あら	で	うき世	に	ながらへ	ば
形・シク・連体	助動・推量・連体	名	格助	名	終助			
恋しかる	べき	夜半	の	月	かな			

作者 九七六〜一〇一七　冷泉《れいぜい》天皇の第二皇子（居貞《いやさだ》親王）。在位五年で譲位。その翌年に崩御《ほうぎょ》。

語句・語法 ●**心にもあらで**　自分の本意ではなく。「に」は、断定の助動詞「なり」の連用形。「で」は、打消の接続助詞。下に「うき世にながらへば」とあり、早くこの世を去りたいというのが、自分の本意であるとする。●**うき世に**　つらくはかない世の中に。「この世に」とする本文もある。●**ながらへば**　生きながらえているならば。下二段動詞「ながらふ」の未然形に、接続助詞「ば」がついて、仮定条件を表す。不本意ながらも生きながらえる将来を予想し、その時の自分を想像してみている。●**恋しかるべき**　「べき」は、推量の助動詞「べし」の連体形で、「夜半の月」に直接かかる。●**夜半の月かな**　「夜半」は、夜中・夜ふけ。「月」は、現に見ている月。「かな」は、詠嘆の終助詞。

鑑賞　万感を胸にこみあげさせる夜半の月

『後拾遺集《ごしゅうい》』の詞書《ことばがき》に、「例ならずおはしまして、位など去らむと思《おぼ》しめしけるころ、月の明《あか》かりけるを御覧じて」とある。「例ならず」は、病気であることをさす。三条院は眼病を患《わずら》っていた。帝位を去ろうとしたころに、明るい月を見て詠んだ歌である。

三条院は、二十五年にわたる長い東宮《とうぐう》時代を経て即位したが、わずか五年の在位中に二度も内裏《だいり》が炎上した。また、藤原道長《ふじわらのみちなが》が先帝一条院とわが娘彰子《しょうし》との間に生まれた皇子を早く即位させようと画策《かくさく》して、この三条院の退位を迫ってくるという状況下にあった。『栄花《えいが》物語』によると、十二月十余日の月の明るい夜、上《うえ》の御局《みつぼね》で中宮妍子《けんし》と語りながら、この歌を詠んだという。美しい月への感慨を詠みながら、現世への絶望的な思いがにじみ出ている歌である。なお院は、この歌の詠まれた翌年十一月に譲位、さらにその翌年五月、崩御《ほうぎょ》している。

内裏炎上の図（直幹《なおもと》申《もうし》文《ぶみ》絵《え》詞《ことば》）

嵐《あらし》吹《ふ》く　三室《みむろ》の山《やま》の　もみぢ(ジ)葉《ば》は
竜田《たつた》の川《かは》(カワ)の　錦《にしき》なりけり

能《のう》因《いん》法《ほう》師《し》

[所載歌集：『後拾遺集』秋下（三六六）]

歌意　嵐の吹きおろす三室の山のもみじ葉は、竜田の川の錦なのだった。

竜田の紅葉▼　竜田山の紅葉や、その紅葉を浮かべて流れる竜田川の光景は、早くも万葉の時代からよく歌に詠みこまれてきた。平安時代にも、竜田といえば紅葉、という連想が固定していた。作者能因《のういん》は、そうした歌に詠みこまれる地名(歌枕)に執した歌人である。

嵐	吹く	三室の山	の	もみぢ葉	は	竜田の川	の	錦	なり	けり
名	動・カ四・連体	固名	格助	名	係助	固名	格助	名	助動・断定・連用	助動・詠嘆・終止

鑑賞 竜田川に錦を織りなす三室山の紅葉の華麗さ

『後拾遺集《ごしゅうい》』の詞書《ことばがき》に「永承《えいじょう》四年内裏《だいり》歌合に詠める」とある、題詠の歌である。題は「紅葉」。この歌合は宮中では六十余年ぶりのもので、十一月九日に、後冷泉《ごれいぜい》天皇の主催で盛大に行われた。

『古今集』の「竜田川もみぢ葉流る神なびの三室の山にしぐれ降るらし」(秋下・二八四・読人しらず)を念頭においた歌である。その歌は、竜田川にもみじ葉が流れている、神奈備《かんなび》の三室の山に時雨《しぐれ》が降ってもみじ葉を散らしているらしい、の意。

紅葉を錦に見立てるという発想は特に目新しいものではないが、上の句に「三室の山」、下の句に「竜田の川」という、紅葉で名高い二つの地名を配し、山と川とを対照させているという点は注目すべきであろう。また、嵐に吹き散らされた三室の山の「もみぢ葉」が、竜田川の「錦」としてよみがえるとしたところにも、この歌独特のおもしろさがうかがえる。内裏で行われた歌合にふさわしい華やかな歌である。

竜田の紅葉
(吉野竜田図屏風・部分)

作者 九八八～？ 俗名 橘永愷《たちばなのながやす》。歌、特に歌枕に異様なまでの関心を抱いた。著書に「能因歌枕《のういんうたまくら》」など。

語句・語法 ●**嵐吹く** この「嵐」は、山から吹きおろす風。●**三室の山** 「三諸《みもろ》の山」ともいう。大和国《やまと》(奈良県)生駒《いこま》郡斑鳩《いかるが》町にある神南備《かんなび》山のこと。「みむろ(みもろ)」は、本来、神が降臨して宿る所(神社)の意で、他にも同名の山がある。ここでは竜田川に近いことから神南備《かんなび》山であると考えられる。紅葉の名所。●**もみぢ葉** 代表的な秋の景物。散る紅葉が多く詠まれる。●**竜田の川** 大和国生駒郡を流れる川。三室の山の東のふもとを流れる。古来、紅葉の名所として知られる。●**錦なりけり** 「錦」は、数種の色糸で模様を織り出した厚地の織物。嵐に吹き散らされた三室山の色とりどりの紅葉が、竜田川に浮かんで流れている景を「錦」に見立てた表現。「なり」は、断定の助動詞「なり」の連用形。「けり」は、今初めて気がついたという感動を表す。

表現 見立て

さびしさに　宿《やど》を立《た》ち出《い》でて　ながむれば
いづ《(ズ)》こも同《おな》じ　秋《あき》の夕暮《ゆふ(ユウ)ぐ》れ

良《りょう》暹《せん》法《ほう》師《し》

歌意 あまりの寂しさのために、庵《いおり》を出てあたりを見渡すと、どこも同じように寂しい秋の夕暮れであるよ。

［所載歌集：『後拾遺集』秋上（三三三）］

さびしさ	に	宿	を	立ち出で	て	ながむれ	ば
名	格助	名	格助	動・ダ下二・連用	接助	動・マ下二・已然	接助

いづこ	も	同じ	秋	の	夕暮れ
代	係助	形・シク・連体	名	格助	名

作者 十一世紀前半に活躍。詳しい家系・経歴は未詳だが、延暦寺の僧で、大原や雲林院《うりんいん》にも住んだ。

語句・語法 ●**さびしさに** 寂しさのために。形容詞「さびし」は、王朝の和歌では、ひとり住みの家や荒れた家、山、野など人気《ひとけ》のない場所の、秋や冬の寂寥《せきりょう》感をいう例が多い。「に」は、原因・理由を表す格助詞。●**宿を立ち出でて** 「宿」は、作者が住んでいる草庵。●**ながむれば** 「ながむ」の已然形に、接続助詞「ば」がついて、順接の確定条件を表す。「ながむ」は、本来、もの思いにふけってじっと長い間見ている意。●**いづこも同じ** 「いづこ」を「いづく」とする本文もある。「同じ」は、形容詞（シク活用）の特殊な形の連体形。●**秋の夕暮れ** **体言止め**。この「秋の夕暮れ」の語句は、『後拾遺集《ごしゅうい》』から見えはじめ、『新古今集』に特に多く見られる。もっぱら結句に用いられ、余情をもたせる手法がとられる。

表現 体言止め

鑑賞　秋の山里にせまる夕暮れのもの寂しさ

『後拾遺集《ごしゅうい》』の詞書《ことばがき》には「題知らず」とある。『詞花《しか》集』に収められている作者の歌には「大原にすみはじめけるころ」という詞書が見えるものがあり、洛北《らくほく》大原に隠棲《いんせい》していたことが知られる。この歌も、あるいはこの地で詠まれたものかもしれない。

一人、草庵《そうあん》に身をおいていた作者が、しみいるような寂しさにたえかねて、心も慰むかと外へ出てあたりを見渡すと、その目に映ったものはやはり寂しさに静まりかえった秋の山里の夕暮れの景であったというのである。

「秋の夕暮れ」が、遁世《とんせい》の生活者の実感によってとらえられている歌であり、ここには人気《ひとけ》のない山里をつつむ深い寂寥《せきりょう》の世界が、たくまずして描き出されている。求める相手とてなく、いかにも静寂をたたえている。

71

夕《ゆふ》（ユウ）されば　門田《かどた》の稲葉《いなば》　おとづ（ズ）れて
芦《あし》のまろやに　秋風《あきかぜ》ぞ吹《ふ》く

大納言経信《だいなごんつねのぶ》

鑑賞　門田の稲葉を吹きわたってくる秋風

『金葉集《きんようしゅう》』の詞書《ことばがき》に「師賢朝臣《もろかたのあそん》の梅津《うめづ》に人々まかりて、田家ノ秋風といへることを詠める」とある。「梅津」は、都の西郊（京都市右京区）、桂《かつら》川左岸一帯の地。作者経信《つねのぶ》の時代、貴族たちは洛外《らくがい》の自然を求め、いわゆる田園趣味が流行した。この歌は、血縁である源師賢の海津の山荘で詠まれたもので、題詠ではあるが、田園の秋の風景が実感をもってうたいあげられている。

まだ日中の暑さが残る夕方、さわやかな風が吹いてくる。その秋風は、向こうの稲葉を波うたせて吹きわたり、稲葉のそよぐ音は耳にも心地よいというのである。そして、今自分のいる山荘にも涼《すず》しさを運んでくる。この歌は、風景を視覚によってだけでなく、聴覚、さらに皮膚の感触によってもとらえている。秋風を詠んだ、すがすがしい叙景の一首である。

歌意　夕方になると、門前の田の稲葉を、そよそよと音をさせて、芦ぶきの山荘に秋風が吹きわたってくることだ。

［所載歌集：『金葉集』秋（一七三）］

夕（名）　され（動・ラ四・已然）　ば（接助）　門田（名）　の（格助）　稲葉（名）　おとづれ（動・ラ下二・連用）　て（接助）

芦（名）　の（格助）　まろや（名）　に（格助）　秋風（名）　ぞ（係助）　吹く（動・カ四・連体）　［係り結び］

作者　一〇一六〜一〇九七　源経信《みなもとのつねのぶ》。和歌・詩文・管弦にすぐれ、有職故実にも詳しかった。

語句・語法

●**夕されば**　夕方になると。この「さる」は、移動する・移り変わる、の意。今日の「去る」とは、意味が異なる。「されば」は、已然形に、接続助詞「ば」のついた形で、確定条件を表す。●**門田**　屋敷のまわり、特に門の前にある田地。耕作に最適なところから、古くから重要視され、すでに『万葉集』に用例が見える。●**おとづれて**　「おとづる」は、人のもとを訪ねる意であるが、本来、音を立てる意。ここも、その本来の意。●**芦のまろや**　芦《あし》で葺《ふ》いた粗末な仮小屋の意だが、ここでは、源師賢《もろかた》の山荘をさす。●**秋風ぞ吹く**　「ぞ」は、強意の係助詞。「吹く」は連体形で、「ぞ」の結び。

音《おと》に聞《き》く　高師《たかし》の浜《はま》の　あだ波《なみ》は　かけじや袖《そで》の　ぬれもこそすれ

祐子内親王家紀伊《ゆうしないしんのうけのきい》

歌意 噂《うわさ》に名高い高師《たかし》の浜のいたずらに立つ波はかけますまい。袖がぬれると大変ですから。――うわさに高い浮気なあなたの言葉は、心にかけますまい。あとで袖が涙でぬれるといけませんから。

〔所載歌集：『金葉集』恋下（四六九）〕

音	名
に	格助
聞く	動・カ四・連体
高師の浜	固名
の	格助
あだ波	名
は	係助
かけ	動・カ下二・未然
じ	助動・打消意志・終止
や	間助
袖	名
の	格助
ぬれ	動・ラ下二・連用
も	係助
こそ	係助
すれ	動・サ変・已然

（こそ～すれ：係り結び）

作者 十一世紀後半の人。後朱雀《ごすざく》天皇の第一皇女祐子《ゆうし》内親王に仕える。

語句・語法 ●**音に聞く** 噂《うわさ》に聞く。「音」は、ここでは評判の意。●**高師の浜** 和泉《いずみ》国、現在の大阪府堺市浜寺から高石市にいたる一帯。「高師」に、評判が高い意の「高し」を**掛け**、「音に聞く、高し」と続く。「浜」は、「波」「ぬれ」と**縁語**。なお、『金葉《きんよう》集』には「高師の浦」とある。●**あだ波** いたずらに立つ波。ここでは、浮気な人の言葉の意を暗示。●**かけじや** 「波をかけまい」と「思いをかけまい」の二重の意で用いられている。「じ」は、打消の意志の助動詞の終止形。「や」は、詠嘆の間投助詞。ここで文が切れる。●**ぬれもこそすれ** ぬれると大変だから。「も」「こそ」は、ともに係助詞。複合して「もこそ」と用いられる場合は、予想される悪い事態に対する懸念、不安の気持ちを表す。「ぬれ」は波で袖がぬれる意に、涙で袖がぬれる意をこめる。

表現 掛詞・縁語

鑑賞 浮気な男の誘いをみごとに切り返してみせる歌才

『金葉集《きんようしゅう》』の詞書《ことばがき》によると、「堀河院艶書合《ほりかわいんけそうぶみあわせ》」で詠まれた歌である。「艶書合」は、公卿《くぎょう》、殿上人《てんじょうびと》が恋歌を詠んで女房のもとに贈り、それへの女房たちの返歌をそれぞれ番《つが》えさせる趣向の歌合である。「堀河院艶書合」は、康和《こうわ》四（一一〇二）年閏《うるう》五月に内裏で催された。

この紀伊《きい》の歌は、藤原俊忠《ふじわらのとしただ》（定家の祖父）の贈歌「人知れぬ思ひありその浦風に波のよるこそ言はまほしけれ」（私は人知れず思いを寄せています。荒磯《ありそ》の浦風とともに波が寄るように夜になったらお話ししたい。）への返歌である。贈歌の「荒磯の浦」に対して「高師の浜」、「あり・よる」の掛詞《かけことば》に対して「高し・かけ」、「浦・波・寄る」の縁語に対して、「浜・波・ぬれ」と応じている。当時、二十九歳の俊忠に対して、この紀伊は七十歳前後。「艶書合」という遊戯的な歌合から生み出された一首ではあるが、みごとに切り返す歌才が光っている。

高砂《たかさご》の　尾《を》(オ)の上《へ》(エ)の桜《さくら》　咲《さ》きにけり
外山《とやま》の霞《かすみ》　立《た》たずもあらなむ(ン)

権《ごん》中《ちゅう》納《な》言《ごん》匡房《まさふさ》

鑑賞　はるかに見はるかす山の上の桜

『後拾遺集《ごしゅうい》』の詞書《ことばがき》によれば、内大臣藤原師通《ふじわらのもろみち》の邸で「遥カニ望ム二山桜ヲ一」を題に詠んだ歌である。したがって、「山桜」じたいの美しさもさることながら、それを「遥《はる》かに望む」ことの方に主眼がある。

上の句に遠景の「尾の上の桜」を、下の句に近景の「外山の霞《かすみ》」を配して対照させ、「立たずもあらなむ」と願望を訴えて一首を結んでいる。霞はせっかくの桜花をも隠してしまいがちなもの、という前提から、遠くの桜を眺め続けていたいと強く願った歌である。はるかに望む山桜を賞美する心が、細かな技巧などを弄《ろう》することなく表現された、格調の高い詠作である。

歌意　遠くの山の峰の桜が咲いたのだった。人里近い山の霞《かすみ》よ。どうか立たないでほしい。

［所載歌集：『後拾遺集』春上（一二〇）］

高砂	の	尾の上	の	桜	咲き	に	けり
名	格助	名	格助	名	動・カ四・連用	助動・完了・連用	助動・詠嘆・終止

外山	の	霞	立た	ず	も	あら	なむ
名	格助	名	動・タ四・未然	助動・打消・連用	係助	動・ラ変・未然	終助

作者　一〇四一〜一一一一　大江匡房《おおえのまさふさ》。大江匡衡《まさひら》の曾孫《そうそん》。大江家の学統を継ぐ、当時の代表的な詩文家。

語句・語法　●**高砂の**　「高砂」は、砂が高く積もったところから、山の意。播磨《はりま》国（兵庫県）の歌枕である「高砂」（→34）とする説もある。●**尾の上の桜**　山の頂《いただき》の桜。「尾」は、峰の意。●**咲きにけり**　「に」は、完了の助動詞「ぬ」の連用形。助動詞「けり」は、初めて気づいた感動がこもる。●**外山の霞**　「外山」は、「深山《みやま》」や「奥山」に対して、人里に近い低い山。ここでは、桜の咲く「高砂の尾の上」よりも手前の里近くの山。「霞《かすみ》」は、春の代表的景物で、立春になると立つものとされる。また、「霞」は「霧」と同じ自然現象だが、平安時代以降、春のものを「霞」、秋のものを「霧」と呼ぶようになった。●**立たずもあらなむ**　立たないでほしい。里近くの山（外山）に霞が立つと、「高砂の尾の上の桜」が見えなくなるので、このように訴えた。「なむ」は、他者への願望（誂《あつら》え）の終助詞。

表現　三句切れ

憂《う》かりける　人《ひと》を初瀬《はつせ》の　山《やま》おろしよ
はげしかれとは　祈《いの》らぬものを

源《みなもとの》　俊頼朝臣《としよりあそん》

［所載歌集：『千載集』恋二（七〇八）］

歌意　私がつらく思ったあの人を、なびくようにと初瀬の観音に祈りこそしたが、初瀬の山おろしよ、ひどくなれとは祈りはしなかったのに。

長谷《はせ》寺▼　平安時代には観音《かんのん》信仰が盛んで、京都市中の清水《きよみず》寺、琵琶湖《びわこ》南端の石山《いしやま》寺、そして大和《やまと》国の長谷寺が、霊験《れいげん》あらたかな寺として大勢の人々を集めることになった。観音信仰とは、現実生活に利益をもたらしてくれる仏の霊験を信じる信仰である。長谷寺は現在の奈良県桜井市にある。

ものを	ぬ	祈ら	は	と	はげしかれ	よ	山おろし	の	初瀬	を	人	ける	憂かり
接助	助動・打消・連体	動・ラ四・未然	係助	格助	形・シク・命令	間助	名	格助	固名	格助	名	助動・過去・連体	形・ク・連用

鑑賞 初瀬に祈りなおもかなわぬ恋への嘆き

ままならぬ恋の、いらだたしいまでの嘆きを詠んだ歌である。つれない相手の心がなびくように、霊験《れいげん》あらたかといわれる初瀬の観音に祈った。しかし、そのいちずな思いは通じるどころか、相手はいよいよ冷たくつらくあたるというのである。そうした相手の冷淡な態度が、山から激しく吹きおろす「山おろし」に象徴されている。

この歌は、『千載集《せんざい》』の詞書《ことばがき》によれば、藤原俊忠《ふじわらのとしただ》（定家の祖父）の邸で「祈れども逢はざる恋」を詠んだ題詠であるが、観音に祈っても効《かい》のない悲しみを、山おろしに向かって泣きくどく姿は、恋の恨み言の真実をとらえていよう。

なお、「初瀬」を「果つ」との掛詞《かけことば》とみて、「憂かりける人」への思いが「果つ」ことを祈ったのに、ますます思いがつのってしまった、とする解釈もある。

長谷寺の回廊

作者 一〇五五〜一一二九　大納言経信《つねのぶ》（→71）の三男。勅撰集『金葉集《きんよう》』の撰者。清新な歌風で後世にも影響を与えた。

語句・語法 ●**憂かりける人を**　私がつらく思った人を、の意。形容詞「憂し」の連用形に、過去の助動詞「けり」の連体形がついた形。「憂し」は、思うにまかせない、つらい気持ちをいう。類義語「つらし」が、相手の仕打ちに対する恨めしさを表すのに対して、「憂し」は、自分自身のつらく情けない気持ちを表す。恋する相手が自分になびいてくれなかったことをこのように表現した。●**初瀬の山おろしよ**　「初瀬」は、大和《やまと》国（奈良県）の地名。ここには長谷寺があり、現世利益の観音信仰の霊場として知られた。「山おろし」は、山から吹きおろす冷たく激しい風。山おろしを擬人化して呼びかけた言い方。●**はげしかれとは**　「はげしかれ」は、形容詞「はげし」の命令形。いよいよ冷淡な相手の態度をも象徴した表現。●**祈らぬものを**　祈らないのに。「ものを」は、逆接の接続助詞（一説に終助詞）。

表現　擬人法

長谷寺の十一面観世音菩薩

契《ちぎ》りおきし　させもが露《つゆ》を　命《いのち》にて
あは《(ワ)》れ今年《ことし》の　秋《あき》もいぬめり

藤原基俊《ふじわらのもととし》

歌意　お約束してくださいました「私を頼みにせよ」という恵みの露のようなお言葉を命とも頼んできましたが、ああ、今年の秋もむなしく過ぎていくようです。

［所載歌集：『千載集』雑上〔一〇二六〕］

契りおき	し	させも	が	露	を	命	に	て
動・カ四・連用	助動・過去・連体	名	格助	名	格助	名	助動・断定・連用	接助

あはれ	今年	の	秋	も	いぬ	めり
感	名	格助	名	係助	動・ナ変・終止	助動・推量・終止

鑑賞　**秋の終わりに世に顧みられぬわが子を思う父の嘆き**

『千載集《せんざい》』の詞書《ことばがき》に詳しい詠作事情が述べられている。それによると、作者は、興福寺《こうふくじ》にいた子息の光覚《こうかく》が名誉ある維摩会《ゆいまえ》の講師《こうじ》（仏典の講義をする僧）になることを、その任命者である藤原忠通《ふじわらのただみち》（→76）に懇願していた。それに対して忠通は、清水観音《きよみずかんのん》の歌とされる「なほ頼めしめぢが原のさせも草わが世の中にあらむ限りは」（私を頼みにし続けよ。たとえあなたがしめじが原のさせも草のように胸をこがして思い悩むことがあっても。）の一句を引いて「しめぢが原の」と答えた。これは言外に「なほ頼め」がこめられた言葉である。基俊は、その言葉をあてにして待っていたところ、今年の秋もまた光覚は選にもれてしまった。それを恨んで詠んだのがこの歌である。

子を思う親の、哀切なまでの心情と嘆息が、晩秋のもの悲しい草葉の露の景を通して描かれた一首である。

興福寺の維摩会《ゆいまえ》（春日権現験記絵《かすがごんげんげんきえ》）

作者　一〇六〇～一一四二　右大臣藤原俊家《としいえ》の子。詩歌集『新撰朗詠集《しんせんろうえい》』の撰者。俊頼《としより》（→74）の新風に対して、こちらは保守的。

語句・語法　●**契りおきし**　約束しておいた。「おき」は、下の「し」は、過去の助動詞「き」の連体形。●**させもが露**　「させも」は、さしも草（よもぎ）のこと（→51）。藤原忠通《ふじわらのただみち》が「なほ頼め……」（『新古今集』釈教・一九一六）の歌（→鑑賞）をふまえて承諾したことをさす。「露」は、恵みの露。忠通の言葉を尊いものとして、このように表現した。●**あはれ**　ここは、感動詞。さまざまな感情を強く詠嘆する時に発する言葉。●**今年の秋もいぬめり**　「いぬ」は「往《い》ぬ」で、ナ変動詞の終止形。「めり」は、推量の助動詞。「維摩会《ゆいまえ》」の講師《こうじ》は、秋のうちに決められる。今年の秋もまた、子息光覚《こうかく》の講師実現を見ないまま、秋がむなしく過ぎていくようだ、というのである。

「露」の**縁語**。

表現　縁語

76

わたの原《はら》　漕《こ》ぎ出《い》でて見《み》れば　ひさかたの
雲居《くもゐ》（イ）にまがふ（ゴウ）　沖《おき》つ白波《しらなみ》
法性寺入道前関白太政大臣《ほっしょうじにゅうどうさきのかんぱくだいじょうだいじん》

歌意 大海原に舟を漕《こ》ぎ出して眺めわたすと、雲と見まがうばかりに沖の白波が立っていることだ。

［所載歌集：『詞花集』雑下（三八二）］

わたの原	漕ぎ出で	て	見れ	ば
名	動・ダ下二・連用	接助	動・マ上一・已然	接助

ひさかたの	雲居	に	まがふ	沖	つ	白波
枕詞	名	格助	動・ハ四・連体	名	格助	名

作者 一〇九七～一一六四　藤原忠通《ふじわらのただみち》。摂政関白藤原忠実《ただざね》の子。

語句・語法 ●**わたの原** 広々とした大海原。「わた」は、海の意。●**漕ぎ出でて見れば** 舟を漕《こ》ぎ出して見わたすと。「見れば」は、上一段動詞「見る」の已然形に、接続助詞「ば」がついて、確定条件を表す。すでに漕ぎ出して見ていて、その結果が以下に叙述されることになる。●**ひさかたの** ここでは「雲居」にかかる**枕詞《まくらことば》**。ほかに、天・空・日・月・光などにかかる。●**雲居** 雲の居るところ、すなわち空。ここでは転じて、雲そのものをさす。●**まがふ** まじりあって見分けがつかなくなる意。「雲居」と「沖つ白波」が、その白さにおいて区別ができないとする。●**沖つ白波** 沖の白波。「つ」は上代に使われた、「の」にあたる格助詞。**体言止め**。

表現 枕詞・体言止め

鑑賞 はるかに望まれる大海原の沖の白波

『詞花集《しかしゅう》』の詞書《ことばがき》によれば崇徳《すとく》天皇（→77）の御前で「海上《ノ》遠望」という題で詠んだ、題詠の歌である。雲の白さと波の白さの見分けのつかない、はるかに大空と大海の接するところが遠望されている。

この歌はおそらく、小野篁《おののたかむら》の「わたの原八十島《やそしま》かけて漕《こ》ぎ出でぬと人には告げよ海人《あま》の釣舟」（→11）を念頭に置いて詠んだ歌であろう。しかし、隠岐《おき》国に流されていく折に詠んだ小野篁の歌にくらべてみると、そうした孤独感や絶望感は、この歌には見られない。晴れがましい場にふさわしい、雄大な風景を詠んだ歌となっている。「沖つ白波」と結んだ体言止めの技法も、そうした雄大な構図を描くのにきわめて効果的である。

瀬《せ》をはやみ　岩《いは》（イワ）にせかるる　滝川《たきがは》（ガワ）の　われても末《すゑ》（スエ）に　あはむ（ワ）（ン）とぞ思《おも》ふ（ウ）

崇《す》徳《とく》院《いん》

歌意　川瀬の流れがはやいので、岩にせきとめられる急流が、二つに分かれてもまた一つになるように、恋しいあの人と今は別れても、いつかはきっと逢《あ》おうと思う。

［所載歌集：『詞花集』恋上（二二九）］

瀬	を	はや	み	岩	に	せか	るる	滝川	の
名	間助	形（語幹）	〈接尾〉	名	格助	動・カ四・未然	助動・受身・連体	名	格助

われ	て	も	末	に	あは	む	と	ぞ	思ふ
動・ラ下二・連用	接助	係助	名	格助	動・ハ四・未然	助動・意志・終止	格助	係助	動・ハ四・連体

（ぞ〜思ふ：係り結び）

作者　一一一九～一一六四　鳥羽《とば》天皇の第一皇子。在位十八年に及ぶが、保元の乱に敗れ、讃岐《さぬき》（香川県）に配流されたまま崩御《ほうぎょ》。

語句・語法　●**瀬をはやみ**　「瀬」は、川の流れの浅い所。「……（を）＋形容詞の語幹＋み」は、「……が……なので」と、原因・理由を表す語法（→1・48）。●**岩にせかるる**　岩にせきとめられる。四段動詞「せく」の未然形に、受身の助動詞「る」の連体形がついた形。●**滝川の**　「滝川」は、急流・激流の意。初句からここまでが、「われても」を起こす序詞《じょことば》。●**われても**　「われ」は、下二段動詞「わる」の連用形で、水の流れが岩に当たって分かれる意と、男女が別れる意を、ともに表す。「て」は、接続助詞。「も」は係助詞。「ても」の形で、逆接の仮定条件を表す。●**あはむとぞ思ふ**　分かれた水の流れが合うことと、別れた男女が逢《あ》うことの、二つの意を表す。「思ふ」は、四段動詞の連体形で、強意の係助詞「ぞ」の結び。

表現　序詞

鑑賞　一念を貫いてほとばしる恋の情熱

川の流れのゆくすえに自分の恋の将来を重ねて詠んだ、情熱的な恋の歌である。

上の句では、ほとばしり流れる山中の急流の情景が描かれる。それが下の句にいたって、激しい恋情の表出へと転じている。岩によってせきとめられた川の流れが、いったんは分かれてもやがて合流するように、障害を乗り越えて必ず逢《あ》おう、というのである。序詞《じょことば》の情景が、そのまま恋する心の姿をうつし出している。

原典は崇徳院《すとくいん》主催の『久安《きゅうあん》百首』。いくつかの題ごとに歌を詠み、合計で百首とするのが「百首歌」である。これはそうした題詠であるが、激しい情熱と強い決意とが感じられる恋歌である。

なお『久安百首』では、初句は「ゆきなやみ」。

淡路島《あはぢしま》（アワジ）　かよふ（ウ）千鳥《ちどり》の　鳴《な》く声《こゑ》（コエ）に　いく夜《よ》寝《ね》覚《ざ》めぬ　須磨《すま》の関守《せきもり》

源《みなもとの》　兼《かね》昌《まさ》

歌意　淡路島《あわじしま》から通ってくる千鳥の鳴く声のために、幾夜目をさましたことか、須磨《すま》の関守《せきもり》は。

［所載歌集：『金葉集』冬（二七〇）］

淡路島	かよふ	千鳥	の	鳴く	声	に
固名	動・ハ四・連体	名	格助	動・カ四・連体	名	格助

いく夜	寝覚め	ぬ	須磨	の	関守
名	動・マ下二・連用	助動・完了・終止	固名	格助	名

作者　十二世紀初めの人。源俊輔《みなもとのとしすけ》の子。経歴の詳細は不明。

語句・語法　●**淡路島かよふ千鳥**　「淡路島」は、兵庫県須磨《すま》の西南に位置する島。『万葉集』の時代から数多く詠まれている歌枕。「かよふ」は、淡路島から通ってくる、と解したが、ほかに、淡路島へ通う、淡路島と須磨の間を往来する、などの解釈もある。「千鳥」は、水辺に住み、群れをなして飛ぶ小型の鳥。平安時代後期以降、冬の浜辺の景物として詠まれる。妻や友を恋い慕って鳴く鳥とされる。●**いく夜寝覚めぬ**　幾夜寝覚めたことか。「ぬ」は、完了の助動詞の終止形。疑問詞「いく夜」を含んだ文脈なので、本来「ぬる」とあるべきところだが、語調上「ぬ」としたと考えられる。ほかに、「ぬらむ」の「らむ」が省略されたとする説もある。●**須磨の関守**　「須磨」は、今の神戸市須磨区。摂津《せっつ》国（兵庫県）の歌枕。古くは関所があった。「関守」は関所の番人。四・五句は**倒置**。

表現　四句切れ・倒置法

鑑賞　千鳥鳴く冬の須磨の関の旅情

『金葉集《きんようしゅう》』の詞書《ことばがき》に「関《せき》路《ぢノ》千鳥といへることを詠める」とある、題詠の歌である。「関路」は、関所への道の意。作者兼昌《かねまさ》の時代、須磨《すま》の関はすでに廃されていた。冬の夜、荒涼とした須磨の地を通り過ぎる旅人は、向かいの淡路島《あわじしま》から飛び通ってくる千鳥の鳴き声を聞き、昔の関守のわびしい心を思いやる。その想像は、そのまま旅人の旅愁でもある、というのである。この時代、千鳥の鳴き声は、もの寂しさを誘うものとされていた。

須磨の地はまた、『源氏物語』須磨の巻、「例のまどろまれぬ暁《あかつき》の空に、千鳥いとあはれに鳴く。『友千鳥もろ声に鳴く暁はひとり寝覚めの床《とこ》もたのもし』（友千鳥が声を合わせて一緒に鳴いている暁は、ひとりで目を覚まして寝床にいても心じょうぶである。）」といった場面を思い起こさせる。この歌は、こうした流離の地での愁《うれ》いをも背景にして詠まれている。

千鳥

秋風《あきかぜ》に　たなびく雲《くも》の　絶《た》え間《ま》より
もれ出《い》づ（ズ）る月《つき》の　影《かげ》のさやけさ

左京大夫《さきょうのだいぶ》顕輔《あきすけ》

鑑賞　秋の夜の雲間からもれ出るさわやかな月光

『新古今集』の詞書《ことばがき》に「崇徳院《すとくいん》に百首歌たてまつりけるに」とある。崇徳院に奉られた百首歌というのは『久安百首《きゅうあんひゃくしゅ》』（↓77）のことである。

秋ならではの季節の感覚を、夜空の景によってとらえた歌である。さわやかな秋風が吹きわたって、天空の雲が流れるように走る。そして、たなびく雲がにわかに切れ目をつくって、澄明な月の光がもれ出てくる、その一瞬をとらえた秋の夜空の光景である。このように刻々と変化する夜空の景は、まさしく秋という季節だからである。平明な調べの中に、秋の夜の清澄な美しさが描き出されている一首といえよう。

歌意　秋風によってたなびいている雲の切れ間から、もれさしてくる月の光の、なんとくっきりと澄《す》みきっていることよ。

［所載歌集：『新古今集』秋上（四一三）］

名	格助	動・カ四・連体	名	格助	名	格助
秋風	に	たなびく	雲	の	絶え間	より
動・ダ下二・連体	名	格助	名	格助	名	
もれ出づる	月	の	影	の	さやけさ	

作者　一〇九〇～一一五五　藤原顕輔。藤原顕季《あきすえ》の子。勅撰集『詞花集《しかしゅう》』の撰者。

語句・語法　●**秋風に**　「に」は動作・作用の原因・理由を示す格助詞。秋風によって。●**たなびく雲**　横に長くひく雲。●**絶え間より**　「絶え間」は、切れ間。とぎれたすき間。「より」は、起点を示す格助詞。●**もれ出づる**　下二段動詞「もれ出づ」の連体形。●**月の影**　月光。「影」は、光のこと。●**さやけさ**　形容詞「さやけし」の名詞化した形。くっきりと澄みきっていること。視覚にも聴覚にも用いられる。体言止め。

表現　体言止め

光琳カルタ

80

長《なが》からむ(ン)　心《こころ》も知《し》らず　黒髪《くろかみ》の
乱《みだ》れて今朝《けさ》は　ものをこそ思《おも》へ(エ)

待賢門院堀河《たいけんもんいんのほりかわ》

鑑賞　後朝《きぬぎぬ》の黒髪の乱れにつのらせる恋のもの思い

この歌も崇徳院《すとくいん》の主催した『久安百首《きゅうあんひゃくしゅ》』(→77・79)で詠まれた歌。作者は、この一首を、男が届けてきた後朝《きぬぎぬ》の歌に対する返歌という趣向で詠んでいる。

「長からむ心」は、相手の男の言う、これからも変わることがないとする誠実な心。しかし、ここでの女には、相手の男の心を信じきることができない。また「黒髪の乱れ」は、逢瀬《おうせ》の後の余韻を、女の側から、官能的に言い表した言葉である。背丈よりも長い黒髪がしどけなく乱れ、つややかにうねっている。その黒髪のあやしいまでの美しさは、同時に女の千々《ちぢ》に思い乱れる心をも言い表していよう。男が立ち去って、ひとりですごす時間が経つにつれて、恋するがゆえの疑いと不安と不信がしだいにつのってくるのである。

「黒髪の乱れ」に象徴される恋のもの思いを、情感ゆたかに詠んだ一首である。

歌意　末長く変わらないという、あなたのお心もはかりがたく、お逢いして別れた今朝は、黒髪が乱れるように心が乱れて、あれこれともの思いをすることです。

［所載歌集：『千載集』恋三（八〇二）］

長から	形・ク・未然
む	助動・婉曲・連体
心	名
も	係助
知ら	動・ラ四・未然
ず	助動・打消・連用
黒髪	名
の	格助
乱れ	動・ラ下二・連用
て	接助
今朝	名
は	係助
もの	名
を	格助
こそ	係助
思へ	動・ハ四・已然

係り結び（こそ…思へ）

作者　十二世紀前半の人。待賢門院《たいけんもんいん》に仕える。院政期歌壇の代表的な女流歌人。

語句・語法　●**長からむ心**　末長く変わらない心。「長し」は、「黒髪」の縁語。助動詞「む」は、ここでは婉曲の意。「心」は、相手の男の心。●**知らず**　ここでは、期待できなくて、ぐらいの気持ち。「ず」は、打消の助動詞の連用形。終止形とする説もある。●**黒髪の乱れて**　上からは「黒髪の乱れて」、下へは「乱れて今朝はものをこそ思へ」という二重の文脈になっている。「乱れて」は、黒髪が乱れたさまであるが、同時に心の状態をもさす。また、この「乱れて」も、「黒髪」の縁語。●**今朝は**　この表現から、いわゆる後朝《きぬぎぬ》（男女が共寝をした翌朝）の歌であることがわかる。●**ものをこそ思へ**　「思へ」は、四段動詞の已然形で、強意の係助詞「こそ」の結び。

表現　縁語

豊明絵草子《とよのあかりえそうし》

ほととぎす　鳴《な》きつる方《かた》を　ながむれば
ただ有明《ありあけ》の　月《つき》ぞ残《のこ》れる

後徳大寺左大臣《ごとくだいじのさだいじん》

歌意　ほととぎすが鳴いた方をながめると、そこにはただ有明の月が残っているだけである。

［所載歌集：『千載集』夏（一六一）］

ほととぎす	鳴き	つる	方	を	ながむれ	ば
名	動・カ四・連用	助動・完了・連体	名	格助	動・マ下二・已然	接助

ただ	有明	の	月	ぞ	残れ	る
副	名	格助	名	係助	動・ラ四・命令	助動・存続・連体

係り結び（ぞ―る）

作者　一一三九～一一九一　藤原実定《ふじわらのさねさだ》。右大臣藤原公能《きんよし》の子。定家《さだいえ》（↓97）の従兄弟《いとこ》。管弦や今様《いまよう》にもすぐれる。

語句・語法　●**ほととぎす**　初夏の代表的な景物として歌によく詠まれる。平安時代には、夏の到来を知らせる鳥として、とりわけその初音《はつね》（その季節に初めて鳴く声）が賞美された。●**鳴きつる方**　今鳴いた方角。「つる」は、完了の助動詞「つ」の連体形。一般に「つ」は、人為的・意識的動作を表す動詞につき、「ぬ」は、無作為的・自然的動作を表す動詞につくことが多い。ここでは、あえて「つ」を用いて、擬人的な要素を強調している。●**ながむれば**　「ながむ」の已然形に、接続助詞「ば」がついて、順接の確定条件を示す。●**ただ**　副詞。「残れる」を修飾する。●**有明の月ぞ残れる**　「有明の月」は、夜明け方、まだ空に残っている月。「る」は、存続の助動詞「り」の連体形で、強意の係助詞「ぞ」の結び。

鑑賞　ほととぎすの鳴いた方角にはただ有明の月

季節の推移に敏感な王朝の人々は、夏の到来を告げるほととぎすをことのほか愛し、特にその初音《はつね》を聞くことを稀求《ききゅう》し、夜を明かして待つことも多かったという。この鳥は、夜明け前のまだ暗い時分に鳴くことが多かったのである。上二句は、ほととぎすの鳴く瞬間をとらえた表現。ここでは、ようやくそれを聞くことのできた喜びが詠まれている。そして即座に反応するように、声のした方角をながめてみると、そのほととぎすの姿はすでに見えず、ただ初夏の「有明の月」が目に入ってくる、というのである。

これは、「暁ニ聞ク二郭公《ほととぎす》ヲ一」という題で詠まれた歌。「ほととぎす」と「有明の月」を取り合わせて詠むという着想は、けっして珍しくはないが、「ながむれば」を境にして上二句の聴覚から下二句の視覚へとなめらかに転じている点に、この歌のすぐれた特徴がある。また、「ただ……残れる」という表現には、ほととぎすの飛び去った後の軽い喪失感もあり、それが一つの余情を生んでいる。

ほととぎす

思《おも》ひわび(イ) さても命《いのち》は あるものを
憂《う》きにたへ(エ)ぬは 涙《なみだ》なりけり

道《どう》因《いん》法《ほう》師《し》

歌意 つれない人ゆえに思い悩んで、それでも命はこうしてあるものなのに、そのつらさに堪《た》えないでこぼれ落ちるのは涙だったよ。

［所載歌集：『千載集』恋三（八一八）］

思ひわび	さても	命	は	ある	ものを		
動・バ上二・連用	副	名	係助	動・ラ変・連体	接助		
憂き	に	たへ	ぬ	は	涙	なり	けり
形・ク・連体	格助	動・ハ下二・未然	助動・打消・連体	係助	名	助動・断定・連用	助動・詠嘆・終止

作者 一〇九〇～一一八二？ 俗名藤原敦頼《ふじわらのあつより》。歌道への執着が強く、逸話も多い。

語句・語法 ●**思ひわび** この「思ひわぶ」は、恋歌に多く用いられる心情語の一つで、自分につれない相手ゆえに思い悩む気持ちを表す。 ●**さても** そうであっても。「思ひわび」を受ける。 ●**命はあるものを** 係助詞「は」は、他と区別する働きをもつ。ここでは、下の「涙」と対照的な表現として、「涙」がつらさに堪《た》えられないのに対して、「命」は堪えて生きながらえている、と区別している。「ものを」は、逆接の接続助詞。 ●**憂きに** つらいことに。形容詞「憂し」の連体形に、格助詞「に」がついた形。「憂し」は、思うことのかなわぬ憂鬱《ゆううつ》。自分の運命を顧みる気持ちから用いられることが多い。 ●**涙なりけり** 「なり」は、断定の助動詞の連用形。助動詞「けり」は、初めて気づいた感動を表す。

鑑賞 思うにまかせず涙を誘う恋のつらさ

自らの意志や理性では制御できない恋心を、「命」と「涙」とを対比させて詠んだ歌である。

初句の「思ひわぶ」という上二段活用の複合動詞は、和歌ではそのほとんどが恋歌に用いられている。この言葉は、つれない人のことをひたすら思い続けて、すでに思う気力さえ失ってしまったという気持ちを表している。こうした状態に、「命」（肉体的な生命）は堪《た》えて生きながらえているのに、堪えられないのは「涙」（心の象徴）であったのだ、というのである。

「思ひわぶ」の語の用い方からみて恋歌らしい表現の歌であるが、あるいはこれは、作者の人生そのものに対する述懐の歌とみることもできるかもしれない。老境にいたった人間の、心の嘆きが聞こえてくるような悲しい調べの歌であるともいえよう。

泣く男（源氏物語絵巻　柏木）

世《よ》の中《なか》よ　道《みち》こそなけれ　思《おも》ひ《(イ)》入《い》る
山《やま》の奥《おく》にも　鹿《しか》ぞ鳴《な》くなる
皇太后宮《こうたいごうぐうの》大夫《だいぶ》俊成《としなり》

[所載歌集：『千載集』雑中（一一五一）]

歌意　この世の中には、逃れる道はないものだ。いちずに思いつめて入った山の奥にも、悲しげに鳴く鹿の声が聞こえる。

奥山の静けさ▼　人里離れた奥深い山中は、仏道修行にはふさわしく、孤独な静けさをたたえている。そうした所で鳴く鹿の声は、聞く者の心をいっそう孤独にさせる。

世の中	名
よ	間助
道	名
こそ	係助
なけれ	形・ク・已然
思ひ入る	動・ラ四・連体
山	名
の	格助
奥	名
に	格助
も	係助
鹿	名
ぞ	係助
鳴く	動・カ四・終止
なる	助動・推定・連体

係り結び（こそ―なけれ）
係り結び（ぞ―なる）

鑑賞　現世から容易に逃れることのできない憂愁

上二句では、自分の行くべき道のない憂愁が詠嘆されている。「道」とは、世の中のつらさを逃れる出家遁世の道のことであろう。しかし、隠遁《いんとん》しようと決意して深山《みやま》に入ってみても、世俗の憂愁から逃れられない嘆きが、下三句には吐露《とろ》されている。鹿は悲しげな声で鳴くものという伝統的な発想をふまえながら、ここでは、その山奥で鳴く鹿の声から、世俗的なものを容易に捨てきれないと実感する。いわば、憂愁が、人間であるがゆえの証《あかし》として詠みこまれている。

『千載集《せんざいしゅう》』の詞書《ことばがき》には「述懐の百首歌詠みはべりける時、鹿の歌とて詠める」とある。『述懐百首』は、家集の『長秋詠藻《ちょうしゅうえいそう》』によれば、俊成二十七、八歳のころに詠まれた百首歌である。このころ、西行《さいぎょう》をはじめとして作者周辺の友人が次々に出家している。俊成自身、これからの自分の生きていく道を、真剣に探りあてようとしていた時期にあたっていたのかもしれない。

作者　一一一四～一二〇四　藤原俊成《ふじわらのとしなり》。定家《さだいえ》（→97）の父。余情・幽玄を唱える。勅撰集『千載集』の撰者。歌学書に『古来風体抄《こらいふうていしょう》』。

語句・語法　●**世の中よ**　「よ」は、詠嘆の間投助詞。●**道こそなけれ**　逃れる道はないのだ、の意。「道」には、てだて、ぐらいの気持ちがこめられる。「こそ」は、強意の係助詞。「なけれ」は、その結びで、形容詞「なし」の已然形。●**思ひ入る**　隠遁《いんとん》しようと深く考えて、山に入る。四段活用の複合動詞「思ひ入る」は、深く考えこむこと。この「入る」に、山に「入る」が重ねあわされる。●**山の奥にも**　「山の奥」には、俗世間から離れた場所、ぐらいの気持ちがこもる。「も」は、山の奥もまた、の意。●**鹿ぞ鳴くなる**　鹿が鳴いているようだ。「ぞ」は、強意の係助詞。「なる」は、聴覚による推定の助動詞「なり」の連体形で、「ぞ」の結び。「鹿」は、秋を代表する動物。雄鹿《おじか》が雌鹿《めじか》を慕って鳴くとして、その哀れさが多く歌に詠まれる。

表現　二句切れ

藤原俊成
（冷泉家時雨亭文庫蔵）

ながらへ（エ）ば　またこのごろや　しのばれむ（ン）
憂《う》しとみし世《よ》ぞ　今《いま》は恋《こひ》（コイ）しき
藤原清輔朝臣《ふじわらのきよすけあそん》

鑑賞　時の流れを思いながらのわが人生の述懐

作者は、現在から過去を思い（下の句）、将来の自分から過ぎ去った現在を仮想し（上の句）、時の流れの不可思議な力に思いをはせている。つらいと思った昔のころのことが今ではかえって懐かしいと感じられるように、これから先生きながらえるならば、今のつらさもまた懐かしい思い出になるのだろうかと推しはかり、自らを慰めているのである。もとより、過去のつらさが後に懐かしまれるというのは、現在が憂愁に満ちているからである。わが人生の不幸をかみしめながら、そこに諦観《ていかん》の心の静けさをさえ見出しているのであろう。

このように述懐する作者を、どのような事情がとりまいていたのかは明らかではない。しかし、父顕輔《あきすけ》（→79）とは長い間不和であったと伝えられ、不遇な青春時代を過ごしたといわれる。

歌意　この先生きながらえるならば、つらいと感じているこのごろもまた、懐かしく思い出されることだろうか。つらいと思って過ごした昔の日々も、今では恋しく思われることだから。

［所載歌集：『新古今集』雑下（一八四三）］

動・ハ下二・未然	接助	副	名	係助	動・バ四・未然	助動・自発・未然	助動・推量・連体	
ながらへ	ば	また	このごろ	や	しのば	れ	む	
形・ク・終止	格助	動・マ上一・連用	助動・過去・連体	名	係助	名	係助	形・シク・連体
憂し	と	み	し	世	ぞ	今	は	恋しき

係り結び（や―む）
係り結び（ぞ―恋しき）

作者　一一〇四〜一一七七　藤原顕輔《ふじわらのあきすけ》（→79）の子。歌学にすぐれ、当時の歌壇の第一人者となる。歌学書に『袋草子《ふくろぞうし》』など。

語句・語法　●**ながらへば**　もしもこの世に生きながらえるならば。下二段動詞「ながらふ」の未然形に、接続助詞「ば」がついて、仮定条件を示す。●**このごろやしのばれむ**　「このごろ」は、下に「憂しとみし世」とあることから推して、つらいことの多いこのごろ。「や」は、疑問の係助詞。「しのぶ」は、「偲《しの》ぶ」で、懐かしく思う意。「れ」は、自発の助動詞「る」の未然形。「む」は、推量の助動詞「む」の連体形で、係助詞「や」の結び。●**憂しとみし世**　作者自身が経験してきたつらかった過去をさす。形容詞「憂し」は、つらい・憂鬱《ゆううつ》だ、の意。「し」は、過去の助動詞「き」（体験に基づく回想）の連体形。●**今は恋しき**　過去と区別する意味で「今は」とした。「恋しき」は、形容詞の連体形。上の係助詞「ぞ」の結び。

表現　三句切れ

夜《よ》もすがら　もの思《おも》ふ(ウ)ころは　明《あ》けやらで
閨《ねや》のひまさへ(エ)　つれなかりけり

俊《しゅん》恵《え》法《ほう》師《し》

歌意 一晩中もの思いに沈んでいるこのごろは、夜がなかなか明けきれないで、つれない人ばかりか、寝室のすき間までがつれなく思われるのだった。

［所載歌集：『千載集』恋二（七六六）］

夜もすがら	もの思ふ	ころ	は	明けやら	で
副	動・ハ四・連体	名	係助	動・ラ四・未然	接助
閨	の	ひま	さへ	つれなかり	けり
名	格助	名	副助	形・ク・連用	助動・詠嘆・終止

作者 一一一三～一一九一？　源俊頼《みなもとのとしより》（→74）の子。鴨長明《かものちょうめい》の和歌の師。自宅の歌林苑《かりんえん》で、歌合、歌会を毎月開催する。

語句・語法 ●**夜もすがら**　一語の副詞で、夜通し・一晩中、の意。「もの思ふ」にかかる。●**もの思ふころは**　ここでの「もの思ふ」は、つれない恋人のことでもの思いをする意。「ころ」には、この晩だけでなく、幾夜ももの思いをしている意がこめられる。●**明けやらで**　夜が明けきれないで。「明けやる」は、下二段動詞「明く」の連用形に、「すっかり……し終える」意の補助動詞「やる」がついた語。その未然形に、打消の意の接続助詞「で」がついた形。●**閨のひまさへ**　「閨《ねや》」は、寝室。「ひま」は、すき間。「さへ」は、つれない人はもとより、寝室の戸のすき間までも、の意。●**つれなかりけり**　形容詞「つれなし」の連用形に、詠嘆の助動詞「けり」のついた形。「つれなし」は、ここでは、冷淡だ・無情だ、の意。対人関係では、男女の人間関係について用いられることが多い。

鑑賞
寝室のすき間までもつれなく思われる一人寝のわびしさ

『千載集《せんざい》』の詞書《ことばがき》に「恋の歌とて詠める」とある、題詠の歌。ひとり寝室で恋に悩んでいる女の立場に立って詠んでいる。この時代、男性歌人が女の立場で詠んだ歌が、少なくない。

一晩中恋のもの思いをし続ける女にとっては、夜が早く明けてほしいと願わずにはいられないであろう。しかし、夜はなかなか明けることなく、ひとすじの光もさしこんではこない。その時、つれない恋人はもとより、「閨《ねや》のひま」までもつれないと感じられるのである。暗い閨の中に身を置いていると、思うにまかせない恋をしている自分が、いいようもなく不安になってくるのである。

なお、俊恵の家集『林葉集《りんよう》』や、『千載集』、百人一首の古い写本には「明けやらぬ」とあり、本文としてはその方が原形であると考えられる。

嘆《なげ》けとて　月《つき》やはものを　思は《(ワ)》する
かこち顔《がほ》《(ガオ)》なる　わが涙《なみだ》かな

西《さい》行《ぎょう》法《ほう》師《し》

［所載歌集：『千載集』恋五（九二九）］

歌意 嘆けといって月が私にもの思いをさせるのか、いやそうではない。それなのに、月のせいだとばかりに言いがかりをつけるように、流れる私の涙であるよ。

月▼ 平安時代のはじめごろから、月を見ることは忌《い》むべきこと、という考え方もあった。当時の人々が愛読した唐の詩人白楽天《はくらくてん》の『白氏文集《はくしもんじゅう》』などの影響とも思われる。月を見ていると知らず知らずにもの思いをかかえこんでしまうという発想は、和歌にも物語にも多く見られる。

嘆け とて 月 やは もの を 思は する かこち顔なる わが 涙 かな

嘆け	動・カ四・命令
とて	格助
月	名
やは	係助
もの	名
を	格助
思は	動・ハ四・未然
する	助動・使役・連体
かこち顔なる	形動・ナリ・連体
わ	代
が	格助
涙	名
かな	終助

係り結び(やは―する)

鑑賞 月に相対《あいたい》して恋する人を思いふと落涙する

作者の西行《さいぎょう》は出家者でありながら、意外なことにその作品には恋の歌が多い。また、この歌と同様に「恋しさをもよほす月の影なればこぼれかかりてかこつ涙か」(『山家集《さんか》』)などと、月と恋を結びつけた作品も少なくない。この歌は、「月前ノ恋」を詠んだ、題詠の歌である。月に相対《あいたい》していると、おのずとあふれ出てくる涙。その涙を「かこち顔なる」と巧みに擬人化しながら、落涙《らくるい》の原因を月のせいであるかのように、その罪を押しつけてみる。「わが涙」という言い方も、自分と涙との間に距離を置いた表現である。しかし、実は、かなわぬ恋の嘆きゆえの悲しみの涙がこみあげているというのである。月が人にもの思いをさせたり、恋人の面影《おもかげ》を宿しているというのは、そもそも和歌の伝統的な発想であった。

明るい月の光に照らし出され、悲嘆に暮れている人間の、静かに孤独な姿が目に浮かぶ一首である。

西行庵(京都市円山公園内)

作者 一一一八〜一一九〇 俗名佐藤義清《のりきよ》。二十三歳で出家。諸国を行脚《あんぎゃ》する。天性の歌人と評される。家集に『山家集《さんか》』。

語句・語法 ●**嘆けとて** 月が人に嘆けと言って。月が**擬人化**された表現。「嘆け」は、四段動詞「嘆く」の命令形。「とて」は、……と言って、の意の格助詞。●**月やはものを思はする** 「やは」は、反語を表す複合の係助詞。反語の意を表す。「思はする」は、四段動詞の未然形「思は」に、使役の助動詞「す」の連体形「する」がついた形。「する」は、上の係助詞「やは」の結び。●**かこち顔なる** 複合の形容動詞「かこち顔なり」の連体形。「かこち顔」は、うらめしそうな顔つき。もとの動詞「かこつ」は、他のもののせいにする・言いがかりをつける、の意。ここでは、月に罪を負わせるような様子である、の気持ち。この語は、和歌では西行以前に確かな例が見出せない。「……顔」という言い方は、一種口語的な語感をもった表現。●**わが涙かな** 「かな」は、詠嘆の終助詞。「涙」が**擬人化**されている。

表現 三句切れ・擬人法

村雨《むらさめ》の　露《つゆ》もまだひぬ　真木《まき》の葉《は》に　霧《きり》立《た》ちのぼる　秋《あき》の夕《ゆふ》（ユウ）暮《ぐ》れ

寂蓮《じゃくれん》法師《ほうし》

鑑賞　村雨の後の霧がたちのぼる深山の秋の夕暮れ

秋の夕暮れの美の典型を詠んだ歌。

上の句では近景に焦点を合わせ、紅葉する木々ではなく、常緑の木木をとらえている。人々の往来もほとんどない深山《みやま》の中であろう。また下の句では、視点を変えて遠景をとらえるという構成によっている。視野は天空にまで広がっている。句切れがなく、すべて結句の「秋の夕暮れ」に集約していく趣《おもむき》でもある。

にわかに降り過ぎていった雨、真木の緑の葉に宿っている露、雨上がりの冷気の中でわきあがってくるほの白い夕霧。自然の動的な変化がみごとにとらえられている。そうした変化の中にあって、晩秋の深山の静寂さが深まっているのである。

寂蓮《じゃくれん》には、三夕《さんせき》の歌の一首として名高い「さびしさはその色としもなかりけり真木立つ山の秋の夕暮れ」の歌もある。

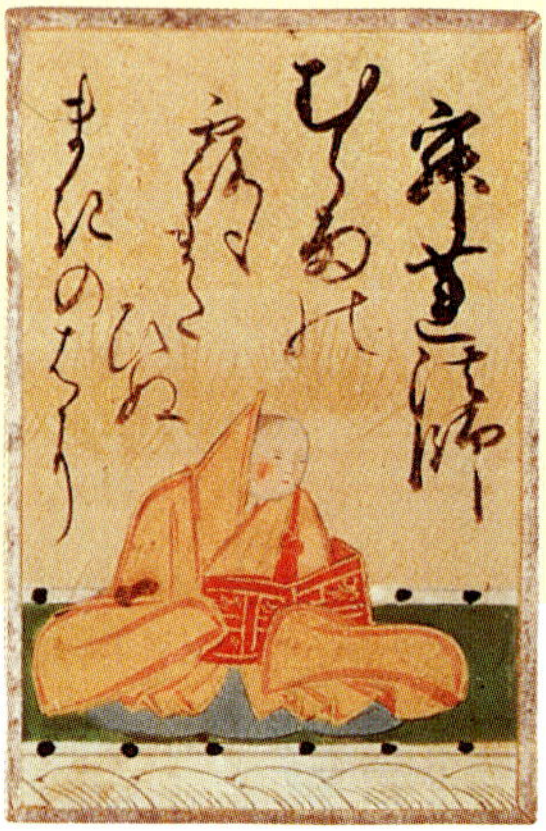

歌意　降り過ぎていった村雨の露もまだ乾いていない真木の葉のあたりに、霧がほの白くわきあがってくる秋の夕暮れであるよ。

［所載歌集：『新古今集』秋下（四九一）］

村雨	の	露	も	まだ	ひ	ぬ
名	格助	名	係助	副	動・ハ上一・未然	助動・打消・連体

真木	の	葉	に	霧	立ちのぼる	秋	の	夕暮れ
名	格助	名	格助	名	動・ラ四・連体	名	格助	名

作者　一一三九？〜一二〇二　俗名藤原定長《ふじわらのさだなが》。『新古今集』の撰者の一人であるが、完成前に没。

語句・語法　●**村雨**　にわか雨。特に、秋から冬にかけて断続的に激しく降る雨のこと。　●**露**　ここでは、村雨の残したしずく。　●**まだひぬ**　まだ乾かない。「ひぬ」は、上一段動詞「干《ひ》る」の未然形「ひ」に、打消の助動詞「ず」の連体形「ぬ」のついた形。　●**真木の葉に**　「真木」は、杉・檜《ひのき》・槇《まき》などの常緑樹の総称。今日の「槇」だけに限らない。「に」は、場所を示す格助詞。　●**霧**　秋の景物。同じ自然現象であるが、平安時代以降、春のものを「霞《かすみ》」、秋のものを「霧」と呼んだ。　●**立ちのぼる**　「立つ」「のぼる」の動詞を複合させて、ほの白い霧が静かに這《は》いのぼってくる感じを強調する。　●**秋の夕暮れ**　平安朝の和歌では、秋は寂しさのつのる季節、夕暮れももの思いをさせる時間帯とされる。**体言止め**。

表現　体言止め

霧にけむる樹林▼「真木《まき》」は、語句・語法でも説明したように、杉・檜《ひのき》・槙《まき》などの総称。村雨に洗われた後、大地から吹き出すように立ちのぼる霧に、樹林がつつみこまれる。そのような大自然の息吹《いぶき》の中に、やがて暮れゆく秋の美を見出《みいだ》したのが、この寂蓮法師《じゃくれんほうし》の歌である。

難波江《なにはえ》（ナニワ）の　芦《あし》のかりねの　ひとよゆゑ（エ）
みをつくしてや　恋《こ》ひ（イ）わたるべき

皇嘉門院別当《こうかもんいんのべっとう》

歌意　難波《なにわ》の入り江の芦《あし》の刈《か》り根の一節《ひとよ》ではないが、ただ一夜《ひとよ》の仮寝のために、あの澪標《みおつくし》のように身を尽くして恋い続けなければならないのでしょうか。

［所載歌集：『千載集』恋三（八〇七）］

語	品詞
難波江	固名
の	格助
芦	名
の	格助
かりね	名
の	格助
ひとよ	名
ゆゑ	名

語	品詞
み	名
を	格助
つくし	動・サ四・連用
て	接助
や	係助
恋ひわたる	動・ラ四・終止
べき	助動・推量・連体

係り結び（や……べき）

鑑賞　難波江の芦の間の短かさのような一夜限りのはかない恋

『千載集《せんざいしゅう》』の詞書《ことばがき》によれば、「旅宿に逢ふ恋」という題で詠んだ女の歌である。

ただ一夜だけの旅の宿でのはかない恋。女はそれゆえに、この先ずっと恋いこがれ続けなければならないと、その哀《かな》しい運命を実感していることになろう。そうした女の姿を、言葉の技巧を駆使しながら描き出した歌である。

当時、難波《なにわ》の江口《えぐち》あたりは、多くの遊女がいたことで知られる。この歌の作者は、そうした遊女の立場に身を置いて、恋のはかなさを、旅人とのただ一夜だけの官能的な恋として、このように詠んでみせたのだろうか。

一首は、人と人との運命的な出逢いを念頭において、はかない恋の心を詠んだ歌である。

作者　十二世紀の人。太皇太后宮亮《たいこうたいごうぐうのすけ》　源《みなもとの》俊隆《としたか》の娘。崇徳《すとく》天皇（↓77）の皇后、皇嘉門院聖子《こうかもんいんせいし》に仕える。

語句・語法　●**難波江**　摂津国《せっつのくに》難波《なにわ》（大阪市）の入り江。低湿地で、芦が群生していた（↓19）。下の「芦」「刈《か》り根」「一節《ひとよ》」「澪標《みをつくし》」は、「難波江」と**縁語**。●**芦のかりね**　「難波江の芦の」が**序詞《じょことば》**で、「かりねのひとよ（刈り根の一節）」を導く。「かりね」は、「刈り根（刈り取った根）」と「仮寝（旅先での仮の宿り）」との**掛詞《かけことば》**。●**ひとよ**　「一節（節と節の間。短いことのたとえ）」と「一夜」の**掛詞**。●**みをつくしてや**　「みをつくし」は、「澪標（船の航行の目印に立てられた杭《くい》）」と「身を尽くし（身を滅ぼすほどに恋いこがれる）」の**掛詞**（↓20）。「や」は、疑問の係助詞。●**恋ひわたるべき**　「……わたる」は、ここでは時間的に長く続く意。「べき」は、推量の助動詞「べし」の連体形で、上の係助詞「や」の結び。

表現　序詞・掛詞・縁語

玉《たま》の緒《を》(オ)よ　絶《た》えなば絶《た》えね　ながらへ(エ)ば
忍《しの》ぶることの　よわりもぞする

式子内親王《しょくしないしんのう》

鑑賞　わが命絶えよと訴えたいほどの忍ぶ恋の激しい思い

『新古今集』の詞書《ことばがき》に「百首歌の中に忍恋《ブル》を」とある。ひそかに自分の心の中に秘める恋が、「忍恋《ブル》」である。

忍ぶ恋ゆえの張りつめた思いが、一首を貫いている。初句で自らの命に呼びかけ、続く第二句では忍ぶ恋のせつなさから「絶えなば絶えね」と命令形ではげしく訴えかける。このように上二句には、抑えようとして抑えきることのできない、堰《せき》を切ったような恋の激情が表出されている。

しかし、自らに死を命ずる激情の表現が、「ながらへば」という条件句を境に一転し、下二句では、心の中に秘めきれず他人に気づかれてしまうかもしれないという、不安におののく心細い心情が表されている。そうした言葉の工夫に、恋の感情の起伏が鮮明に表現されている。

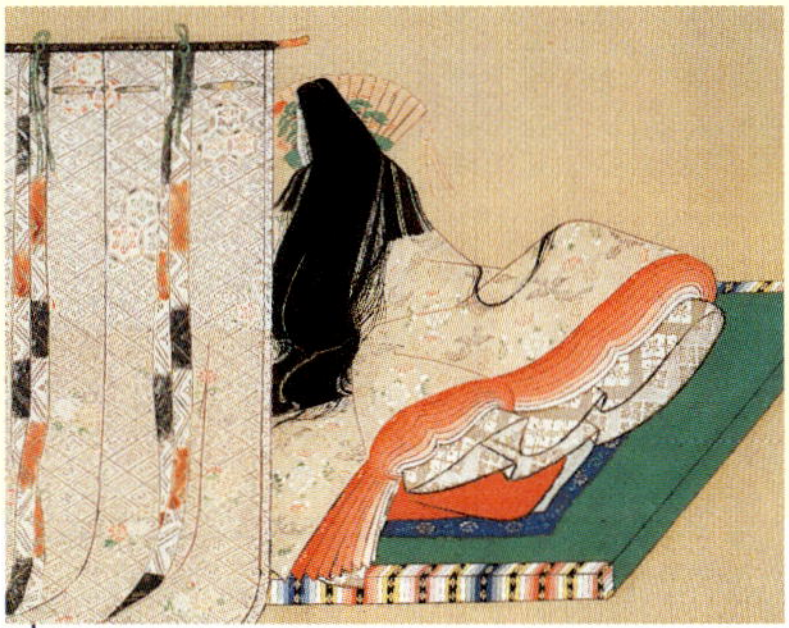

式子内親王（狩野探幽筆）

歌意　わが命よ、絶えてしまうのならば絶えてしまえ。このまま生きながらえているならば、堪《た》えしのぶ心が弱まると困るから。

［所載歌集：『新古今集』恋一（一〇三四）］

玉の緒	よ	絶え	な	ば	絶え	ね
名	間助	動・ヤ下二・連用	助動・完了・未然	接助	動・ヤ下二・連用	助動・完了・命令

ながらへ	ば	忍ぶる	こと	の	よわり	も	ぞ	する
動・ハ下二・未然	接助	動・バ上二・連体	名	格助	動・ラ四・連用	係助	係助	動・サ変・連体

（ぞ―する：係り結び）

作者　一一四九～一二〇一　後白河《ごしらかわ》天皇の第三皇女。賀茂《かも》神社の斎院《さいいん》を勤め、後に出家する。新古今時代の代表的な女流歌人。

語句・語法　●**玉の緒**　本来、玉を貫いた緒《お》(ひも)、の意であるが、ここでは、魂《たま》を身体につないでおく緒の意で、命そのもの。下の「絶え」「ながらへ」「よわり」は、それぞれ「緒」の縁語。　●**絶えなば絶えね**　下二段動詞「絶ゆ」の連用形に、完了の助動詞「ぬ」の未然形「な」、それに接続助詞「ば」がついて、順接の仮定条件を表す。「ね」は、完了の助動詞「ぬ」の命令形。強い語気を含む。
●**ながらへば**　下二段動詞「ながらふ」の未然形に、接続助詞「ば」のついた形で、順接の仮定条件を表す。
●**忍ぶる**　上二段動詞「忍ぶ」の連体形。こらえる意。
●**よわりもぞする**　係助詞「も」「ぞ」が重なると、……すると困る、という気持ちを表す。ここでは、秘めた恋心があらわれることへの危惧《きぐ》。

表現　二句切れ・縁語

見《み》せばやな　雄島《をじま》(オ)のあまの　袖《そで》だにも
ぬれにぞぬれし　色《いろ》はかは(ワ)らず

殷富門院大輔《いんぷもんいんのたいふ》

歌意 血の涙で変わってしまった私の袖《そで》をお見せしたいものです。松島の雄島《おじま》の漁師の袖でさえ、波に洗われて濡《ぬ》れに濡れてしまいましたが、色は変わりませんのに。

［所載歌集：『千載集』恋四（八八六）］

見せ	動・サ下二・未然
ばや	終助
な	終助
雄島	固名
の	格助
あま	名
の	格助
袖	名
だに	副助
も	係助
ぬれ	動・ラ下二・連用
に	格助
ぞ	係助
ぬれ	動・ラ下二・連用
し	助動・過去・連体
色	名
は	係助
かはら	動・ラ四・未然
ず	助動・打消・終止

係り結び（ぞ…し）

作者 一一三一?〜一二〇〇?　藤原信成《ふじわらののぶなり》の娘。後白河《ごしらかわ》天皇の皇女亮子《りょうし》内親王（殷富門院《いんぷもんいん》）に仕える。

語句・語法 ●**見せばやな**　「見せ」は、下二段動詞「見す」の未然形。「ばや」は、願望の終助詞。「な」は、詠嘆の終助詞。●**雄島**　陸奥《みちのく》（宮城県）の松島湾内の島の一つ。●**あまの袖だにも**　「あま」は、漁師。男女ともに用いる。副助詞「だに」は、……でさえ・せめて……、の意。いつも海水で濡《ぬ》れる漁師の袖でさえ。言外に、まして私の袖は、の意をこめる。●**ぬれにぞぬれし**　「ぬれ」は、下二段動詞「濡る」の連用形。この格助詞「に」は、同じ動詞を「連用形＋に＋連用形」と繰り返して強調の意を表す。「し」は、過去の助動詞「き」の連体形で、上の強意の係助詞「ぞ」の結び。●**色はかはらず**　漁師の袖の色は変わらない。言外に、私の袖の色は、血の涙で色が変わってしまったが、の意をこめる。

表現 初句切れ・四句切れ・本歌取

鑑賞　恋のつらさから血の涙で染まった袖

『千載《せんざい》集』の詞書《ことばがき》に「歌合しはべりける時、恋の歌とて詠める」とある、題詠の歌である。

この歌は、源重之《みなもとのしげゆき》（↓48）の「松島や雄島《をじま》の磯《いそ》にあさりせしあまの袖《そで》こそかくはぬれしか」を本歌として詠んだ、いわゆる本歌取《ほんかどり》の歌である。本歌取とは、古い歌の表現の一部を意識的に取り入れて作歌する方法である。ここでは、「松島の雄島の漁師の袖は、涙にひどく濡《ぬ》れた私の袖と同じようだ」という歌意をうけて、「重之の袖は濡れただけだが、私の袖は濡れたうえに色まで変わってしまった」と詠んでいることになる。重之の歌に答える返歌のような形で詠まれているが、こうした表現も、当時の本歌取の一つの詠み方であった。

なお、深い悲しみの涙を「血涙」（紅涙）というのは、漢詩文の影響による誇張された表現である。

光琳カルタ

松島▼　宮城県の松島は、今日でも日本三景の一つに数えられる名勝の地。大小さまざまな島が点在する海岸美の典型である。「雄島《おじま》」はその群島の一つで、和歌では「あま(漁夫)」を連想させる言葉になっている。

91

きりぎりす　鳴《な》くや霜夜《しもよ》の　さむしろに
衣《ころも》かたしき　ひとりかも寝《ね》む（ン）

後京極摂政前太政大臣《ごきょうごくせっしょうさきのだいじょうだいじん》

歌意　こおろぎの鳴く、霜のおりる寒い夜、むしろの上に衣の片方の袖《そで》を敷いて、私はひとり寂しく寝るのであろうか。

［所載歌集：『新古今集』秋下（五一八）］

語	品詞
きりぎりす	名
鳴く	動・カ四・連体
や	間助
霜夜	名
の	格助
さ	（接頭）
むしろ	名
に	格助
衣	名
かたしき	動・カ四・連用
ひとり	名
か	係助
も	係助
寝	動・ナ下二・未然
む	助動・推量・連体

係り結び（か……む）

作者　一一六九～一二〇六　藤原良経《ふじわらのよしつね》。関白兼実《かねざね》の二男。『新古今集』の仮名序を執筆。家集に『秋篠月清集《あきしのげっせいしゅう》』。

語句・語法　●**きりぎりす**　今のこおろぎ。秋の代表的景物として、しばしば歌に詠まれる。●**鳴くや霜夜の**　「鳴く」は、四段動詞の連体形で、「霜夜」にかかる。「や」は、詠嘆の間投助詞。「霜夜」は、晩秋の、霜のおりる寒い夜。●**さむしろ**　「さ」は、接頭語。「むしろ」は、藁《わら》や菅《すげ》などで編んだ粗末な敷物。「寒し」との**掛詞《かけことば》**。●**衣かたしき**　昔、共寝の場合は、互いの衣の袖《そで》を敷き交わして寝た。「衣かたしき」は、自分の衣の片袖を下に敷くことで、ひとり寝のこと。●**ひとりかも寝む**　ひとりで寝ることであろうか。「か」は、疑問の係助詞。「も」は、強意の係助詞。「む」は、推量の助動詞「む」の連体形で、「か」の結び。

表現　掛詞・本歌取

鑑賞　**晩秋のきりぎりすの鳴く霜夜のひとり寝のわびしさ**

この歌は、「さむしろに衣かたしき今宵《こよひ》もやわれを待つらむ宇治の橋姫」（『古今集』　恋四・六八九）と「あしびきの山鳥の尾のしだり尾のながながし夜をひとりかも寝む」（↓3）の、二首の恋歌をふまえた、本歌取《ほんかどり》の歌である。また、「我《あ》が恋ふる妹《いも》は逢《あ》はさず玉の浦に衣片《かた》敷きひとりかも寝む」（『万葉集』　巻九・一六九六）にもよっていると考えられている。「きりぎりす」や「さむしろ」の語からは、山里でのひとり住みや旅中の仮寝などが想像されよう。

本歌の恋の情調を漂わせながら、暮れていく秋の寂しさを詠んだ歌であるが、孤独なひとり寝のわびしさと晩秋の寂寥《せきりょう》感とが一つにとけ合っている。この歌は、後鳥羽院《ごとばいん》（↓99）が正治《しょうじ》二（一二〇〇）年に召した「正治二年院初度百首」での作だが、作者は、この百首歌を詠進する直前、妻に先立たれたといわれる。

きりぎりす（今のこおろぎ）

わが袖《そで》は　潮干《しほひ》(シオ)に見《み》えぬ　沖《おき》の石《いし》の
人《ひと》こそ知《し》らね　かわく間《ま》もなし

二条院讃岐《にじょういんのさぬき》

歌意 私の袖《そで》は、引き潮の時にも海中に隠れて見えない沖の石のように、人は知らないだろうが、涙に濡《ぬ》れて乾く間もない。

［所載歌集：『千載集』恋二（七六〇）］

代	名	係助	名	格助	動・ヤ下二・未然	助動・打消・連体	名	格助	名	格助
わが	袖	は	潮干	に	見え	ぬ	沖	の	石	の

名	係助	動・ラ四・未然	助動・打消・已然	動・カ四・連体	名	係助	形・ク・終止
人	こそ	知ら	ね	かわく	間	も	なし

係り結び（こそ―ね）

作者 一一四一?～一二一七? 源三位頼政《げんざんみよりまさ》の娘。はじめ二条天皇に、後に後鳥羽天皇(→99)の中宮、宜秋門院任子《ぎしゅうもんいんにんし》に仕える。

語句・語法 ●**潮干に見えぬ** 「潮干」は、引き潮の状態をさす。「見え」は、下二段動詞「見ゆ」の未然形。「ぬ」は、打消の助動詞「ず」の連体形。●**沖の石の** 「潮干に見えぬ沖の石の」は、次の「人こそ知らねかわく間もなし」を起こす序詞《じょことば》。潮が引くと海岸近くの石は、その姿を見せるが、沖の海中深く沈んでいる石は、潮が引いてもその姿を現さない。●**人こそ知らね** 人は知らないが。「人」は、世間一般の人とも、恋する相手ともとれる。「こそ」は、強意の係助詞。「ね」は、打消の助動詞「ず」の已然形で、上の「こそ」の結び。「こそ……已然形」の形で下に続いていく場合、逆接の意となる。●**かわく間もなし** 初句「わが袖は」を受ける。「間」は、ひと続きの時間。「も」は、強意の係助詞。

表現 序詞・本歌取

鑑賞 海中に隠れて見えない沖の石のように人知れぬ恋の嘆き

「石に寄する恋」の題で詠んだ、題詠の歌である。

恋ゆえの悲しみの涙で、袖《そで》が乾く間《ま》もないことを詠んでいるが、この歌は、和泉式部《いずみしきぶ》(→56)の「わが袖は水の下なる石なれや人に知られでかわく間もなし」(『和泉式部集』)を念頭に置いた本歌取《ほんかどり》の歌である。式部の「水の下なる石」を「潮干に見えぬ沖の石」としたところに、新しい趣向がうかがえる。この歌から、作者は後に「沖の石の讃岐《さぬき》」と呼ばれたという。

涙に濡《ぬ》れている袖を「潮干に見えぬ沖の石」の、常に濡れている様子にたとえているのだが、この「沖の石」はまた、「人こそ知らね」とあるように、作者の秘めた思いを具象化した表現でもある。

なお『千載集《せんざいしゅう》』では、結句を「かわく間ぞなき」と、係り結びによる強調表現にしている。

世《よ》の中《なか》は　常《つね》にもがもな　渚《なぎさ》こぐ
あまの小舟《をぶね》(オ)の　綱手《つなで》かなしも

鎌倉右大臣《かまくらのうだいじん》

［所載歌集：『新勅撰集』羇旅《きりょ》（五二五）］

歌意　この世の中は、永遠に変わらないでほしいものだなあ。この渚《なぎさ》を漕《こ》いでゆく漁師の、小舟に引き綱をつけて引くさまに、身にしみて心動かされることだ。

鎌倉の海▼　作者　源　実朝《みなもとのさねとも》は、鎌倉幕府三代将軍。この歌は、その作者が日ごろ目にしている鎌倉の海岸の実景をもとにしながら、しかも『古今集』の「陸奥《みちのく》はいづくはあれど……」のような、和歌の伝統が培《つちか》ってきた海岸風景も重ねられている趣《おもむき》である。

世の中	は	常に	もがも	な	渚	こぐ	あま	の	小舟	の	綱手	かなし	も
名	係助	形動・ナリ・連用	終助	終助	名	動・ガ四・連体	名	格助	名	格助	名	形・シク・終止	終助

鑑賞 漁夫の小舟を見るにつけ思われる人の世の無常

上二句では、世の中は永遠であってほしい、不変であってほしいと、率直に詠嘆される。これは『万葉集』の「川の上《へ》のゆつ岩群《いはむら》に草生《む》さず常にもがもな常処女《とこをとめ》にて」(巻一・二二)を念頭に置いた表現であるが、永遠を願う思いの根底には、この世を無常と思う気持ちがある。

下三句の海浜の光景は、『古今集』の「陸奥《みちのく》はいづくはあれど塩釜《しほがま》の浦こぐ舟の綱手かなしも」(東歌・一〇八八)によっている。「塩釜の浦」は、今の松島湾(→90)全体をも含む一帯で、有名な歌枕であるが、作者の実朝《さねとも》はおそらく、こうした光景を鎌倉あたりで目にしたのであろう。漁師の日常の営みを見つめ、それに心をゆり動かされた実感が歌いあげられている。

二首の歌を本歌としながら詠まれたこの歌は、人の世の無常に対する感傷の漂う、奥行きの深い風景を詠んだ一首である。

鶴岡八幡宮(鎌倉市)

作者 一一九二〜一二一九 源 実朝《みなもとのさねとも》。源頼朝《よりとも》の次男で、鎌倉幕府の三代将軍。甥《おい》の公暁《くぎょう》に鶴岡《つるがおか》八幡宮《はちまんぐう》で暗殺される。家集に『金槐和歌集《きんかいわかしゅう》』。

語句・語法 ●**世の中** 現在生きているこの世の中。●**常にもがもな** 常に変わらないものであってほしいなあ。「常に」は、形容動詞「常なり」の連用形。永久不変である意。終助詞「もがも」は、実現することの難しそうな事柄についての願望を表す。「な」は、詠嘆の終助詞。●**渚こぐ** 「渚《なぎさ》」は、波打ちぎわ。●**あま** 漁夫。漁師。●**綱手** 船具の一種。舟の先につけて、陸から舟を引いてゆくための引き綱。●**かなしも** 形容詞「かなし」の終止形に、詠嘆の終助詞「も」がついた形。この「かなし」は、心をゆり動かされるような痛切な感情を表す。必ずしも悲哀だけの意には限定されない。

表現 二句切れ・本歌取

源実朝像(大通寺蔵)

み吉野《よしの》の　山《やま》の秋風《あきかぜ》　さ夜《よ》ふけて
ふるさと寒《さむ》く　衣《ころも》うつなり

参議《さんぎ》雅経《まさつね》

歌意　吉野の山の秋風が夜ふけて吹きわたり、古京である吉野の里は寒く、寒々と衣を打つ音が聞こえてくる。

［所載歌集：『新古今集』秋下（四八三）］

み吉野	の	山	の	秋風	さ夜	ふけ	て
固名（接頭）	格助	名	格助	名	名（接頭）	動・カ下二・連用	接助

ふるさと	寒く	衣	うつ	なり
名	形・ク・連用	名	動・タ四・終止	助動・伝聞・推定・終止

作者　一一七〇〜一二二一　藤原雅経《ふじわらのまさつね》。『新古今集』の撰者の一人。和歌・鞠の家である飛鳥井《あすかい》家の祖。

語句・語法　●**み吉野の**　「み」は、美称の接頭語。「吉野」は、大和国、現在の奈良県吉野郡吉野町。雪、または桜の名所として多くの歌に詠まれている。●**さ夜**　この「さ」も接頭語。夜の意。●**ふるさと**　吉野は古代の離宮の地であることから、古く都があった土地（古京）の意で「古里《ふるさと》」と呼ぶ。この意で用いられる場合、人に忘れ去られ、荒れ果てた地というイメージがこめられる。●**寒く**　上から「ふるさと寒く」と続き、下へは「寒く衣うつなり」と続く。●**衣うつなり**　衣を打つ音が聞こえてくる。衣を打つ作業は、衣をやわらかくして光沢を出すための女性の夜なべの作業。助動詞「なり」は、活用語の終止形を受けると、伝聞・推定の意となる。

表現　本歌取

鑑賞　吉野の里の夜ふけの秋風に響きあう砧《きぬた》の音

『新古今集』の詞書《ことばがき》によれば、「擣衣《とうい》」の題を詠んだ、題詠の歌である。擣衣、すなわち衣のつやを出すために衣を打つ砧《きぬた》の響きは、もともと漢詩の世界からとりこまれた情趣であった。李白《りはく》の詩に「長安一片ノ月　万戸打衣ノ声　秋風吹イテ不レ尽キセ……」とあり、この歌もそうした詩の趣向を念頭に置いているとみられる。

この歌はまた、「み吉野の山の白雪つもるらしふるさと寒くなりまさるなり」（『古今集』冬・三二五）を本歌とする本歌取《ほんかどり》の歌である。本歌から多くの詞句をとっているが、本歌の冬の世界を秋へと季節を移し、白雪という視覚的イメージから、秋風と砧の音という聴覚的イメージへと変化させている。静まりかえった古京吉野の地に山の秋風が吹きわたってくる。その中に砧を打つかすかな断続音が聞こえて、秋夜の寒々とした寂寥《せきりょう》感をつのらせることになる。言葉のつづけがらの流麗さもさることながら、巧みな本歌取の歌である。

砧を打つ女（伊勢新名所絵歌合）

おほ《(オ)》けなく　うき世《よ》の民《たみ》に　おほ《(オ)》ふ《(ウ)》かな
わがたつ杣《そま》に　墨染《すみぞめ》の袖《そで》

前大僧正慈円《さきのだいそうじょうじえん》

歌意　身のほどもわきまえず、私はつらいこの世を生きる人々におおいかけることだ。この比叡《ひえい》の山に住みはじめたばかりの私のこの墨染の袖《そで》を。

［所載歌集：『千載集』雑中（一一三七）］

語	品詞
おほけなく	形・ク・連用
うき世	名
の	格助
民	名
に	格助
おほふ	動・ハ四・連体
かな	終助
わ	代
が	格助
たつ	動・タ四・連体
杣	名
に	格助
墨染	名
の	格助
袖	名

作者　一一五五〜一二二五　関白藤原忠通《ふじわらのただみち》（↓76）の子。十一歳で出家。四度天台座主《ざす》となる。史論『愚管抄《ぐかんしょう》』の作者。

語句・語法　●**おほけなく**　「おほけなし」は、身分不相応だ・恐れ多い、の意。ここでは、身のほどもわきまえずに、と謙遜《けんそん》した表現。●**うき世の民**　「うき世」は、つらいことの多い世の中。「民」は、人民。●**おほふかな**　墨染の袖《そで》で覆《おお》うことだ。すなわち、仏の功徳によって人民を守り、その無事、救済を祈ることをいう。「おほふ」は、「袖」と**縁語**。●**わがたつ杣に**　「杣」は、杣山《そまやま》（植林した材木を切り出す山）で、ここでは比叡山《ひえいざん》のこと。伝教大師《でんぎょうだいし》の「阿耨多羅三藐三菩提《あのくたらさんみゃくさんぼだい》の仏達わが立つ杣に冥加《みやうが》あらせたまへ」（一切の真理を悟った御仏たちよ。私が入り立つこの杣山に加護をお与えください。）をふまえた表現。●**墨染の袖**　僧衣の袖。「住み初め」と「墨染」との**掛詞《かけことば》**。「墨染の袖」は、「おほふかな」へと続く**倒置法**。

鑑賞　僧として天下万民を救おうとする抱負と決意

『千載集《せんざいしゅう》』の詞書《ことばがき》には「題知らず」とある。同集の成立が文治《ぶんじ》四（一一八八）年であることから、作者がまだ若いころに詠んだものと考えられる。

仏法の力によって天下万民を救おうとする大きな抱負や決意が詠まれているが、「おほけなく」という初句の表現からは、まだ青年僧であった作者の謙虚な姿勢もうかがえる。救済されるべき「うき世の民」とは、悪疫《あくえき》の流行、飢饉《ききん》、戦乱といった過酷な現実を生きぬいている人々をさしていよう。

この歌は、天台宗の開祖伝教大師《でんぎょうだいし》（最《さい》澄《ちょう》）が比叡山延暦寺《ひえいざんえんりゃくじ》の根本中堂《こんぽんちゅうどう》建立の折に詠んだと伝えられる「阿耨多羅《あのくたら》……」の歌（↓語句・語法）を、本歌《ほんか》としてふまえている。開祖をしのびつつ、仏に仕える自らの使命感に燃える作者の思いを読みとることもできるであろう。

延暦寺根本中堂

表現　三句切れ・掛詞・縁語・本歌取・倒置法

花《はな》さそふ(ウ)　嵐《あらし》の庭《には》(ニワ)の　雪《ゆき》ならで
ふりゆくものは　わが身《み》なりけり

入道前太政大臣《にゅうどうさきのだいじょうだいじん》

鑑賞　落花のきらびやかさのなかで思うわが老いの感慨

『新勅撰集《しんちょくせんしゅう》』の詞書《ことばがき》には「落花を詠みはべりける」とある。風に散りゆく桜の花を目の前にして、自らの老いを実感し、それを嘆く心を詠んでいる。

上の句では、雪と見まがうまでに散る、眼前の落花の風景が描かれる。「嵐の庭」という凝縮された表現、「雪」の見立ての技法も、花《はな》吹雪《ふぶき》の舞う庭の美しさを強く印象づけている。それが、「ふりゆく」(降りゆく——古《ふ》りゆく)を境に、桜の花のきらびやかな叙景から、自分自身のわびしい老いの感慨へと転じていくのである。

作者は、承久《じょうきゅう》の乱の後、太政大臣にまでのぼりつめ、比類のない権勢をふるった人物である。そうした栄華をきわめた人物であるからこそ、容赦《ようしゃ》なく忍びよってくる老いへの嘆きが、かえって人一倍大きいのであろう。

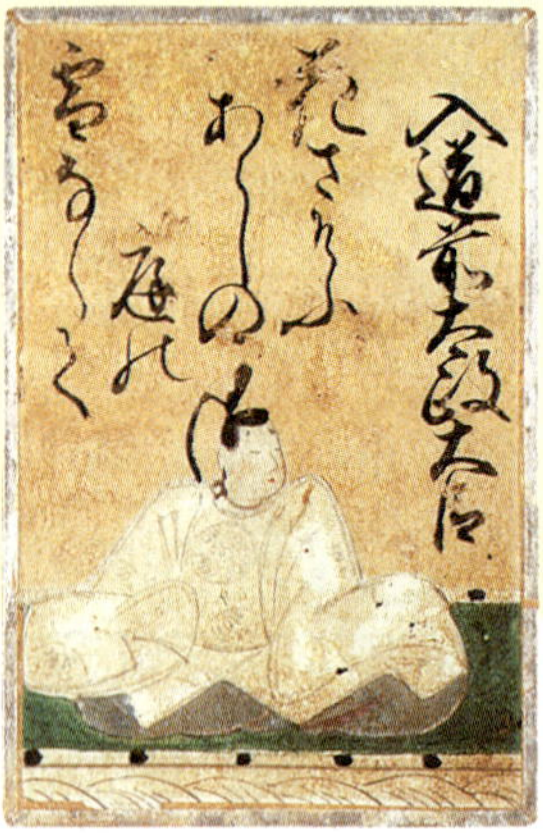

歌意　花を誘って散らす嵐の吹く庭は、雪のように花が降りくるが、実は雪ではなく、真に古りゆくものは、このわが身なのだった。

[所載歌集：『新勅撰集』雑一（一〇五二）]

花	さそふ	嵐	の	庭	の	雪	なら	で
名	動・ハ四・連体	名	格助	名	格助	名	助動・断定・未然	接助

ふりゆく	もの	は	わ	が	身	なり	けり
動・カ四・連体	名	係助	代	格助	名	助動・断定・連用	助動・詠嘆・終止

作者　一一七一～一二四四　藤原公経《ふじわらのきんつね》。承久《じょうきゅう》の乱の時、鎌倉方に内通し、その後は栄進が著《いちじる》しかった。定家《さだいえ》(→97)の義弟。

語句・語法　●**花さそふ**　花を誘って散らす。「花」は、桜の花。「さそふ」の主語は、「嵐」。「花」「嵐」ともに**擬人化**されている。●**嵐の庭**　嵐の吹く庭。「嵐」は、山風の意(→22)。●**雪ならで**　雪でなくて。落花を雪に**見立てた**表現。このように落花を雪に、また雪を落花に見立てる表現は、『古今集』以来多く見られる。「なら」は、断定の助動詞「なり」の未然形。「で」は、打消の接続助詞。●**ふりゆくものは**　「ふりゆく」は、花が雪のように「降りゆく」と、わが身が「古りゆく(年老いてゆく)」との**掛詞《かけことば》**。「は」は、強意の係助詞。●**わが身なりけり**　「なり」は、断定の助動詞「なり」の連用形。助動詞「けり」は、今初めて気がついたという感動を表す。ここでは、自分の老いに初めて気づかせられた気持ち。

表現　掛詞・擬人法・見立て

桜吹雪《さくらふぶき》▼　桜には、華《はな》やかではあるが、はかなく散るもの、というイメージがある。小野小町《おののこまち》の「花の色は……」の名歌（→9）もそうである。この歌でも、そのはかなさのイメージが、「ふりゆくものはわが身」という言葉になっている。

来《こ》ぬ人《ひと》を　まつほの浦《うら》の　夕《ゆふ》（ユウ）なぎに
焼《や》くや藻塩《もしほ》（シオ）の　身《み》もこがれつつ

権中納言定家《ごんちゅうなごんさだいえ》

鑑賞　身をこがすような思いで来ない男を待ち続ける恋のやるせなさ

『新勅撰集《しんちょくせん》』の詞書《ことばがき》などから、歌合の題詠であることが知られる。男である作者定家が、訪ねて来ない恋人を、身もこがれる思いで待ち続ける女の立場になって詠んだ歌である。

掛詞《かけことば》、序詞《じょことば》、縁語などさまざまな技巧を凝らしているが、さらにこの歌は『万葉集』の「名寸隅《なきすみ》の　舟瀬ゆ（船着場から）見ゆる　淡路島《あはぢしま》　松帆《まつほ》の浦に　朝なぎに　玉藻《たまも》（美しい藻を）刈《か》りつつ　夕なぎに　藻塩《もしほ》焼きつつ　海人娘人《あまをとめ》　ありとは聞けど　見に行かむ　よしのなければ……」（巻六・九四〇）を本歌《ほんか》とする、本歌取《ほんかどり》の歌である。

松帆の浦の夕なぎ時、藻塩を焼く煙の立ちのぼる静かな光景である。その光景が、いつまでたっても姿を見せない恋人を待つ心のやるせなさ、いらだたしさを象徴している。消えては立ちのぼる煙のように、止《や》むことのない恋心をいだきながら、来ない相手をひたすら待ち続けている。

歌意　いくら待っても来ない人を待ち続け、松帆《まつほ》の浦《うら》の夕なぎのころに焼く藻塩《もしお》のように、私の身もずっと恋いこがれていることだ。

［所載歌集：『新勅撰集』恋三（八四九）］

来	ぬ	人	を	まつほの浦	の	夕なぎ	に
動・カ変・未然	助動・打消・連体	名	格助	固名	格助	名	格助

焼く	や	藻塩	の	身	も	こがれ	つつ
動・カ四・連体	間助	名	格助	名	係助	動・ラ下二・連用	接助

作者　一一六二～一二四一　藤原定家《ふじわらのさだいえ》。藤原俊成《としなり》（→83）の子。『新古今集』『新勅撰集《しんちょくせん》』の撰者。俊成の幽玄を、艶《えん》・有心体《うしんたい》へと、深化させた。歌論も多い。他に日記『明月記《めいげつき》』など。

語句・語法　●**来ぬ人を**　「来《こ》」は、カ変動詞「来《く》」の未然形。「ぬ」は、打消の助動詞「ず」の連体形。●**まつほの浦**　「まつ」は、「（来ぬ人を）待つ」と「松帆の浦（淡路島《あわじしま》の最北端）」の**掛詞《かけことば》**。●**夕なぎ**　夕方、風がやみ、波が穏やかに静まった状態。●**焼くや藻塩の**　「まつほの」から「藻塩の」までが、下の「こがれ」を導き出す**序詞《じょことば》**。「や」は、間投助詞。「藻塩」は、海藻《かいそう》から採る塩。海水を注いだ海藻を日に干し、それを焼いて水に溶かし、煮つめて塩を精製した。「焼く」「藻塩」と下の「こがれ」は、**縁語**。●**身もこがれつつ**　わが身が恋いこがれる意に、藻塩が焼けこげる意を掛ける。「つつ」は、継続・反復の接続助詞。

表現　序詞・掛詞・縁語・本歌取

風《かぜ》そよぐ　ならの小《を（オ）》川《がは（ガワ）》の　夕《ゆふ（ユウ）》暮《ぐ》れは
みそぎぞ夏《なつ》の　しるしなりける
従《じゅ》二《に》位《い》家隆《いえたか》

歌意　風がそよそよと楢《なら》の葉に吹いている、このならの小川の夕暮れは、秋の訪れを感じさせるが、六月祓《みなづきばらえ》のみそぎだけが、夏であることのしるしなのだった。

［所載歌集：『新勅撰集』夏（一九二）］

名	動・ガ四・連体	固名	格助	名	係助		
風	そよぐ	ならの小川	の	夕暮れ	は		
名	係助	名	格助	名	助動・断定・連用	助動・詠嘆・連体	
みそぎ	ぞ	夏	の	しるし	なり	ける	

係り結び（ぞ―ける）

鑑賞　秋の気配を感じさせる晩夏のならの小川の夕暮れ

『新勅撰集《しんちょくせん》』の詞書《ことばがき》に「寛喜《かんぎ》元年女御入内屏風《にょうごじゅだいのびゃうぶ》に」とある。前関白藤原道家《ふじわらのみちいえ》の娘竴子《しゅんし》が、後堀河《ごほりかわ》天皇のもとに入内した時の、年中行事の屏風歌《びょうぶうた》として詠まれた一首。入内の際、こうした屏風を調《ととの》えるのが慣例であった。ここでは、六月の景の六月祓《みなづきばらえ》の絵に、色紙に書かれたこの歌が貼《は》りつけられていたのである。

この歌は「みそぎするならの小川の川風に祈りぞわたる下に絶えじと」（『古今六帖』・二八）と「夏山のならの葉そよぐ夕暮れはことしも秋の心地こそすれ」（『後拾遺集』夏・二三一）をふまえた、本歌取《ほんかどり》の歌である。

風のそよぎを耳でとらえ（聴覚）、そこに秋の気配を感じとり、御手洗《みたらし》川の六月祓を目にして（視覚）、今日一日だけとなった夏を実感している。季節の移り変わりの微妙さをとらえた清涼感あふれる一首である。

上賀茂神社を流れる御手洗川

作者　一一五八〜一二三七　藤原家隆《ふじわらのいえたか》。権中納言藤原光隆《みつたか》の子。『新古今集』の撰者の一人。

語句・語法　●**風そよぐ**　「そよぐ」は、そよそよと音を立てる意。●**ならの小川**　京都市北区の上賀茂《かみがも》神社の中を流れる御手《みた》洗《らし》川。毎年、この川で六月祓《みなづきばらえ》が行われたという。「なら」は、この地名と、「楢《なら》」（ブナ科の落葉高木）の**掛詞《かけことば》**。●**みそぎ**　河原などで、水によって身をきよめ、罪や穢《けが》れをはらい除くこと。ここでは六月祓（夏越《なごし》の祓《はらえ》）をさす。六月祓は、陰暦六月三十日に行われる神事で、その年の上半期の罪や穢れをはらいきよめる。●**夏のしるしなりける**　「夏のしるし」は、夏である証拠。「なり」は、断定の助動詞「なり」の連用形。「ける」は、気づきの助動詞「けり」の連体形で、上の係助詞「ぞ」の結び。

表現　掛詞・本歌取

人《ひと》も惜《を》(オ)し　人《ひと》も恨《うら》めし　あぢ(ジ)きなく　世《よ》を思《おも》ふ(ウ)ゆゑ(エ)に　もの思《おも》ふ(ウ)身《み》は

後《ご》鳥《と》羽《ば》院《いん》

鑑賞　人がいとおしくも恨めしくもあり思うにまかせないこの世への愁い

建暦《けんりゃく》二（一二一二）年十二月の二十首御会《ごかい》で詠まれた歌で、「述懐」の題で詠まれた五首の中の一首。後鳥羽院《ごとばいん》三十三歳の折の詠作である。初、二句では、「惜し」「恨めし」という相反する二つの感情が、対比的に用いられているが、いずれにしても「人」への強い執着が読みとれる表現である。

「あぢきなく世を思ふ……」の「世」とは、おそらく為政者《いせいしゃ》にとっての治世という意であろう。この歌は承久《じょうきゅう》の乱のほぼ九年前の作であるが、あるいは鎌倉幕府との関係を、院はすでに憂慮していたのかもしれない。特に、「あぢきなく」という表現から、その苦悩の深さを読みとることもできるだろう。政《まつりごと》を掌握《しょうあく》しなければならぬ位置にありながらも、思うにまかせない帝王の、心のゆらぎをも感得することのできる一首である。

後鳥羽院（水無瀬神宮蔵）

歌意　人がいとおしくも、また人が恨めしくも思われる。おもしろくないものとこの世を思うところから、あれこれともの思いをするこの私には。

［所載歌集：『続後撰集』雑中（一二〇二）］

人	も	惜し	人	も	恨めし	あぢきなく		
名	係助	形・シク・終止	名	係助	形・シク・終止	形・ク・連用		
世	を	思ふ	ゆゑ	に	もの思ふ	身	は	
名	格助	動・ハ四・連体	名	格助	動・ハ四・連体	名	係助	

作者　一一八〇～一二三九　高倉《たかくら》天皇の第四皇子。承久《じょうきゅう》の乱で隠岐《おき》に配流され、在島十九年で崩御《ほうぎょ》。『新古今集』の撰集を命じる。

語句・語法　●**人も惜し人も恨めし**　「人も……人も……」という並列の文脈。「惜し」は、手離しがたく、いとおしい意。「恨めし」は、心底から不満で、うらめしい意。「惜し」と「恨めし」が、対比的に用いられている。「人も……人も……」の「人」をめぐって、同一人物であるとする解釈と、別人であるとする解釈とがある。●**あぢきなく**　形容詞「あぢきなし」の連用形。「あぢきなし」は、本来、思うようにならず、どうしようもない気持ち。そこから、おもしろくない・にがにがしい、などの意を表す。ここでは、下の「世を思ふ」にかかっていく。●**もの思ふ身は**　「身」は、私自身の意。「は」は、強意の係助詞。意味上、初句、二句に続く。倒置法。

表現　二句切れ・倒置法

隠岐《おき》▼　作者後鳥羽院《ごとばいん》は、承久《じょうきゅう》の乱で、鎌倉方を追討しようとしたが失敗し、そのために隠岐に配流の身となった。京に帰ることもなく、その隠岐で六十歳の生涯を閉じた。この「人も惜し……」の歌は、承久の乱のほぼ九年前の作といわれている。

ももしきや　古き《ふる》軒端《のきば》の　しのぶにも　なほ《(オ)》あまりある　昔《むかし》なりけり

順《じゅん》徳《とく》院《いん》

歌意　宮中の古びた軒端の忍ぶ草を見るにつけても、しのんでもしのびつくせないほど慕わしいものは、昔のよき御代《みよ》なのだった。

〔所載歌集：『続後撰集』雑下（一二〇五）〕

名	間助	形・ク・連体	名	格助	名	格助	係助
ももしき	や	古き	軒端	の	しのぶ	に	も
副	名	動・ラ変・連体	名	助動・断定・連用	助動・詠嘆・終止		
なほ	あまり	ある	昔	なり	けり		

鑑賞　**聖代の輝かしさに憧《あこが》れつつも今現在の皇室の衰退を嘆く**

宮中の古い建物に生えている忍ぶ草によって象徴されているのは、何よりも皇室の権威の衰えである。政治上の実権は、すでに鎌倉幕府に移っていた。そうした時に、天皇親政の行われていた古《いにしえ》の聖代が追慕されてくる。その過去の時代の繁栄ぶりと、今現在の衰退ぶりとでは、あまりに隔たりすぎて、想像さえもおぼつかないというのである。聖代の再現などという情熱は感じられず、ただ、今の衰退のみが嘆かれている。

この歌からは、皇室が栄えていた古き良き時代への懐旧の情とともに、前の歌（→99）と同様に、天皇としての沈痛な思いも読みとることができる。

順《じゅん》徳《とく》天皇二十歳の折の詠作であるが、この五年後、承《じょう》久《きゅう》の乱で鎌倉方に敗れ、佐渡《さど》に配流されることとなった。

佐渡

作者　一一九七～一二四二　後鳥羽《ごとば》天皇（→99）の第三皇子。承久《じょうきゅう》の乱により佐渡《さど》に配流され、在島二十一年で崩御《ほうぎょ》。

語句・語法　●**ももしきや**　この「ももしき」は、内裏・宮中、の意。「や」は、詠嘆の間投助詞。●**古き軒端**　古びた皇居の軒の端《はし》。●**しのぶにも**　「しのぶ」は、「しのぶ」と「忍ぶ草」との掛詞《かけことば》。「しのぶ」は四段動詞で、昔を懐かしく思う意。「忍ぶ草」は、羊歯《しだ》類の一種。邸宅が荒廃しているさまを象徴する表現としてよく用いられるが、ここでは皇室の権威が衰退したことも象徴している。●**なほあまりある**　「なほ」は副詞で、やはり、の意。「あまりある」は、しのんでもしのびきれない意。●**昔なりけり**　「昔」は、皇室の栄えていた過去の時代、具体的には聖代とうたわれた延喜《えんぎ》・天暦《てんりゃく》の御代（醍醐《だいご》・村上朝）あたりが想定されていると考えられる。「けり」は、気づきの助動詞の終止形。

表現　掛詞

かるた遊び・競技

ひらがな書きの取り札(下《しも》の句の書いてある札)を並べ、読み手が、読み札を読む。通常、上《かみ》の句を一回、下の句を二回読む。(正式の競技では、下の句は一回)競技者は、できるだけ早く取り札を取る。

1 かるた競技(個人戦)

一人対一人で行われる正式な競技。百枚の取り札を裏返してよくかきまぜ、各自二五枚ずつを取り出す。ここで、自分の好みの札を選んで取り出すことはできない。この取り札を自分の前にそれぞれ上・中・下三段に並べる。全日本かるた協会の規定によれば、札を並べる範囲は膝《ひざ》の前方に横八七センチ以内、相手の上段より三センチあけ、上中下段の間隔は各一センチあけるとしてある。

取り札の配列は、自分の取りやすいように並べてよい。一般的には、上の句によって並べる方法と下の句によって並べる方法とがある。初心者の場合は、下の句まで読まれてからでないと取れない場合が多いだろうから、後者の並べ方のほうがよいかもしれない。

読み手は、百枚すべてを読むので、取り札にない歌も読みあげる。これを空札《からふだ》という。読まれている札と違った札に誤って触れたときはお手付《てつき》となる。相手がお手付をしたり、相手陣内の札を自分が取ったときには、自分の札の中から任意の一枚を相手側に送ることができる。これを送り札という。こうして、早く持ち札のなくなったほうが勝ちとなる。

上達するためには、百首の札を正確に暗記する必要がある。上の句を聞いて下の句がわかるだけではなく、下の句を見て上の句がすぐわかるようになるまで練習する。

札をより早く取るためには、決まり字を覚えておくと便利。決まり字とは、ある歌を読みあげていくときに、その一字によって他の歌と区別される文字のことをいう。例えば、上の句で「世の中」と読みはじめられた場合、83と93の歌があるが、次が「は」であるか「よ」であるかによって、どちらの歌であるかが決定する。これが決まり字である。百人一首では、上の句の一字目が一枚しかない札が七枚ある。これを一字きまりの札(87・18・57・22・70・81・77)といい、順に「む・す・め・ふ・さ・ほ・せ」(娘房干せ)と覚えたりする。以下、同様に二字(四二枚)、三字(三七枚)、四字(六枚)、五字(二枚)、六字(六枚)きまりまであり、これらを覚えることによって、さらに早く札を取ることができる。

2 ちらし取り(ばら取り)

百枚の取り札をすべて散らし、全員がその周囲に座って読まれた札を取り合う。取った札の多いものから順位を決定する。お手付をした場合は、自分の取った枚数から一枚減じる。

3 源平合戦

参加者を二組(源氏方・平家方)に分け、通常双方の持ち札を五〇枚として、自陣の札の早くなくなった組が勝ち。お手付、送り札は、かるた競技の場合と同じ。

他に「リレーかるた」「坊主《ぼうず》めくり」などがある。

和歌の表現技法

●数字は歌番号

枕詞《まくらことば》 五音句からなる。ある語句の直前に置いて、声調を整えたり、印象を強めたり、その語句に具体的なイメージを与えたりする表現技法。特定の語句に特定の枕詞がかかるという固定性が強い。五音であることを除けば、その働きは序詞《じょことば》とほぼ同じ。序詞とともに、万葉以来の表現技法。

[例] ひさかたの光のどけき春の日に静心なく花の散るらむ（33）

他 2・3・4・17・76

序詞《じょことば》 ある語句に具体的なイメージを与える表現技法。七音以上の長さで、作者の独創による詞句である。序詞の文脈と主想を表す文脈とをつなぎ止めることで、自然の景物と心情とを対応させ、心のありようを具体的なイメージとしてかたちづくる。序詞と主想とが離れている場合もある。つながり方によって次の三つに分類される。

①同音同義語によるもの（比喩《ひゆ》によるもの）

[例] あしびきの山鳥の尾のしだり尾のながながし夜をひとりかも寝む（3）

他 13・14・46・48・49・77・92・97

②同音異義語（掛詞）によるもの

[例] 難波潟みじかき芦のふしの間も逢はでこの世を過ぐしてよとや（19）

他 58・88

③同音反復によるもの

[例] 住の江の岸による波よるさへや夢の通ひ路人めよくらむ（18）

他 27・39・51

掛詞《かけことば》 同音異義の二語を重ね用いることで、言葉の連想によって独自な世界を広げる表現技法。同音異義語の一方は自然の景物を、もう一方は人間の心情や状態を表すことが多く、その自然景物によって心情や状態を具体的なイメージとしてかたちづくる。縁語とともに、古今集時代から発達した。

[例] 山里は冬ぞさびしさまさりける人目も草もかれぬと思へば（28）

他 8・9・10・(14)・16・19・20・22・(24)・25・27・51・58・60・62・67・72・(74)・88・91・95・96・97・98・100

縁語《えんご》 意味的に関連の深い語群を、意識的に詠みこむことで、言葉の連想力を呼び起こし、複雑なイメージを創り出す表現技法。掛詞《かけことば》とともに用いられることが多い。

[例] 名にしおはば逢坂山のさねかづら人に知られでくるよしもがな（25）

※「くる」は「来る」と「繰る」との掛詞で、その「繰る」が「さねかづら」との縁語になっている。

他 14・19・27・46・51・55・57・60・72・75・80・88・89・95・97

見立て・擬人法 ある事柄を別の事柄になぞらえる表現技法。ある事柄から別の事柄への連想力を働かせて事実を再構成するとともに、本当のところはどうかと読み手の注意力を呼び起こし、想像力を広げさせる。見立ての中で、別の事柄にあたるところを、特に人間になぞらえたものを擬人法と呼ぶ。もとは漢文の技法で、古今集時代から、和歌に多く用いられた。

［例］ 山川に風のかけたるしがらみは流れもあへぬ紅葉なりけり （32）

※「紅葉」を「しがらみ」に見立てる。また、その「しがらみ」を「かけた」のは「風」だと擬人化している。

(他) 〈見立て〉 6・12・17・24・37・69・96
〈擬人法〉 11・17・26・33・36・66・74・(81)・86・96

歌枕《うたまくら》 広くは歌に詠みこまれた地名のこと。古今集時代になると、この地名が特定の連想をうながす言葉として用いられるようになる。歌枕とはそのように特定の連想をうながす地名をいう。（→p.134）

(他) 2・4・7・8・10・13・14・16・17・18・19・20・(24)・25・26・27・31・34・42・46・51・58・60・61・62・64・69・72・(73)・74・78・88・90・94・97・98

体言止め 歌の末尾を体言で止める技法。述語の部分の欠けた印象から、読み手にその後を想像させる。余情を重んじた新古今時代に特に多く用いられた。倒置法などで体言が末尾にくる場合は、やや趣《おもむき》が異なるので、( )で示した。

［例］ 秋風にたなびく雲の絶え間よりもれ出づる月の影のさやけさ （79）

(他) 2・10・(11)・(29)・31・(60)・64・70・76・(78)・87・(95)

本歌取《ほんかどり》 ある歌の語句の一部をそのまま用いることで、その歌（本歌）のもつ心情や趣向を取りこむ表現技法。同じ方法だが、漢詩や故事・物語を取りこむこともある。それを、これとは区別して、「本説取」と呼ぶこともある。体言止めとともに、新古今時代の重要な表現技法。

［例］ 見せばやな雄島のあまの袖だにもぬれにぞぬれし色はかはらず （90）

（本歌） 松島や雄島の磯にあさりせしあまの袖こそかくはぬれしか （『後拾遺集』 恋四）

(他) 91・92・93・94・95・97・98

倒置法 主語と述語、修飾語と被修飾語などの文節の順序を逆転させて、読み手の注意力を呼び起こす表現技法。

［例］ 恋すてふわが名はまだき立ちにけり人知れずこそ思ひそめしか （41）

(他) 9・14・17・23・28・29・34・40・42・51・60・78・95・99

句切れ 複数の文からなる歌で、何句目で文が終っているかを示すもの。万葉時代は二・四句切れが、古今集時代は三句切れが、新古今時代には初・三句切れが、比較的多い。

［例］ 世の中よ道こそなけれ／思ひ入る山の奥にも鹿ぞ鳴くなる――二句切れ （83）

(他) 〈初句切れ〉 42・90
〈二句切れ〉 2・9・17・20・24・29・34・35・38・40・89・93・99
〈三句切れ〉 8・12・23・28・41・66・73・84・86・95
〈四句切れ〉 11・14・51・60・(72)・78・90

●百人一首の序詞・掛詞の一覧表 （数字は歌番号）

歌番号	歌	序詞	掛詞	主想
3	あしびきの山鳥の尾のしだり尾のながながし夜をひとりかも寝む	あしびきの山鳥の尾のしだり尾の		ながながし夜をひとりかも寝む
8	わが庵は都のたつみしかぞすむ世をうぢ山と人はいふなり		うぢ（憂／宇治山）	
9	花の色はうつりにけりないたづらにわが身世にふるながめせしまに		ふる（経る／降る）、ながめ（眺め／長雨）	
10	これやこの行くも帰るも別れては知るも知らぬも逢坂の関		逢（逢ふ／逢坂）	
13	筑波嶺の峰より落つる男女川恋ぞつもりて淵となりぬる	筑波嶺の峰より落つる男女川		恋ぞつもりて淵となりぬる
14	陸奥のしのぶもぢずり誰ゆゑに乱れそめにしわれならなくに	陸奥のしのぶもぢずり		
16	たち別れいなばの山の峰に生ふるまつとし聞かば今帰り来む		いなば（往なば／稲羽）、まつ（待つ／松）	
18	住の江の岸による波よるさへや夢の通ひ路人めよくらむ	住の江の岸による波		
19	難波潟みじかき芦のふしの間も逢はでこの世を過ぐしてよとや	難波潟みじかき芦の	ふしの間（わずかの間／節の間）	ふしの間も逢はでこの世を過ぐしてよとや
20	わびぬれば今はた同じ難波なるみをつくしても逢はむとぞ思ふ		みをつくし（身を尽くし／澪標）	
22	吹くからに秋の草木のしをるればむべ山風を嵐といふらむ		嵐（荒し／嵐）	
25	名にしおはば逢坂山のさねかづら人にしられでくるよしもがな		逢（逢ふ／逢坂山《あふさかやま》）、さね（さ寝／さねかづら）、くる（来る／繰る）	
27	みかの原わきて流るる泉川いつ見きとてか恋しかるらむ	みかの原わきて流るる泉川	わき（分き／湧き）	
28	山里は冬ぞさびしさまさりける人目も草もかれぬと思へば		かれ（離れ／枯れ）	
39	浅茅生の小野の篠原しのぶれどあまりてなどか人の恋しき	浅茅生の小野の篠原		
46	由良のとを渡る舟人かぢをたえ行くへも知らぬ恋の道かな	由良のとを渡る舟人かぢをたえ		行くへも知らぬ恋の道かな
48	風をいたみ岩うつ波のおのれのみくだけてものを思ふころかな	風をいたみ岩うつ波の		おのれのみくだけてものを思ふころかな

49	みかきもり衛士のたく火の 夜は燃え昼は消えつつものをこそ思へ	序詞（みかきもり衛士のたく火の）→ 主想（夜は燃え昼は消えつつものをこそ思へ）
51	かくとだにえやは**いぶ**きのさしも草 さしも知らじな燃ゆる思**ひ**を	言ふ／伊吹〔掛詞〕　序詞（いぶきのさしも草）→ さしも　思ひ／火〔掛詞〕
58	有馬山猪名の笹原風吹けば いで**そよ**人を忘れやはする	序詞（有馬山猪名の笹原風吹けば）→ それよ／（笹の葉音）〔掛詞〕
60	大江山**いく**野の道の遠ければ まだ**ふみ**もみず天の橋立	行く／生野〔掛詞〕　文／踏み〔掛詞〕
62	夜をこめて鳥のそらねははかるとも よに**逢**坂の関はゆるさじ	逢ふ／逢坂〔掛詞〕
67	春の夜の夢ばかりなる手枕に **かひな**く立たむ名こそ惜しけれ	かひなく／腕《かひな》〔掛詞〕
72	音に聞く**高師**の浜のあだ波は かけじや袖のぬれもこそすれ	高し／高師の浜〔掛詞〕
77	瀬をはやみ岩にせかるる滝川の われても末にあはむとぞ思ふ	序詞（瀬をはやみ岩にせかるる滝川の）→ われても末にあはむ
88	難波江の芦の **かりね**の**ひとよ**ゆゑ**みをつくし**てや恋ひわたるべき	序詞（難波江の芦の）→ 仮寝／刈り根〔掛詞〕　一夜／一節〔掛詞〕　身を尽くし／澪標〔掛詞〕
91	きりぎりす鳴くや霜夜の**さむし**ろに衣かたしきひとりかも寝む	さむしろ／寒し〔掛詞〕
92	わが袖は 潮干に見えぬ沖の石の 人こそ知らねかわく間もなし	序詞（潮干に見えぬ沖の石の）→ 人こそ知らねかわく間もなし
95	おほけなくうき世の民におほふかなわがたつ杣に**墨染**の袖	住み初め／墨染〔掛詞〕
96	花さそふ嵐の庭の雪ならで**ふり**ゆくものはわが身なりけり	古り／降り〔掛詞〕
97	来ぬ人を **まつ**ほの浦の夕なぎに焼くや藻塩の 身もこがれつつ	待つ／松帆の浦〔掛詞〕　序詞（まつほの浦の夕なぎに焼くや藻塩の）→ 身もこがれつつ
98	風そよぐ**なら**の小川の夕暮れはみそぎぞ夏のしるしなりける	ならの小川／楢《なら》〔掛詞〕
100	ももしきや古き軒端の**しのぶ**にもなほあまりある昔なりけり	忍ぶ（草）／しのぶ〔掛詞〕

おもな歌枕

【逢坂山《おうさか》・逢坂《おうさか》の関】 「逢坂山」は、近江《おうみ》国(滋賀県)と山城《やましろ》国(京都府)との国境にある山。「逢坂の関」はその近江側にあった関で、伊勢《いせ》の鈴鹿《すずか》、美濃《みの》の不破《ふわ》とともに三関と呼ばれる。京の出入り口にあたる交通の要所として、人々の往来も多く、別離と出会いの場所として詠まれた。また、「逢《あ》ふ」との掛詞《かけことば》として用いられて、男女の契りを連想させる。 25・62

【宇治《うじ》】 京都府宇治市一帯。「宇治山」「宇治川」「宇治橋」などと詠まれる。平安時代以後は貴族たちの清遊の地となり、やがて俗世を離れた隠遁《いんとん》の地というイメージができた。また、冬に宇治川に氷魚《ひお》漁の網代《あじろ》を設けたところから「網代木」「霧」とともに冬の風景として詠まれた。「わが庵《いほ》は」(8)の歌以降は「憂し」との関連でも詠まれる。 8・72

【末《すえ》の松山《まつやま》】 陸奥《みちのく》の歌枕。正確な場所はわかっていないが、古来宮城県多賀《たが》城《じょう》市の末松山宝国寺の裏手にある巨木の松が有名。『奥の細道』によれば芭蕉《ばしょう》もここを訪ねたとされる。「君をおきてあだし心をわが持たば末の松山波も越えなむ」(『古今集』・東歌・読人知らず)の歌が伝承されるうちに、ありえないはずの恋の心変わりを連想させるようになった。 42

【須磨《すま》】 兵庫県神戸市須磨区南部の海岸に近いあたり。「須磨の浦」とか、天智《てんじ》天皇のころに関が設置(平安時代中期に廃止)されたところから「須磨の関(守)」などとも詠まれた。また、「海人《あま》」や「塩焼き」などの言葉とともに詠まれることも多い。特に在原行平《ありわらのゆきひら》の「わくらばに問ふ人あらば須磨の浦に藻塩《もしほ》たれつつわぶと答へよ」(『古今集』・雑下・九六二)以来、わびしい海辺の生活という連想が固定する。『源氏物語』の光源氏の須磨流離の話がよく読まれるようになると、その傾向はいっそう強まっていく。 78

【住《すみ》の江《え》】 大阪市住吉《すみよし》区の住吉神社を中心にした一帯。「住吉」ともいうが、その相違は必ずしも明確でない。「波」「松」「忘れ草」とともに詠まれることが多い。 18

【高砂《たかさご》】 兵庫県(播磨《はりま》国)高砂市。松の名所。松が常緑であるところから長寿・不変をも連想する。 34・(73)

【竜田《たつた》】 奈良県生駒《いこま》郡斑鳩《いかるが》町一帯。「竜田川」は生駒山地東側を南に流れ、大和川に合流する川。竜田は紅葉の名所で、錦のような彩りを連想させる。万葉以来「竜田山」が詠まれたが、平安時代には「竜田川」も詠まれた。 17・69

【吉野《よしの》】 奈良県吉野郡吉野町一帯の地。「吉野の里」「吉野山」「吉野川」などと詠まれる。はじめ奥深い隠遁の地として雪とともに詠まれることが多かった。『後撰《ごせん》集』ごろからしだいに桜とともに詠まれるようになり、春は桜、冬は雪を連想させる典型的な歌枕となった。 31・94

【小倉山《おぐらやま》】 平安時代以後は京都市右京区嵯峨《さが》の大堰《おおい》川をはさんで嵐山と向きあう山をいう。紅葉の名所として知られた。『万葉集』では奈良県桜井市近辺の山をいい、『竹取物語』の五人の求婚者の一人石作《いしつくり》皇子の話の中に出てくる「小倉山」もこれにあたる。ともに「小暗」との掛詞として用いられることが多く、薄暗さを連想させる。 26

和歌の語法

●百人一首を中心に
数字は歌番号

【……あふ＋打消】

完全には……しきれない、の意。

24・32

【けり】

過去の助動詞「けり」には、今まで意識していなかったことに、今初めて気がついたという感動の気持ちがこめられている場合が多い。気がついたら……だった（なあ）、の意。例えば、見立ての技法に伴う「～は……なりけり」の形式は、「Aは実はBなのであった」の意となる。今まで気がつかなかったAとBとの新たな関係を、感動をもって定着させる語法となっている。「嵐吹く三室の山のもみぢ葉は竜田の川の錦なりけり」(69)はその典型。

終止　9・32・40・41・43・47・69・73・82・85・96・100
連体　2・6・28・35・37・50・74・98　已然　55

【こそ……已然形】

係り結びの法則で、係助詞「こそ」を受けた文末は已然形で結ばれる。このとき文がそこで終止せず、そのまま下に続くことがある。その場合、……のに、……けれども、のように**逆接**の意となる。41・47・92

【さへ】

副助詞。ある事柄の上にもう一つ別の事柄を**添加**する。（～はもちろん）……までも、の意で、～の部分に何があたっているのかを明らかにすることも大切。18・50・85

【だに】

副助詞。**程度の軽いものをあげて、言外により重いものを類推させる**。……さえも、の意。命令や条件の文脈では、せめて……だけでも、の意となる。

51・65・90

【つ・ぬ】

完了の助動詞。「つ」は他動詞について、意識的・作為的な意味合いをもつことが多く、「ぬ」は自動詞について自然推移的な意味合いをもつことが多い。また、「身のいたづらになりぬべきかな」(45)のように、推量や意志の助動詞とともに用いられた場合は、**強意**になることが多い。

つ　完了　連用　38　連体　21・81　命令　19
ぬ　完了　未然　59・63・65・89
　　　　連用　2・6・9・14・40・41・47・57・73
　　　　終止　11・28・78　連体　13・36・61
　　　　已然　20・52・55　命令　89
　　強意　終止　45

【つつ】

接続助詞。**動作・作用の反復**を表す。繰り返し～する、意。この反復の意から、**継続**の、～し続ける、の意も派生した。

1・4・15・42・49・53・97

【ながら】

接続助詞。動作・作用の並行を表す。～のままの状態で、の意。

36・52

【なむ】

混同しやすい「なむ」に、完了の助動詞「ぬ」の未然形「な」＋推量の助動詞「む」と、……してほしい、の意の**誂**《あつら》**え**（他への希望を表す）の終助詞「なむ」とがある。前者は連用形に接続し、後者は未然形に接続するところから区別する。

完了＋推量　63・65　終助詞　26・73

【なり】

助動詞。「なり」には、体言・活用語の連体形に接続する**断定**の意と、活用語の終止形に接続する**伝聞・推定**の意の二つがある。前者は、……だ、……である、の意。ただし、地名や場所を表す語につく場合は、……にある、の意。

……にいる、という意になる。後者は、声・音・人の噂《うわさ》などについて、……と聞こえる、……だそうだ、と伝聞したり、聴覚によって、……らしい、と推定したりする意となる。「鹿ぞ鳴くなる」(83)や「ふるさと寒く衣うつなり」(94)のように、四段動詞に続く場合は外見上区別がつかない。このような場合は歌全体からその意味を考える。

断定　未然　14・34・63・96
　　　連用　23・32・68・69・75・82・96・98・100
　　　連体　7・20・67
伝聞　終止　8・94　連体　83

【ば】

接続助詞。未然形について仮定条件を表す場合と、已然形について確定条件を表す場合がある。確定条件には、ある事態がすでに起こっていることを表す、……と、……たところ、の意(**偶然**)や、……なので、の意(**原因・理由**)、ある条件では決まってある事柄が起こることを表す、……するといつも、の意(**恒常**)がある。

仮定条件　16・25・26・29・68・84・89
確定条件　4・6・7・20・22・23・28・43・52・54・58・60・70・71・76・81

【〜ば……まし】

反実仮想の構文。**事実とは反対の事態を仮に想定する**。もしも〜ならば……だろうに、の意。仮定条件にあたる部分は「〜せば」「〜ませば」「〜ましかば」などいろいろある。また、条件部分を欠くこともある。いずれにしても、実際はどうなのかと逆に事実を確認することが読解の勘どころとなる。　44・59

【もこそ・もぞ】

「もこそ」「もぞ」はともに係助詞を重ねた形。〜したら大変だ、というような事態の悪化を心配する懸念の気持ちを表す。　72(もこそ)　89(もぞ)

【らし・めり・べし】

推量の助動詞。「らし」は、……らしい、の意で、**確実な根拠にもとづいた推定**を表す。その場合根拠となる叙述がともに示されているのが普通。「めり」は**視覚にもとづいた推量**を表すのが原義であるが、百人一首に見える「秋もいぬめり」(75)は主観的な推量を表し、……ようだ、……と思われる、の意。「べし」は、推量・意志・可能・当然・適当・勧誘・義務・命令などさまざまあるが、推量の場合は、きっと……だろう、……にちがいない、の意で、**強い確信をもった推量**を表す。

らし　終止　2
めり　終止　75
べし　推量　連体　45・68　当然　連体　45・88

【らむ】

現在推量の助動詞。眼前にない事実を、今ごろ……しているだろう、と推量する**視界外推量**と、眼前にある事実についてその原因や理由を、〜なので……なのだろう、と推量する**視界内推量**の二つがある。

視界外推量　連体　36
視界内推量　終止　22・33　連体　18・27

【……(を)＋形容語の語幹＋み】

主語と述語の構文になって、……が〜なので、の意を表す。間投助詞「を」が省略されることもある。「み」は接尾語。　1・48・77

歌さくいん

かるた競技では、上《かみ》の句が読み札、下《しも》の句が取り札。太字は"決まり字"

上の句さくいん

		歌番号
あ		
あきかぜに	たなびくくもの	79
あきのたの	かりほのいほの	1
あけぬれば	くるるものとは	52
あさぢふの	をののしのはら	39
あさぼらけ	**あり**あけのつきと	31
あさぼらけ	**うぢ**のかはぎり	64
あしびきの	やまどりのをの	3
あはぢしま	かよふちどりの	78
あはれとも	いふべきひとは	45
あひみての	のちのこころに	43
あふことの	たえてしなくは	44
あまつかぜ	くものかよひぢ	12
あまのはら	ふりさけみれば	7
あらざらむ	このよのほかの	56
あらしふく	みむろのやまの	69
ありあけの	つれなくみえし	30
ありまやま	ゐなのささはら	58
い		
いにしへの	ならのみやこの	61
いまこむと	いひしばかりに	21
いまはただ	おもひたえなむ	63
う		
うかりける	ひとをはつせの	74
うらみわび	ほさぬそでだに	65

下の句さくいん

《下の句》		歌番号	《上の句》		
あ					
あかつきばかり	うきものはなし	……30……	**ありあ**けの	つれなくみえし	わかれより
あしのまろやに	あきかぜぞふく	……71……	**ゆふ**されば	かどたのいなば	おとづれて
あはでこのよを	すぐしてよとや	……19……	**なにはが**た	みじかきあしの	ふしのまも
あはれことしの	あきもいぬめり	……75……	**ちぎりお**きし	させもがつゆを	いのちにて
あまのをぶねの	つなでかなしも	……93……	**よのなかは**	つねにもがもな	なぎさこぐ
あまりてなどか	ひとのこひしき	……39……	**あさぢ**ふの	をののしのはら	しのぶれど
あらはれわたる	せぜのあじろぎ	……64……	**あさぼらけ**	**うぢ**のかはぎり	たえだえに
ありあけのつきを	まちいでつるかな	……21……	**いまこ**むと	いひしばかりに	ながつきの
い					
いかにひさしき	ものとかはしる	……53……	**なげき**つつ	ひとりぬるよの	あくるまは
いくよねざめぬ	すまのせきもり	……78……	**あはぢ**しま	かよふちどりの	なくこゑに
いづこもおなじ	あきのゆふぐれ	……70……	**さび**しさに	やどをたちいでて	ながむれば
いつみきとてか	こひしかるらむ	……27……	**みかの**はら	わきてながるる	いづみがは
いでそよひとを	わすれやはする	……58……	**ありま**やま	ゐなのささはら	かぜふけば
いまひとたびの	あふこともがな	……56……	**あらざ**らむ	このよのほかの	おもひでに
いまひとたびの	**み**ゆきまたなむ	……26……	**をぐ**らやま	みねのもみぢば	こころあらば
う					
うきにたへぬは	なみだなりけり	……82……	**おも**ひわび	さてもいのちは	あるものを
うしとみしよぞ	いまはこひしき	……84……	**ながら**へば	またこのごろや	しのばれむ
お					
おきまどはせる	しらぎくのはな	……29……	**こころあ**てに	をらばやをらむ	はつしもの
(**をと**めのすがた	しばしとどめむ	……12……	**あまつ**かぜ	くものかよひぢ	ふきとぢよ)
か					
かけじやそでの	ぬれもこそすれ	……72……	**おと**にきく	たかしのはまの	あだなみは
かこちがほなる	わがなみだかな	……86……	**なげけ**とて	つきやはものを	おもはする
かたぶくまでの	つきをみしかな	……59……	**やす**らはで	ねなましものを	さよふけて

お
おくやまに　もみぢふみわけ　5
（をぐらやま　みねのもみぢば）　26
おとにきく　たかしのはまの　72
おほえやま　いくののみちの　60
おほけなく　うきよのたみに　95
おもひわび　さてもいのちは　82

か
かくとだに　えやはいぶきの　51
かささぎの　わたせるはしに　6
かぜそよぐ　ならのをがはの　98
かぜをいたみ　いはうつなみの　48

き
きみがため　はるののにいでて　15
きみがため　をしからざりし　50
きりぎりす　なくやしもよの　91

こ
こころあてに　をらばやをらむ　29
こころにも　あらでうきよに　68
こぬひとを　まつほのうらの　97
このたびは　ぬさもとりあへず　24
こひすてふ　わがなはまだき　41
これやこの　ゆくもかへるも　10

さ し
さびしさに　やどをたちいでて　70
しのぶれど　いろにいでにけり　40
しらつゆに　かぜのふきしく　37

す せ た
すみのえの　きしによるなみ　18
せをはやみ　いはにせかるる　77
たかさごの　をのへのさくら　73
たきのおとは　たえてひさしく　55
たごのうらに　うちいでてみれば　4
たちわかれ　いなばのやまの　16

き く
かひなくたたむ　なこそをしけれ……67……はるのよの　ゆめばかりなる　たまくらに
からくれなゐに　みづくくるとは……17……ちはやぶる　かみよもきかず　たつたがは
きりたちのぼる　あきのゆふぐれ……87……むらさめの　つゆもまだひぬ　まきのはに
くだけてものを　おもふころかな……48……かぜをいたみ　いはうつなみの　おのれのみ
くもがくれにし　よはのつきかな……57……めぐりあひて　みしやそれとも　わかぬまに
くものいづこに　つきやどるらむ……36……なつのよは　まだよひながら　あけぬるを
くもゐにまがふ　おきつしらなみ……76……わたのはら　こぎいでてみれば　ひさかたの

け
けふここのへに　にほひぬるかな……61……いにしへの　ならのみやこの　やへざくら
けふをかぎりの　いのちともがな……54……わすれじの　ゆくすゑまでは　かたければ

こ
こひしかるべき　よはのつきかな……68……こころにも　あらでうきよに　ながらへば
こひぞつもりて　ふちとなりぬる……13……つくばねの　みねよりおつる　みなのがは
こひにくちなむ　なこそをしけれ……65……うらみわび　ほさぬそでだに　あるものを
ころもかたしき　ひとりかもねむ……91……きりぎりす　なくやしもよの　さむしろに
ころもほすてふ　あまのかぐやま……2……はるすぎて　なつきにけらし　しろたへの
こゑきくときぞ　あきはかなしき……5……おくやまに　もみぢふみわけ　なくしかの

さ し
さしもしらじな　もゆるおもひを……51……かくとだに　えやはいぶきの　さしもぐさ
しづごころなく　はなのちるらむ……33……ひさかたの　ひかりのどけき　はるのひに
しのぶることの　よわりもぞする……89……たまのをよ　たえなばたえね　ながらへば
しるもしらぬも　あふさかのせき……10……これやこの　ゆくもかへるも　わかれては
しろきをみれば　よぞふけにける……6……かささぎの　わたせるはしに　おくしもの

す た
すゑのまつやま　なみこさじとは……42……ちぎりきな　かたみにそでを　しぼりつつ
ただありあけの　つきぞのこれる……81……ほととぎす　なきつるかたを　ながむれば
たつたのかはの　にしきなりけり……69……あらしふく　みむろのやまの　もみぢばは

つ と な
つらぬきとめぬ　たまぞちりける……37……しらつゆに　かぜのふきしく　あきののは
とやまのかすみ　たたずもあらなむ……73……たかさごの　をのへのさくら　さきにけり
ながくもがなと　おもひけるかな……50……きみがため　をしからざりし　いのちさへ
ながながしよを　ひとりかもねむ……3……あしびきの　やまどりのをの　しだりをの
ながれもあへぬ　もみぢなりけり……32……やまがはに　かぜのかけたる　しがらみは

さくいん

たまのをよ　たえなばたえね　89
たれをかも　しるひとにせむ　34

ち

ちぎりおきし　させもがつゆを　75
ちぎりきな　かたみにそでを　42
ちはやぶる　かみよもきかず　17

つ

つきみれば　ちぢにものこそ　23
つくばねの　みねよりおつる　13

な

ながからむ　こころもしらず　80
ながらへば　またこのごろや　84
なげきつつ　ひとりぬるよの　53
なげけとて　つきやはものを　86
なつのよは　まだよひながら　36
なにしおはば　あふさかやまの　25
なにはえの　あしのかりねの　88
なにはがた　みじかきあしの　19

は

はなさそふ　あらしのにはの　96
はなのいろは　うつりにけりな　9
はるすぎて　なつきにけらし　2
はるのよの　ゆめばかりなる　67

ひ

ひさかたの　ひかりのどけき　33
ひとはいさ　こころもしらず　35
ひともをし　ひともうらめし　99

ふ

ふくからに　あきのくさきの　22

ほ

ほととぎす　なきつるかたを　81

み

みかきもり　ゑじのたくひの　49
みかのはら　わきてながるる　27
みせばやな　をじまのあまの　90
みちのくの　しのぶもぢずり　14

なこそながれて　なほきこえけれ……55……たきのおとは　たえてひさしく　なりぬれど
なほあまりある　むかしなりけり……100……ももしきや　ふるきのきばの　しのぶにも
なほうらめしき　あさぼらけかな……52……あけぬれば　くるるものとは　しりながら

ぬ

ぬれにぞぬれし　いろはかはらず……90……みせばやな　をじまのあまの　そでだにも

ね

ねやのひまさへ　つれなかりけり……85……よもすがら　ものおもふころは　あけやらで

は

はげしかれとは　いのらぬものを……74……うかりける　ひとをはつせの　やまおろしよ
はなぞむかしの　かににほひける……35……ひとはいさ　こころもしらず　ふるさとは
はなよりほかに　しるひともなし……66……もろともに　あはれとおもへ　やまざくら

ひ

ひとこそしらね　かわくまもなし……92……わがそでは　しほひにみえぬ　おきのいしの
ひとこそみえね　あきはきにけり……47……やへむぐら　しげれるやどの　さびしきに
ひとしれずこそ　おもひそめしか……41……こひすてふ　わがなはまだき　たちにけり
ひとづてならで　いふよしもがな……63……いまはただ　おもひたえなむ　とばかりを
ひとにしられで　くるよしもがな……25……なにしおはば　あふさかやまの　さねかづら
ひとにはつげよ　あまのつりぶね……11……わたのはら　やそしまかけて　こぎいでぬと
ひとのいのちの　をしくもあるかな……38……わすらるる　みをばおもはず　ちかひてし
ひとめもくさも　かれぬとおもへば……28……やまざとは　ふゆぞさびしさ　まさりける
ひとをもみをも　うらみざらまし……44……あふことの　たえてしなくは　なかなかに
ひるはきえつつ　ものをこそおもへ……49……みかきもり　ゑじのたくひの　よるはもえ

ふ

ふじのたかねに　ゆきはふりつつ……4……たごのうらに　うちいでてみれば　しろたへの
ふりゆくものは　わがみなりけり……96……はなさそふ　あらしのにはの　ゆきならで
ふるさとさむく　ころもうつなり……94……みよしのの　やまのあきかぜ　さよふけて

ま

まだふみもみず　あまのはしだて……60……おほえやま　いくののみちの　とほければ
まつとしきかば　いまかへりこむ……16……たちわかれ　いなばのやまの　みねにおふる
まつもむかしの　ともならなくに……34……たれをかも　しるひとにせむ　たかさごの

み

みかさのやまに　いでしつきかも……7……あまのはら　ふりさけみれば　かすがなる
みそぎぞなつの　しるしなりける……98……かぜそよぐ　ならのをがはの　ゆふぐれは
みだれそめにし　われならなくに……14……みちのくの　しのぶもぢずり　たれゆゑに
みだれてけさは　ものをこそおもへ……80……ながからむ　こころもしらず　くろかみの

さくいん

作者さくいん

重要語句・事項さくいん

歌を検索するのに便利な語、文法・修辞の要語、およびその他の重要事項を掲げた。

あ行　歌番号

秋
—風ぞ吹く 71
—風に 79
—の草木 22
—の田の 1
—の野 37
—の夕暮れ 70・87
—は悲しき 5
—は来にけり 47
—もいぬめり 75
山の—風 94
わが身ひとつの— 23
浅茅生の 39
朝ぼらけ 31・52・64
芦 19・71・88
あしびきの 3
網代木 64
淡路島 78
あはれ 45・66・75
あ(逢)ふ
—はで 19
—はむとぞ思ふ 20・77
—ひ見ての 43
—ふことの 44
—ふこともがな 56
—ふ(逢)坂の関 10・62
—ふ(逢)坂山の 25
めぐり—ひて 57
あま(海人) 11・90・93
天つ風 12
天の橋立 60
天の香具山 2
あらし(嵐) 22・69・96
有明 21・30・31・81
有馬山 58
いく野 60
いさ 35
いたづらに 9・45
泉川 27
いなばの山 16
いぶき(のさしも草) 51
庵 1・8
今(副詞) 16・21・26・56
うき世 68・95
憂し 30・74・82・84
うぢ山(宇治) 8・64
恨みざらまし 44
恨みわび 65
恨めし(き) 52・99
え(やはいぶきの) 51
縁語 14・19・25・27・46
51・55・57・60・72・75
80・88・89・95・97
大江山 60
おほけなく 95

か行

係り結び
〈か〉
いつ見きとて— 27
誰を—も 34
など—人の恋しき 39
ひとり—も寝む 3・91
ものと—は知る 53
〈こそ〉
朽ちなむ名—惜しけれ 65
立たむ名—惜しけれ 67
ちぢにもの—悲しけれ 23
名—流れて… 55
ぬれも—すれ 72
人—見えね 47
人—知らね 92
人知れず—思ひそめ… 41
道—なけれ 83
ものを—思へ 49・80
〈ぞ〉
秋風—吹く 71
逢はむと—思ふ 20・77
恋—つもりて 13
鹿—鳴くなる 83
しか—すむ 8
玉—散りける 37
月—残れる 81
時—秋は悲しき 5
ぬれに—ぬれし 90
花—昔の… 35
冬—さびしさ… 28
みそぎ—夏の… 98
世—今は恋しき 84
夜—ふけにける 6
よわりも—する 89
〈や〉
折らば—折らむ 29
このごろ—しのばれむ 84
月—はものを思はする 86
みをつくして—… 88
物—思ふと 40
よるさへ—… 18
忘れ—はする 58
掛詞 8・9・10・(14)・16
19・20・22・(24)・25・27
28・51・58・60・62・67
72・(74)・88・91・95・96
97・98・100
かこち顔なる 86
河原院 14・47
かな(終助) 21・38・45
46・48・50・52・57・59
61・68・86・95
悲し(かなし) 5・23・93
かも
(係助+係助) 3・34
91
(終助) 7
擬人法 11・17・26・32
33・36・66・74・(81)・86
96
後朝(の歌) 43・50・52
80
清水観音の歌 75
月齢表(月の満ち欠け) 31
衣手 1・15

さ行

さしも草 51
させもが露 75
さねかづら 25
しがらみ 32
忍ぶ 39・40・89
しのぶもぢずり 14
序詞 3・13・14・18・19
27・39・46・48・49・51
58・77・88・92・97
白妙の 2・4

さくいん

須磨の関守 78
墨染の袖 95
住の江 18
末の松山 42
袖 42・65・72・90・92・95

た行

体言止め 2・10・(11)・(29)・31・(60)・64・70・76・(78)・79・87・(95)
高砂の尾の上の桜 73
高砂の松 34
高師の浜 72
田子の浦 4
竜田(の)川 17・69
たつみ 8
玉の緒 89
手向山 24
ちはやぶる 17
月
　有明の― 21・31・81
　―の影 79
　―みれば 23
　―やどるらむ 36
　―やはものを思はする 86
　―を見しかな 59
　三笠の山に出でし― 7
　夜半の― 57・68
筑波嶺 13
綱手 93
天徳内裏歌合 40・41
倒置法 9・14・17・23・28・29・34・40・41・42・51・60・78・95・99

な行

名
　―こそ流れて 55
　―こそ惜しけれ 65・67
　―にしおはば 25
　わが― 41
長月の 21
なかなかに 44
梨壺の五人 42・49
難波 20
難波江 88
難波潟 19
なほ 52・55・100
なむ (助動+助動) 63・65
　(終助) 26・73
ならなくに 14・34
奈良の都 61
ならの小川 98
錦 24・69
ぬさ 24

は行

初瀬 74
ばや (接助+係助) 29
　(終助) 90
春
　―すぎて 2
　―の野 15
　―の日 33
　―の夜 67
春の七草 15
ひさかたの 33・76
富士の高嶺 4
方位図 8
本歌・本歌取り 90・91・92・93・94・95・97・98

ま行

枕詞 2・3・4・17・33・76
まだき 41
まつほの浦 97
みかきもり 49
三笠の山 7
みかの原 27
見立て 6・12・17・24・32・37・69・96
男女川 13
三室の山 69
みゆき 26
みをつくし 20・88
むべ 22
もがな(終助) 25・50・54・56・63
もがも(終助) 93
もの思ふ
　―ふころ 85
　―ふ身は 99
　―を―はざりけり 43
　―を―はする 86
　―を―ふころ 48
　―や―ふと 40
　―をこそ―へ 49・80
ものを (接助) 65・74・82
　(終助) 59
もみぢ(紅葉) 5・24・32
もみぢ葉 26・69
ももしきや 100

や行

八十島 11
八重桜 61
八重葎 47
山おろし 74
夕暮れ 70・87・98
由良のと 46
夜(よ・よる)
　さ― 59・94
　霜― 91
　ながながし― 3
　夏の―は 36
　春の― 67
　ひと― 88
　ひとり寝る― 53
　―さへや 18
　―ぞふけにける 6
　―半の月 57・68
　―は燃え 49
　―もすがら 85
　―をこめて 62
吉野(み吉野) 31・94
よに 62

ら行

六歌仙 8・9・12・17・22

わ行

わたの原 11・76
猪名の笹原 58
衛士 49
惜し 38・50・65・67・99
雄島 90
小野の篠原 39
を…み 1・48・77

《著者紹介》

●**鈴木　日出男**（すずき　ひでお）

1938年生まれ。成蹊大学文学部教授・東京大学名誉教授。

●**山口　慎一**（やまぐち　しんいち）

1953年生まれ。東京都立日比谷高等学校教諭。

●**依田　泰**（よだ　やすし）

1954年生まれ。実践女子学園中学校・高等学校教諭。

■ 写真・資料・図版提供・協力者一覧　（五十音順・敬称略）

アルピナ　石山寺　出光美術館　上村松篁　ＯＰＯ　オリオンプレス　京都文化博物館　宮内庁　宮内庁書陵部　光芸荘　小松真一　交通公社フォトライブラリー　集英社　神宮徴古館農業館　静嘉堂文庫美術館　世界文化フォト　ソーケンレイアウトスタジオ　大覚寺　武生市役所　田中家　中央公論社　滴翠美術館(芦屋)　東京国立博物館　徳川美術館　長谷寺　福島市　藤木鐵三　ボンカラー・フォトエイジェンシー　前田育徳会　前田真輔　水無瀬神宮　冷泉家時雨亭文庫

シグマベスト

原色小倉百人一首

2007年　発行

著　者　鈴木日出男・山口慎一・依田泰

発行者　益 井 英 博

印刷所　株式会社　天理時報社

発行所　**株式会社　文　英　堂**

東京都新宿区岩戸町17　〒162–0832

電話　(03)3269–4231(代)

振替　00170–3–82438

京都市南区上鳥羽大物町28　〒600–8691

電話　(075)671–3161(代)

振替　01010–1–6824

●落丁・乱丁はおとりかえします。

㉑